Joanna Bourne

Joanna Watkins Bourne est une autrice américaine de romances historiques ayant pour cadre l'Angleterre et la France durant les guerres napoléoniennes. Elle a reçu de nombreuses récompenses, y compris le prestigieux RITA Award 2011 de la meilleure romance historique pour *Le maître du passé.*

Le maître
de mon cœur

DE LA MÊME AUTRICE AUX ÉDITIONS J'AI LU

Le maître du jeu
Le maître de mon cœur
Le maître du secret
Le maître du passé
Le maître de la vérité

Belle comme la nuit

JOANNA

BOURNE

Le maître de mon cœur

Traduit de l'anglais (États-Unis)
par Daniel Garcia

J'AI LU

POUR elle

Si vous souhaitez être informée en avant-première
de nos parutions et tout savoir sur vos autrices préférées,
retrouvez-nous ici :

www.jailu.com

Abonnez-vous à notre newsletter
et rejoignez-nous sur Facebook !

Titre original
MY LORD AND SPYMASTER

Éditeur original
This edition published by arrangement with Berkley,
an imprint of Penguin Publishing Group,
a division of Penguin Random House LLC.

Pour Douglas

Je remercie mon éditrice, Wendy McCurdy,
pour sa patience, et mon agent, Pam Hopkins,
pour ses conseils avisés. Ainsi que
Mary Ann Clark, Wendy Rome, Claudia McRay
et Sofie Couch, et tous les membres du forum
Internet « Books & Writers Community »,
qui m'ont apporté soutien et encouragements.

1

Katherine Lane

Il suffisait d'avoir dérobé une fois quelque chose à quelqu'un pour prendre goût au vol. Et pour vouloir recommencer. Papa lui avait souvent répété cette vérité de son cru, en tapotant son crâne de petite fille comme pour mieux y faire pénétrer ses paroles.

Et le fait est qu'elle avait la nostalgie de détrousser les poches des gens. Le délicieux petit frisson qui s'emparait d'elle chaque fois qu'elle glissait les mains dans un costume lui manquait. Comme lui manquait le plaisir de compter son butin, en faisant sonner les pièces sur le pavé au fond d'une ruelle, à l'abri des regards.

La respectabilité avait un goût fade, en comparaison. D'ailleurs, elle commençait sérieusement à se lasser d'être respectable. Voilà pourquoi elle s'était lancée dans cette aventure.

C'était un jour parfait pour détrousser le chaland. Un brouillard poisseux montait de la Tamise et collait aux moindres recoins de Katherine Lane. Il apportait avec lui l'odeur du fleuve – qui n'avait pas précisément un parfum d'ambroisie, mais elle n'en avait cure. Un pareil brouillard était idéal pour se cacher.

— Montre que tu n'as pas perdu la main, Jess, murmura-t-elle en ajustant sa capuche sur sa tête.

L'après-midi touchait à sa fin. Des deux côtés de Katherine Lane, les commerçants rentraient leurs marchandises, après une journée morose. Le brouillard était toujours catastrophique pour le commerce. Quant aux filles de mauvaises mœurs, elles s'étaient enfermées dans les tavernes, avec leurs marins. Bientôt, Jess se retrouverait seule à arpenter le pavé. Enfin, presque seule : un chat en maraude longeait le trottoir, quelques mètres devant elle.

Elle jouirait donc de toute la tranquillité nécessaire pour détrousser les poches de Sebastian Kennett.

— Surtout, ne t'avise pas de tenter quoi que ce soit d'inconscient pour me libérer, lui avait intimé son père au moment d'être arrêté.

Il ne la connaissait que trop bien. Et il serait furieux d'apprendre ce qu'elle tramait.

La ruelle de droite s'appelait l'Allée Sombre – et elle méritait bien son nom. À gauche, c'était l'impasse de l'Homme Mort. Un autre morceau de poésie, qui collait particulièrement à la réalité. Petite fille, elle avait écumé les parages pieds nus, et depuis, elle connaissait le secteur comme sa poche. Elle était née dans une soupente misérable de l'East End, quelques pâtés de maisons plus au nord. Et elle avait grandi parmi la faune interlope qui fréquentait Katherine Lane. À l'époque de sa prime jeunesse, il lui aurait suffi de pousser la porte de n'importe quelle taverne des environs pour être accueillie à bras ouverts. Mais c'était différent, désormais. Elle n'était plus Jess, mais Mlle Whitby. Et elle était devenue étrangère au quartier. Sa place n'était plus ici.

La rue tournait à présent en direction du sud, et de la Tamise. Elle ralentit l'allure, surveilla ses pas pour ne pas glisser sur le pavé humide. Autrefois, elle aurait emmené Kedger avec elle. Elle avait cousu une poche à l'intérieur de son manteau, spécialement pour l'héberger. La plupart du temps, cependant, il se tenait sur son épaule, assis sagement, le regard en alerte.

Mais cette fois, elle ne pouvait pas compter sur Kedger. Elle devait se débrouiller seule.

Sauf qu'elle n'était plus seule.

Elle s'immobilisa. Son cœur battait à tout rompre dans sa poitrine, comme celui d'un petit lapin pris au piège. Une ombre avait bougé dans l'embrasure d'une porte.

C'était un homme. Il s'avança vers elle, tranquillement, maniant sa canne avec nonchalance.

— Eh bien, dit-il, tapotant sa canne contre sa paume dans un bruit mat.

Il avait la cinquantaine, le cheveu grisonnant, et affichait une belle corpulence. Une fine cicatrice lui barrait en partie la joue droite. Un vieux chapeau informe lui descendait sur les yeux – qu'il avait assez beaux.

— Si vous me disiez ce que vous faites là ? demanda-t-il.

Elle soupira de soulagement.

— Doyle ! Je suis bien contente de vous voir. Mais allons plutôt discuter dans la ruelle. Si quelqu'un vous aperçoit avec cette canne, il voudra venir à ma rescousse. Et avec un peu de chance, nous échapperons à cette maudite bruine.

— Ça, j'en doute.

Il la suivit cependant dans la ruelle, écarta quelques immondices du bout de sa botte, et s'adossa à un mur gris.

— Si vous voulez mon avis, mademoiselle, reprit-il, vous ne me payez pas assez pour ce travail.

Elle s'adossa au mur d'en face. Le rebord du toit retenait une partie de la bruine, mais c'était très insuffisant, ainsi qu'il l'avait prédit.

— Belle canne, fit-elle.

— Merci, mademoiselle Whitby. Après avoir lu votre message, j'ai pensé qu'elle conviendrait à la situation.

Doyle était un fieffé gredin. Et elle se félicitait d'avoir pu l'engager. On racontait qu'il avait servi autrefois dans la police, avant de mal tourner. À présent, il s'acquittait de missions qu'aucun policier digne de ce nom n'aurait acceptées. Mais Jess était prête à toutes les extrémités, fussent-elles parfaitement illégales, pour libérer son père. Et Doyle lui était d'une aide précieuse.

— Nous attendons de la compagnie ? s'enquit-il.

De toute évidence, il avait remarqué la façon dont elle épiait les alentours en marchant dans Katherine Lane. Rien n'échappait à Doyle.

— Un homme. Un grand.

— Désirez-vous que je l'assomme ? proposa-t-il en soupesant sa canne.

— Seriez-vous prêt à faire ça pour moi ?

— Ça dépend de combien vous seriez disposée à me payer, répliqua-t-il.

Quand il souriait, sa cicatrice se creusait de façon hideuse.

— Je n'ai pas besoin que vous assommiez qui que ce soit aujourd'hui. Il suffira de simuler une agression.

— C'est dans mes cordes. Et qui devrai-je faire semblant d'agresser ?

— Moi.

— Ah. Voilà qui va me changer de mes habitudes. Si vous m'en disiez un peu plus ?

Elle lui expliqua ce qu'elle avait imaginé – sans entrer dans les détails, qu'il n'avait pas besoin de connaître.

Il hocha la tête. Le cuir de son manteau était alourdi par l'humidité, et il eut beau passer sa manche sur son front, il n'essuya rien du tout.

— Résumons-nous, dit-il. J'agiterai ma canne comme si j'avais l'intention de vous frapper avec, et vous vous précipiterez sur notre lascar, toute tremblante d'effroi. C'est bien cela ?

— Exactement.

Doyle redressa le bord de son chapeau et la dévisagea d'un air sarcastique.

— Je n'ai jamais entendu un plan aussi absurde de ma vie. Sauf pour ce qui est de vouloir vous frapper avec ma canne. Ça, au moins, c'est plausible.

Elle appréciait de faire équipe avec un homme plein d'humour.

— J'ai besoin de trois minutes pour lui faire les poches, expliqua-t-elle après un regard en direction de Katherine Lane, s'assurant qu'il n'y avait toujours personne. Débrouillez-vous pour me fournir ces trois minutes.

Elle était convaincue que cela lui suffirait pour trouver l'enveloppe – à condition, bien sûr, que Kennett l'ait sur lui.

— Il passe tous les jours par ici en fin d'après-midi pour rejoindre son bateau, ajouta-t-elle. Son équipage décharge de nuit de la laine et d'autres produits en provenance d'Italie pour lesquels il n'a pas payé de taxes.

— De la contrebande ? De mieux en mieux. Et je connais ce type ?

Elle savait qu'elle devrait le lui dire tôt ou tard.

— Son bateau s'appelle le *Flighty Dancer*.

La réaction de Doyle ne se fit pas attendre.

— Bon sang ! s'exclama-t-il, donnant un coup de canne dans le mur. C'est un navire de la compagnie Kennett. Ne me dites pas que vous en avez après Sebastian Kennett ?

— J'aurais aimé pouvoir vous répondre non, monsieur Doyle.

Il tapa de plus belle sa canne contre le mur.

— Vous n'êtes donc pas au courant de ce que ce bâtard fait aux voleurs ?

— Ce ne sont que des rumeurs, rétorqua-t-elle. Tout cela est très exagéré.

N'empêche. Les « rumeurs » en question assuraient que Kennett avait coupé les doigts d'un voleur, à Alexandrie. D'un seul coup de lame, avec l'un des poignards dont il ne se séparait jamais. Et beaucoup d'autres histoires de la même farine circulaient à son propos. On racontait qu'il était capable de lancer ses poignards à plusieurs mètres, sans jamais rater sa cible.

— Je vous trouve bien optimiste. Si vous désirez vous emparer de quelque chose qu'il porte sur lui, vous feriez mieux de vous en remettre à moi.

C'était trop risqué. Cinq pouvait soudoyer n'importe qui. Y compris Doyle. Voilà pourquoi elle préférait tout faire elle-même. Malgré la pluie, le froid et le danger.

— Non, je ne peux pas, répondit-elle.

Papa était enfermé entre quatre murs, attendant d'être pendu. Et pendant ce temps, le véritable espion, celui que les Français appelaient Cinq, se mouvait librement dans Londres. Peut-être même n'était-il plus très loin d'arriver dans Katherine Lane. J'espère que Kennett et Cinq ne sont qu'une seule et même personne, songea-t-elle. J'espère qu'il a la lettre sur lui. Et j'espère surtout qu'il ne me saignera pas avec son poignard, quand il sentira mes doigts se glisser dans sa poche…

— Je suppose qu'il est inutile que j'insiste ? demanda Doyle, par pure formalité.

— Tout à fait inutile.

Elle n'avait pas le choix. Elle avait essayé toutes les armes classiques – le chantage, le charme, les pots-de-vin – mais aucune n'avait porté. Ni avec les services secrets, ni avec l'Amirauté, ni avec les fonctionnaires des Affaires étrangères. C'était à croire que toute l'administration britannique rêvait de voir Josiah Whitby se balancer au bout d'une corde.

Doyle la dévisageait avec incrédulité.

— Une demoiselle comme vous ne devrait pas se trouver ici, dit-il. Vous n'êtes pas en sécurité, même avec moi. Le quartier...

— Je suis prudente.

— ... est fréquenté par des marins peu scrupuleux, qui sauraient quoi faire d'un jeune tendron comme vous. Et en plus, vous voulez vous en prendre à ce gredin de Kennett. Auriez-vous perdu la raison ?

Elle savait que ce n'était pas prudent. Mais, encore une fois, elle n'avait pas le choix.

— Vous n'êtes pas obligé de rester, répliqua-t-elle.

— Je tiens à mériter l'argent que vous me donnez, figurez-vous, mademoiselle Whitby.

Elle se détendit. Il allait l'aider.

— Mais je crois que je ferais aussi bien de me trancher moi-même la gorge, pour épargner cette peine à Kennett, reprit-il avec un mouvement suggestif du pouce sous son menton. Triste fin pour un type dans mon genre, soupira-t-il. Bon, combien de temps encore sommes-nous supposés attendre ?

— Pas plus d'une demi-heure, je pense.

— Ça va, c'est raisonnable.

Et pourtant, le temps parut bien long. Une lumière brillait à l'une des fenêtres de la ruelle, au deuxième étage. Probablement était-ce la chambre d'une catin, en plein travail. Un volet de bois, agité par le vent, grinça sur ses gonds.

— Doyle...

— Hmm ?

— Restez le plus possible derrière moi. Kennett hésitera à se servir de son poignard.

— Ce qui est sûr, c'est que je n'ai aucune envie qu'il m'étripe.

— Moi non plus…

Le vent, au coin de la ruelle, faisait tournoyer la brume. On entendait chanter dans une taverne de Katherine Lane. Les clients avaient entonné à tue-tête une version abrégée de *Rule Britannia*. Le quartier était peuplé de gredins, mais des gredins patriotes.

— Avez-vous déjà fait des choses que vous redoutiez, Doyle ?

— Parfois. Mais je constate que vous savez cacher votre nervosité. Vous avez l'air aussi calme qu'une huître.

— Merci. C'est sans doute le temps. Il refroidirait un brasier.

Elle jeta un nouveau coup d'œil en direction de Katherine Lane, avant d'ajouter :

— Je déteste attendre.

— C'est souvent quand l'attente se termine que ça peut devenir inquiétant.

Elle frotta ses mains pour les réchauffer, voulant se persuader qu'elle était capable d'aller jusqu'au bout de son plan. Quelques heures d'entraînement avaient suffi à lui faire retrouver son habileté d'antan. N'empêche : ce serait diablement embarrassant si le capitaine Kennett la surprenait à fouiller dans ses poches.

Elle les entendit arriver avant même de les apercevoir.

Puis deux silhouettes émergèrent du brouillard. Le plus grand, à droite, tenait maladroitement sur ses jambes. Son compagnon le soutenait à moitié.

Et ils chantaient d'une voix avinée :

— ... *J'ai rencontré une jolie petite vendeuse de moules,*

« *Et j'lui ai soulevé son panier,*

« *Pour mieux voir sa mouuuule.*

— C'est lui, souffla Doyle, s'essuyant à nouveau le front d'un revers de manche. Kennett est le grand, à droite.

— Il a l'air complètement ivre. Même s'il veut se servir de son poignard, il manquera sa cible.

— Espérons-le.

Elle croisa les mains sous son manteau. Elle avait détroussé des milliers de poches. Elle y arriverait encore une fois.

Kennett n'était pas seulement grand, il était également bien bâti. Malgré le brouillard, elle pouvait distinguer ses longs cheveux noirs, et les lignes saillantes de son visage émacié. Il ne portait pas de chapeau. Sa redingote était ouverte – comme une invitation pour lui faire les poches, songea Jess. En revanche, elle ne put rien voir de son compagnon : il marchait tête baissée, surveillant ses pas.

Les deux hommes continuaient de chanter. Elle connaissait cette complainte, dont la morale assurait qu'il ne fallait jamais se fier à l'apparence d'une jeune femme croisée dans la rue. C'était diablement vrai !

Elle repoussa une mèche qui lui tombait sur les yeux et attendit le bon moment pour passer à l'action.

2

Sebastian Kennett ne se considérait pas ivre. Bien sûr, il n'était pas non plus à jeun. Mais un vaste océan séparait la totale ivresse de l'absolue sobriété. Or, il avait toujours su naviguer habilement sur les eaux de cet océan.

Et puis, l'occasion avait été trop belle de boire. Riley, l'un de ses capitaines qui commandait le *Lively Dancer*, était arrivé aujourd'hui, apportant avec lui une bouteille de cognac français et une grande nouvelle : son fils était né, à l'instant même où son bateau accostait. Le tout jeune Thomas Francis Sebastian Riley avait ainsi été prétexte à de nombreux toasts, dans le bureau de Sebastian. Puis, la bouteille de cognac terminée, Sebastian, Riley et une douzaine d'employés de la compagnie Kennett s'étaient rendus dans la taverne la plus proche, pour continuer leurs libations. D'après Riley, qui s'y connaissait en bébés, son fils était déjà un solide gaillard. Il faudrait bien cela, s'il voulait se tailler une place dans un monde où l'avaient précédé six sœurs.

En d'autres termes, la journée s'était merveilleusement bien passée. Et Sebastian était si réjoui qu'il voulait faire profiter tout Katherine Lane de son humeur chantante.

— *J'ai les plus belles moules qui se puissent imaginer.*

« J'les vends trois pour un penny, mais à vous j'vais les donner...

Il renversa la tête en arrière, offrant son visage à la bruine. Le paradis ! Il était rentré de Méditerranée orientale depuis une semaine, et il ne regrettait pas une seconde la chaleur qui régnait là-bas. Il préférait le temps d'ici. La brume était collante, mais au moins, on avait le sentiment de respirer quelque chose, qui vous emplissait littéralement les poumons.

Adrian tentait de chanter avec lui, mais il chantait faux. En revanche, il n'était pas du tout ivre : c'est à peine s'il buvait, en raison de sa profession.

— *Car j'vois que vous aimez les mouuuules...*

Quelques bordels jalonnaient la rue. Une fenêtre de l'un d'eux s'ouvrit, à l'étage, et deux pensionnaires se penchèrent au-dehors. Leurs robes – écarlate pour l'une, jaune pour l'autre – étaient les deux seules taches de couleur dans la grisaille environnante. Elles appelèrent Sebastian, de leurs voix de sirènes, mais il les congédia d'un geste de la main en continuant de chanter.

— *Auriez-vous une chambre à disposition,*

« Où je pourrais m'abriter avec ma p'tite vendeuse,

« Le temps de dévorer ses moules ?

Sebastian avançait sans tituber. Il avait le pied marin. Toutes ces années où il avait grimpé inlassablement dans les gréements lui avaient appris l'équilibre. Adrian croyait se rendre utile en s'offrant pour le soutenir, mais il aurait très bien pu se passer de son aide.

— *Elle me faussa compagnie après m'avoir vidé les poches,*

« Me laissant seul avec un panier de...

Un cri de terreur – un cri de femme – déchira soudain le brouillard.

Il provenait d'une des ruelles adjacentes.

Sebastian et Adrian s'immobilisèrent. Puis ils se placèrent dos à dos et tentèrent de percer le brouillard des yeux.

Il aurait pu jurer – bien qu'il ne pût les voir – que deux personnes les épiaient depuis le coin de la ruelle la plus proche. Il pouvait presque les entendre respirer.

C'est alors qu'une jeune femme surgit, courant comme si elle avait le diable aux trousses. Elle portait un grand manteau noir, dont la capuche retombait sur son visage. Elle se précipita bras tendus sur Sebastian, et le heurta si violemment qu'elle faillit tomber.

Elle s'accrocha aux revers de sa redingote pour garder l'équilibre. Sebastian, obligeamment, lui saisit le bras. C'était bien joué de la part de cette fille. Et de son comparse. Leur petit jeu s'appelait « la demoiselle en détresse ». Mais ils ne pouvaient pas se douter que Sebastian l'avait déjà vu jouer d'innombrables fois.

Comme il s'y attendait, une autre silhouette se profila au coin de la ruelle. Un homme qui brandissait une canne, de façon menaçante. Il tint la pose quelques instants, comme s'il jaugeait ses adversaires, avant de reculer lentement dans la ruelle.

— Voilà qui devient intéressant, murmura Adrian. Si tu permets...

Et il se faufila silencieusement en direction de la ruelle.

La jeune voleuse se cramponnait toujours à Sebastian. Aucun homme digne de ce nom n'aurait résisté à l'envie de la serrer dans ses bras pour la rassurer.

— Je vous en supplie, murmura-t-elle, la respiration haletante, et le ton très convaincant. Aidez-moi. Il me pourchasse...

Ses seins se pressaient sur le torse de Sebastian, qui sentit ses veines s'embraser.

Cette jeune créature était décidément douée. À en juger par l'humidité de son manteau, elle avait longuement attendu sous le crachin, dans l'espoir de voir arriver le bon pigeon.

Si elle était aussi talentueuse qu'il l'imaginait, il ne sentirait même pas ses doigts glisser dans ses poches. De toute façon, il ne devait pas avoir plus de quatre ou cinq shillings sur lui, et il était disposé à les lui abandonner. Personne mieux que lui ne connaissait la misère de ces filles qui vivaient dans le quartier. Avec ces quelques piécettes, elle pourrait s'acheter assez de charbon pour se réchauffer durant la nuit. Et même une tourte à la viande.

Elle trouverait aussi, dans ses poches, un ou deux poignards. Mais elle devait être habituée à fréquenter des hommes armés.

Sebastian en était là de sa réflexion, quand un brusque coup de vent rabattit la capuche de la fille sur sa nuque.

Bon sang ! se dit-il. Elle n'est pas seulement mignonne. Elle est belle. Et même très belle…

Une beauté nordique. Des mèches de cheveux trempés encadraient un visage parfait. Ses yeux avaient la couleur ambrée de la Baltique.

Sebastian ne put résister à l'envie de glisser une main par l'entrebâillement de son manteau. La pluie avait traversé l'étoffe, mouillant jusqu'à sa robe de cotonnade qui lui collait au corps comme une seconde peau. Ses tétons s'étaient durcis sous l'effet du froid.

— Aidez-moi, l'implora-t-elle de nouveau, du ton de la plus pure sincérité, tandis que ses mains couraient habilement sous sa redingote. Il renoncera à me suivre si je suis avec un homme comme vous.

Sebastian était sous le charme. Pendant qu'elle lui débitait ses flatteries, elle explorait méthodiquement sa redingote, avec une dextérité qui avait quelque chose d'érotique. En avait-elle seulement conscience ?

Elle lui racontait maintenant une histoire à dormir debout, prétendant qu'elle aurait été attaquée en descendant d'un fiacre. Mais il n'écoutait même pas : il se contentait de contempler ses lèvres, avec une envie folle de les embrasser.

L'effet qu'elle produisait sur lui était vraiment incroyable. Le seul fait d'admirer ses lèvres suffisait à lui procurer une érection.

— J'ai l'impression qu'ils me suivaient depuis un moment, continuait-elle. Je ne comprends pas...

Elle lécha la pluie qui mouillait ses lèvres.

— Qu'est-ce que vous ne comprenez pas ? demanda Sebastian.

Et, ne pouvant résister davantage, il passa son pouce sur la lèvre inférieure de la jeune femme. Sa lèvre était délicieusement douce au toucher.

Elle pouvait lui échapper, si elle le voulait. Cependant, elle le laissa faire, comme si elle était hypnotisée par son geste. Sa réaction surprit Sebastian. Comment avait-elle réussi à survivre dans un quartier pareil, en étant si sensible ?

— Oubliez donc cette triste histoire, lui proposa-t-il. Et laissez-moi vous conduire à l'abri de la pluie. N'avez-vous pas envie de vous retrouver dans un endroit sec et bien chaud ?

Pas de réponse. Elle continuait de le regarder avec ses grands yeux sans fond. Sebastian laissa sa main descendre sous son menton, pour lui donner la possibilité de se ressaisir. La pluie tombait sur son visage, roulant sur sa peau au grain aussi soyeux que des pétales de fleurs. Elle avait beaucoup de chance que ses traits n'accusent pas déjà les marques de la vie qu'elle menait.

Elle finit par cligner des yeux.

— Quoi ?

— Pourquoi rester sous la pluie ? Allons parler ailleurs. Suivez-moi.

— Vous suivre ? répéta-t-elle, sur un ton de fascination qui aurait ravi l'orgueil de n'importe quel homme. Vous me demandez de vous suivre ?

Elle se mordillait la lèvre, comme si elle voulait chasser le souvenir du pouce qui l'avait caressée.

— Je vous donnerai cinq shillings pour la nuit. Je crois avoir cette somme sur moi. De toute façon, mon ami pourra m'aider à payer.

Adrian lui prêterait volontiers cinq shillings. Il se promenait toujours la bourse pleine, sans que jamais personne ne songe à lui faire les poches. Mais où était-il passé, au fait ? Il aurait déjà dû être de retour et ne pas laisser Sebastian s'égarer avec une catin, aussi ravissante soit-elle.

Elle éclata de rire.

— Vous me donneriez autant ?

C'était une somme exorbitante, pour Katherine Lane. Mais Sebastian était convaincu que cette femme valait mieux que l'univers qui l'environnait. Et il se surprenait à vouloir l'arracher de ce monde interlope, et du gredin à la canne qui était son comparse.

Certes, elle n'était qu'une catin des rues. Cependant, elle était différente des autres filles. Et s'il s'était écouté, Sebastian l'aurait prise dans ses bras pour la porter jusqu'à la cabine de son bateau. Là, à l'abri des regards indiscrets, il s'emparerait de ses lèvres, de ses seins, et la posséderait toute la nuit.

Mais cela n'arriverait pas. Il se contenterait de l'attirer chez lui, en lui faisant miroiter quelques shillings, puis il la confierait à Eunice. Celle-ci saurait quoi faire de la jeune femme et, avec un peu de chance, elle la tirerait du trottoir.

— Cinq shillings, confirma-t-il. En prime, je vous offrirai à dîner. Je vais vous conduire...

Bon sang, il la désirait tellement qu'il fut incapable de terminer sa phrase. Cela ne lui ressemblait pas.

Voilà des années qu'il n'avait plus bavé sur une catin des rues.

Mais celle-ci n'avait décidément rien à voir avec les autres. Elle était propre – même ses ongles étaient soignés – et elle sentait bon. Une délicieuse odeur de savon parfumé et de fragrance épicée...

Nom d'un chien. Personne, sur Katherine Lane, ne sentait le savon parfumé.

Elle lui mentait. Elle lui mentait sur tout.

Une femme comme elle ne pouvait pas vendre son corps dans les ruelles du quartier. Et elle ne s'était pas jetée sur lui par hasard. Elle n'attendait pas un pigeon pour le plumer, mais quelqu'un en particulier.

Sebastian lui enserra les poignets.

— Qui vous envoie ?

— Quoi ? fit-elle, ses grands yeux ambrés exprimant soudain la frayeur.

Elle avait compris qu'elle était démasquée.

— Qui vous paie ? insista Sebastian.

— Je ne comprends pas de quoi vous parlez.

Encore des mensonges. Quelqu'un s'était servi de cette ravissante créature pour tendre un piège. Mais pas à Sebastian. Personne ne pouvait s'intéresser à un banal armateur. C'était Adrian qu'ils voulaient. Lequel Adrian s'était engagé dans la ruelle d'où avait surgi la fille.

— Adrian ! cria-t-il. Sois prudent ! C'est un piège !

Son avertissement précipita les événements.

— Attention derrière toi, Sebastian ! cria Adrian en retour.

Sebastian se retourna. Deux hommes approchaient silencieusement dans sa direction. D'autres suivaient. Des Irlandais, à en juger par leur allure. Et tous solidement armés, de poignards ou de chaînes. L'exemple même de la vermine qui hantait les docks et n'hésitait pas à tuer de sang-froid. Ils avaient envoyé la fille en éclaireuse, pour le charmer et le distraire, pendant qu'ils se mettaient en ordre de bataille.

Bien qu'elle fût leur complice, il la relâcha.

— Filez, lui dit-il. Éloignez-vous d'ici.

Elle écarquilla les yeux.

— Mais comment ?

Sa voix trahissait sa frayeur. Et elle regardait tout autour d'elle, comme un petit animal pris au piège. Sebastian comprit qu'elle n'avait rien à voir avec les Irlandais.

Adrian les rejoignit. Il se replaça dos à dos avec Sebastian.

— Il y en a d'autres qui arrivent par la droite, dit-il. Ils sont une douzaine en tout.

Deux contre toute une bande. La bagarre s'annonçait rude.

Sebastian repéra une cible – en tête de la bande, pour que ses camarades assistent à sa mort – et lança un premier poignard. Le gredin s'écroula sur le pavé, la gorge traversée de part en part. Une odeur de sang se mêla aux effluves du brouillard.

Sebastian dégaina son deuxième poignard.

Les bandits échangeaient des regards, comme s'ils hésitaient. Attaquer, ou battre en retraite ?

Mais l'un des gredins se jeta tout à coup sur la fille et s'empara d'elle.

Elle réagit avec la rapidité d'une tigresse, mordant le bras qui la retenait prisonnière, et déviant un coup de lame de son avant-bras pour revenir vers Sebastian.

Elle ne pleurait pas. Elle n'avait même pas crié. Pourtant, le poignard avait déchiré sa manche, et probablement entamé ses chairs. Sebastian la fit passer entre elle et Adrian, pour la protéger du mieux possible.

Mais si cette bagarre devait durer trop longtemps, elle risquait fort d'y perdre la vie.

Il lança son deuxième poignard. Cette fois, cependant, sa lame ne fit que blesser l'un de leurs assaillants. Zut ! pesta-t-il. Un poignard de perdu.

Son troisième – et dernier – poignard était glissé dans sa botte. Mais celui-là n'était pas destiné à être lancé : il était réservé au corps à corps.

Il essaya de comprendre qui était le chef. S'il parvenait à tuer le chef, les autres prendraient probablement la poudre d'escampette.

Adrian, de son côté, faisait des moulinets avec sa canne, empêchant leurs assaillants d'approcher.

Et la fille restait bien sagement derrière Sebastian, comme à l'abri d'un bouclier. Il en conclut qu'elle s'était déjà trouvée dans des combats de rue.

Mais il n'eut pas le temps de penser davantage à elle. Une chaîne siffla dans l'air. Sebastian la saisit au vol, attirant à lui l'homme qui la brandissait pour lui assener un coup de poignard en plein cœur. Un instant, l'homme resta debout face à lui. C'était un grand rouquin, avec un regard vicieux. Une grimace incrédule déforma ses traits, puis son regard se fit vitreux et il s'écroula, entraînant Sebastian dans sa chute.

La fille poussa un cri.

Sebastian s'empressa de se relever. La fille avait été harponnée par deux gredins, qui tentaient de l'emmener avec eux.

Au même instant, une charrette de marchandises tourna au coin de la rue.

La fille réussit à se libérer, abandonnant son manteau derrière elle. Mais, dans sa fuite, elle glissa sur les pavés mouillés, à quelques mètres des chevaux tirant la charrette qui fonçaient droit sur elle.

Sebastian voulut se précipiter pour l'aider. Mais il savait qu'il arriverait trop tard.

Le cocher tira sur les rênes. Les chevaux regimbèrent, mais la fille eut le temps de rouler sur le côté.

Pas assez, cependant, pour éviter la charrette, dont la roue lui heurta le crâne avec un bruit mat. Elle voulut se redresser, vacilla quelques instants sur ses jambes, avant de s'affaler sur le pavé.

Un ordre fusa alors en gaélique. La bande des Irlandais ramassa ses blessés et battit en retraite.

Sebastian enjamba un cadavre pour rejoindre la fille.

Elle gisait sur le côté, comme endormie. Sa robe était déchirée et elle était couverte de sang et de boue. L'une de ses mains, paume ouverte, recueillait la pluie. Sebastian la crut morte.

Adrian le rejoignit.

— Bonté divine ! s'exclama-t-il. *Elle !*

Sebastian approcha une main des narines de la jeune femme. Dieu merci, elle respirait toujours.

Elle rouvrit les yeux, mais ne parut pas le voir.

— Que… ?

— Vous êtes sauvée.

— Je… J'ai mal… murmura-t-elle, avant de sombrer brièvement dans l'inconscience, les yeux grands ouverts.

— C'est grave ? demanda Adrian.

— Heureusement, la roue n'a fait que lui effleurer le crâne, répondit Sebastian, écartant les cheveux de la jeune femme pour lui montrer sa blessure. Mais à quelques centimètres près, elle avait la tête fracassée.

Adrian sortit un mouchoir de sa poche.

— Elle saigne beaucoup.

— Les blessures au crâne saignent toujours beaucoup, fit valoir Sebastian, qui avait connu assez d'accidents en mer pour ne pas s'inquiéter outre mesure.

Et, tâtant le crâne de la jeune femme, il ajouta :

— Je ne sens aucune fracture. Et elle ne saigne pas du nez, c'est l'essentiel.

Elle avait repris connaissance et s'agitait. Sebastian la maintint fermement pour l'empêcher de bouger.

— J'aurais besoin de plus de lumière pour m'assurer qu'elle n'est pas gravement blessée.

— Dans la taverne, là-bas ?

La jeune femme était trempée jusqu'aux os, et elle se refroidissait dangereusement.

— Non, ne restons pas ici. Ils pourraient revenir, avec du renfort.

Il ôta sa redingote pour en couvrir la jeune femme, avant de la soulever dans ses bras. Elle ne pesait rien.

Elle s'agita de plus belle.

— Reposez-moi. Je peux marcher, assura-t-elle.

Mais à peine eut-elle terminé sa phrase que sa tête bascula contre le torse de Sebastian.

— Vous voyez bien que vous n'êtes pas en état de marcher, répliqua-t-il avant de se tourner vers Adrian. Donne-moi ton poignard. Je n'en ai plus. Je vais la porter jusqu'au *Flighty*.

Adrian se saisit d'un poignard, qu'il essuya sur la chemise d'un des cadavres avant de le tendre à Sebastian.

— Je te rejoindrai là-bas, dit-il. Mais avant, je veux découvrir qui a envoyé ces types. Prends bien soin d'elle pour moi, Bastian.

Adrian faisait autorité dans le monde très secret des espions politiques, et dirigeait le département de l'Intelligence Service – les services secrets britanniques. C'est pourquoi il était très souvent l'objet d'agressions. Et ce n'était pas la première fois que Sebastian se retrouvait impliqué à ses côtés. Mais parfois des innocents, comme cette pauvre fille, avaient également à en pâtir.

— Tu as décidément beaucoup d'ennemis dans cette ville.

— Certes, acquiesça Adrian qui s'agenouillait auprès de chaque corps, pour vérifier que leurs agresseurs restés sur le pavé étaient tous morts. Mais aujourd'hui, ce n'est pas après moi qu'ils en avaient. C'est elle qu'ils voulaient.

3

À bord du Flighty Dancer

— Ouvrez-moi la porte, ordonna Sebastian.

Son garçon de cabine se précipita, courant pieds nus sur le pont.

Quand Sebastian déposa la jeune femme sur le lit, celle-ci s'agita encore légèrement.

— Où… ? murmura-t-elle d'une voix faible.

— Elle saigne, capitaine.

— Je sais, répliqua Sebastian. Apporte-moi de l'eau chaude.

Son ton sec fit détaler le gamin.

À voir la jeune femme gisant sur les draps, ses cheveux collés en mèches humides sur l'oreiller, il était difficile de croire qu'elle ait pu payer des hommes pour simuler une agression. Dans quel pétrin s'était-elle donc fourrée ?

Bien qu'à moitié inconsciente, elle tenta de se redresser.

— Laissez-moi…

Sebastian la repoussa doucement sur le matelas.

— Calmez-vous. Vous avez besoin de repos. Et vous n'avez rien à craindre ici.

Le voyait-elle ? C'était peu probable. Son regard était vide.

— Je... J'ai mal...

— Où avez-vous mal ?

— Partout, répondit-elle, fermant les yeux.

— Je veux bien le croire. Espérons que vous n'avez rien de cassé dans le crâne, car ça, je ne pourrais pas le soigner.

De toute façon, il n'y avait pas mieux à faire, pour l'instant, que d'attendre.

Mais Sebastian avait douloureusement conscience que c'était sa faute si la jeune femme avait été blessée. Et tout cela parce qu'il avait bu. Il se reprochait amèrement sa bêtise.

Il récupéra sa redingote, puis lui ôta ses chaussures. Elle ne saignait que de la tête, mais elle était trempée de partout, et elle frissonnait – de froid, et du choc qu'elle avait reçu. Pour commencer, il était urgent de la débarrasser de ces vêtements mouillés.

Après un instant d'hésitation, il décida d'utiliser le poignard donné par Adrian pour couper les lacets de sa robe et de son corset. Elle ne réagit pas. Ses seins, libérés de leur prison de tissu, s'offrirent au regard de Sebastian. Ils avaient la rondeur des pêches d'été.

— Ils n'ont pas été touchés, dit-il. Voilà qui rassurera bien des hommes, n'est-ce pas ?

Sa poitrine était magnifique. Et Sebastian eut une nouvelle érection violente. Mais il s'obligea à garder la tête froide et poursuivit sa tâche, de l'air le plus détaché possible. Hélas, ce n'était pas facile. Comment faisaient donc les médecins ? Étaient-ils tous eunuques ?

La peau de la jeune femme était douce au toucher, mais glacée. Sebastian trancha également ses jupons, et ne tarda pas à distinguer quelques boucles de poils sur son bas-ventre. Elle était blonde, là aussi. Blonde comme les blés. C'était le genre de détail dont un homme ne pouvait pas jurer avant de l'avoir vérifié de ses propres yeux.

Une légion d'amants avait probablement déjà moissonné ces blés-là. Mais Sebastian mourait cependant d'envie d'y approcher la main.

Toutefois, il ne pouvait se permettre une telle privauté sans y avoir été invité par la jeune femme.

Il soupira, et continua de couper le reste de ses jupes.

Qu'était-elle venue faire à Katherine Lane ? Et pourquoi avait-elle essayé de le détrousser ? Quelqu'un l'obligeait-il à travailler dans le quartier des docks, au risque d'être agressée par une bande d'Irlandais vindicatifs ? Si c'était le cas, cela devait cesser.

Il avait à présent fini de la déshabiller et elle gisait nue, sur la banquette de sa cabine, légèrement recroquevillée sur le côté comme pour se protéger du froid. Elle ne portait plus rien d'autre qu'un petit médaillon, attaché autour de son cou à un fin ruban bleu.

Ainsi dénudée, elle paraissait infiniment vulnérable. Beaucoup plus, en tout cas, que lorsqu'elle se tenait tout à l'heure face à lui, sous la pluie, à lui débiter ses mensonges.

Sebastian s'intéressa de plus près au médaillon. Il était en or. Le temps avait émoussé les ciselures qui l'ornaient, mais c'était encore un très beau bijou, digne du travail des meilleurs orfèvres italiens.

— Ce genre de médaillon s'aperçoit rarement sur Katherine Lane, dit-il à haute voix. Je crois que nous aurons beaucoup de choses à nous dire, une fois que vous serez réveillée.

Il se garda toutefois d'ouvrir le médaillon, et le reposa sur la gorge de la jeune femme, y attardant quelques instants sa main.

— Votre pouls bat comme une horloge. Voilà qui est bon signe. Vous serez bientôt rétablie.

Il avait l'impression de caresser une statue de marbre qui s'éveillerait lentement à la vie. Ses mains, insensiblement, s'approchèrent des seins de la jeune femme. Mais le contact de ses doigts ne lui suffisait pas : il mourait d'envie de les goûter.

Bon sang ! Était-ce une façon de traiter une femme inconsciente ?

Sebastian refusait de se laisser gouverner par ses sens.

— Je suis excité comme un escadron de marins regagnant la terre ferme après des mois de traversée, murmura-t-il, s'éloignant de la banquette. Le mieux, pour y remédier, est de couvrir votre charmant petit corps.

Les couvertures se trouvaient dans le bas de sa penderie, les serviettes sous la table de toilette. Il se servit des deux, revint vers la banquette et commença par sécher la jeune femme avec une serviette.

— Nous discuterons de vos charmes tentateurs plus tard, dit-il, continuant de lui parler comme si elle pouvait l'entendre. Je préfère les femmes qui répondent à ma conversation.

Quand il l'eut bien séchée, il l'enveloppa dans une couverture rayée vert et bleu, jusqu'à la faire disparaître entièrement sous l'étoffe de laine. Malheureusement, cela ne suffit pas à lui refroidir les sangs.

— Où est donc passé ce maudit garçon de cabine ? marmonna-t-il.

L'effet que produisait son invitée sur lui était proprement incroyable. Il ne se souvenait pas d'avoir autant désiré une femme.

— Vous avez la grâce d'une sirène, lui lança-t-il encore. Peut-être sortiez-vous de votre royaume marin lorsque nous nous sommes croisés sur Katherine Lane ? Voilà, en tout cas, qui expliquerait votre présence dans ces parages.

— Il fait noir, dit-elle soudain, sans ouvrir les yeux.

Sebastian comprit que ce n'était pas à lui qu'elle s'adressait. Il répondit cependant :

— Les lampes ne sont pas encore allumées. Mon garçon de cabine s'en chargera à son retour.

— Je... n'arrive pas à sortir, murmura-t-elle, se recroquevillant dans sa couverture.

— Je suis là.

— Noir, il fait noir...

Forcément. Elle gardait les yeux obstinément fermés.

— Je vais allumer les lampes tout de suite.

Pendant qu'il les allumait, Tom revint enfin, avec une bassine d'eau chaude, rompant du même coup l'idylle privée de Sebastian avec sa sirène.

— Elle est morte ? jeta le gamin, claquant la porte derrière lui.

— Non. Elle ne va pas tarder à se réveiller, et elle me demandera pourquoi je garde un crétin comme toi à mon service. Approche la bassine du lit.

Sebastian s'assit sur le rebord de la banquette et trempa le coin d'une serviette dans l'eau chaude pour nettoyer les écorchures que la jeune femme portait aux mains.

Tom, un gamin de onze ans précoce pour son âge, tentait de regarder sous la couverture.

— Waouh ! Ce qu'elle est belle ! Et elle se vendait sur Katherine Lane ?

— Oui, mais pas à des garçons comme toi.

La jeune femme rouvrit ses yeux ambrés. Elle découvrit le visage de Tom penché sur elle.

— Qui... Qui êtes-vous ?

— Je m'appelle Tom. Et je suis ravi de faire votre connaissance.

— Dites-lui que je n'arrive pas à sortir.

— Quoi ? Ah oui, mam'selle, je vais lui dire, pour sûr. Désirez-vous quelque chose ? Une tasse de thé ? Le poêle est allumé dans les cuisines. Je pourrais vous monter une tasse de thé bien chaude.

Sebastian désigna la porte.

— Tom, sois gentil de sortir.

La jeune femme suivit Tom des yeux, jusqu'à ce qu'il ait disparu derrière la porte. Puis elle laissa son regard errer dans la cabine, s'arrêtant sur les étagères de livres, la table à cartes, la penderie, avant de se focaliser sur Sebastian.

— Où suis-je ?

— Sur mon bateau. Combien de doigts voyez-vous ?

— Trois.

— La lumière vous fait-elle mal aux yeux ?

— Tout me fait mal.

Elle voulut se redresser pour s'asseoir dans le lit, et cette fois Sebastian l'aida.

— Racontez-moi tout, jeune fille. Qui êtes-vous ?

— Jess. Je m'appelle Jess.

Lorsqu'elle avait murmuré quelques mots dans son inconscience, son accent était faubourien. Mais à présent, elle s'exprimait comme une lady des beaux quartiers. Voilà qui était de plus en plus intrigant – et intéressant.

— Avez-vous gardé le souvenir de ce qui s'est passé ?

Elle secoua la tête.

— Non.

— Savez-vous quel jour nous sommes ?

— Non, je... Oh, cessez de me poser des questions idiotes !

Elle était devenue amnésique. Du moins, partiellement. Sebastian avait déjà été confronté à pareil cas, quand son bosco était tombé de la mâture. Il lui avait fallu plus de vingt-quatre heures avant qu'il se remémore le nom du bateau sur lequel il naviguait. En revanche, il n'avait gardé aucun souvenir de sa chute.

— Vous frissonnez encore. Laissez-moi vous frictionner.

Comme elle ne protestait pas, il prit une autre serviette pour mieux lui sécher les cheveux, s'obligeant à des mouvements lents afin de ne pas l'effrayer. Tout le temps qu'il se livra à cette tâche, elle resta muette, les sourcils froncés, comme si elle réfléchissait.

— Je ne me souviens de rien, lâcha-t-elle finalement. Que m'est-il arrivé ?

— Vous avez été heurtée par une charrette, se contenta de répondre Sebastian.

Les détails attendraient demain. Ils avaient de toute façon beaucoup de choses à se dire.

Il reposa la serviette. À présent que ses cheveux étaient bien secs, leur couleur s'était éclairée, et ils étaient encore plus magnifiques.

— Je me sens perdue, murmura-t-elle.

— C'est normal. Mais d'ici une heure ou deux, vous vous sentirez déjà mieux.

— Je ne…

Elle s'interrompit au milieu de sa phrase, pour regarder sous la couverture qui l'enveloppait. Ses yeux s'écarquillèrent.

— Vous m'avez déshabillée ! Je suis toute nue !

Sebastian se recula, soudain honteux.

L'inconnu se recula et ouvrit les mains, comme pour montrer qu'il ne lui voulait aucun mal.

— Vous n'êtes pas nue, dit-il. Il y a cette couverture.

Oh, voilà qui était certainement rassurant ! Elle était nue, dans une couverture.

— Comment vous appelez-vous ?

— Sebastian.

— Se... bas... tian... répéta-t-elle, détachant chaque syllabe.

Ce nom ne lui disait rien.

— Je ne me rappelle pas de vous.

— C'est normal. Nous ne nous connaissons pas.

— Alors, pourquoi suis-je nue dans votre cabine ?

— Vos vêtements étaient trempés, expliqua-t-il posément, comme s'il parlait à une fillette terrorisée.

Elle aperçut sa robe, qui traînait en lambeaux sur le plancher.

— Ma robe était mouillée, alors vous l'avez déchirée. Il ne faut pas vous croiser un jour d'orage, ne put-elle s'empêcher d'ironiser malgré la précarité de sa situation.

— Vous étiez trempée jusqu'aux os, et vous trembliez de froid, alors j'ai paré au plus pressé.

Elle avait beau creuser dans ses souvenirs, elle était incapable de se rappeler comment elle avait pu atterrir sur ce bateau. Et se retrouver nue dans la cabine du capitaine – car il s'agissait de la cabine du capitaine, à en juger par son aménagement.

Pour corser le tout, elle avait l'impression que l'intérieur de son crâne était en miettes. Une chose était sûre, cependant : elle s'était mise dans un beau pétrin.

— Je ne vous veux aucun mal, lui assura le dénommé Sebastian.

Évidemment ! Irait-il se vanter du contraire ?

Il était jeune, pour un capitaine. Pas beaucoup plus de trente ans. Il avait les cheveux très noirs, un grand nez et une peau de marin, hâlée par le soleil et tannée par les embruns. Des taches de sang maculaient sa chemise, mais probablement était-ce le sien.

Je l'ai déjà vu, se dit-elle soudain. Et une bribe de mémoire lui revint, telle une bulle d'air remontant à la surface : elle se tenait face à lui, sous la pluie. Il contemplait ses lèvres, en passant un doigt dessus.

— *Cinq shillings !*

La bulle de mémoire éclata. Elle n'aurait pas su dire ce qui s'était passé ensuite.

— Cessez de gamberger, lui dit-il. Vous n'avez pas à vous inquiéter. Je vais prendre soin de vous.

Je n'ai pas besoin que vous preniez soin de moi. Je veux juste retrouver mes vêtements, se retint-elle de répliquer en serrant la couverture contre elle. Celle-ci lui rappelait ces couvertures grecques dont papa aimait se servir à La Valette, pour emballer les marchandises fragiles et...

Ce souvenir-là aussi vola en éclats. L'image du port de La Valette se désintégra, emportant papa avec elle. Mais elle avait le sentiment qu'elle devait faire quelque chose pour son père. Quelque chose d'important...

Malheureusement, c'était le chaos dans sa tête.

— Comment suis-je arrivée ici ?

— Je vous ai portée moi-même, après votre accident.

Elle ne se souvenait pas d'avoir été heurtée par une charrette. En revanche, une autre image lui revenait à présent en mémoire.

Il brandissait un poignard, et il m'abritait derrière lui pour me protéger...

Elle regarda la pluie par la fenêtre de la cabine.

— J'étais... dans la rue. Avec vous. Et vous avez tué quelqu'un.

Il hocha la tête.

— Il y a eu une bagarre. Nous reparlerons de tout cela demain. Vous y verrez plus clair quand votre crâne vous fera moins souffrir.

C'est donc un assassin.

Cependant, il l'avait protégée. Elle en était certaine.

Il alluma une autre lampe, qu'il posa sur la table à cartes. Elle le regarda faire. Il avait de grandes mains. Mais toute sa stature était imposante. Et l'on voyait qu'il était habitué à vivre sur un bateau. Il donnait l'impression de remplir tout l'espace de la cabine.

Il revint vers le lit. Elle ne put s'empêcher de frémir en le voyant approcher.

— Calmez-vous. Je n'ai pas l'intention de porter la main sur vous.

Beaucoup de choses avaient pu se passer depuis qu'elle avait perdu connaissance.

— C'est peut-être déjà fait ?

— Ne soyez pas idiote. Croyez-vous que je me serais amusé avec vous, alors que vous étiez trempée jusqu'aux os ?

— Je ne suis pas idiote. Ce que je vois, c'est que je n'ai plus ma robe sur moi, et que vous…

— Que je quoi ? la coupa-t-il. Je ne saute pas sur toutes les femmes qui passent à ma portée.

La tête lui tournait. Elle se sentait si faible qu'il pourrait abuser d'elle s'il le voulait.

— Je ne suis pas un violeur, reprit-il d'une voix ferme.

— Mon père a de l'argent. Je pourrais vous payer…

— Si votre père avait de l'argent, je ne vous aurais pas trouvée à traîner sur Katherine Lane, répliqua-t-il sèchement, avant d'ajouter d'une voix radoucie : Voulez-vous que je sorte ? Je peux remonter sur le pont, si vous préférez. Je vous laisserai aux bons soins de mon garçon de cabine.

La flamme de la lampe qu'il avait déplacée vacillait encore, balayant ses traits d'un jeu d'ombre et de lumière.

— Vous pouvez aussi quitter ce bateau, reprit-il. Vous n'irez pas loin avant de vous écrouler, mais je ne vous retiendrai pas de force. Vous pouvez même emporter la couverture avec vous.

Il y eut un long silence.

— Vous... ne m'avez rien fait, n'est-ce pas ?

— Rien. Je n'ai pas pour habitude de coucher avec des femmes inconscientes. D'autant que Londres regorge de candidates consentantes. Et mignonnes, en plus.

Il semblait rire. D'elle ? Ou de lui-même ?

— Je suppose que si vous aviez voulu... vous auriez pu facilement.

— Oui. À condition d'avoir envie d'une femme aussi pâle que le ventre d'un poisson.

Elle n'aurait pas fait confiance à un homme trop gentil, trop rassurant. Celui-ci, en revanche, avec ses manières impatientes et son parler cru...

— Passons un marché, Jess, proposa-t-il. Je ne vous touche pas, et de votre côté, vous n'essayez pas de percer un trou à travers le plancher de cette cabine. C'est d'accord ?

Il tendait la main, pour qu'elle la serre.

— Je tiens toujours parole, précisa-t-il. Vous pourriez le vérifier auprès de n'importe qui.

Sa main était deux fois plus grande que la sienne. Et tannée par le soleil. Des cals se voyaient à la jonction des doigts.

Elle sortit une main de sous la couverture pour la poser sur sa paume. Mais ce simple contact lui causa un choc. Tout à coup, le capitaine avait l'air encore plus imposant physiquement, plus réel. Elle sentit son sang pulser dans son ventre, ainsi qu'entre ses cuisses – et elle savait ce que cela signifiait, car elle n'était pas totalement ignorante des choses de la chair. Son corps avait pris conscience qu'elle était en présence d'un homme particulièrement viril.

Il lui serra la main, avant de la relâcher.

— Marché conclu, dit-il. Je vous protège pour cette nuit, y compris de moi-même. En échange, vous me faites confiance. De toute façon, ajouta-t-il, se dirigeant vers les rayonnages de la bibliothèque pour s'emparer d'une carafe qui s'y trouvait au milieu des livres, c'est ce que vous avez de mieux à faire. Si vous tentiez de vous enfuir, vous n'iriez pas loin.

Il me rappelle papa, songea-t-elle. Il a la même façon de s'imposer en affaires.

— Je vous offre du brandy pour sceller notre accord, reprit-il. Et aussi pour vous réchauffer. Vous êtes toute bleue. Serrez davantage la couverture sur vous.

Elle le regarda lui verser un verre. Puis il prit, sur la même étagère, une petite boîte en bois. Elle s'ouvrait comme un livre et contenait divers médicaments. Il choisit une fiole de verre bleu, et fit couler trois gouttes de son contenu dans le brandy.

Son geste tendait à prouver qu'il était parfaitement sincère – ou alors, suprêmement machiavélique. Ne pouvant trancher pour l'instant, elle préféra s'en tenir, prudemment, à la seconde hypothèse.

— J'aime la façon dont vous jouez les docteurs devant moi.

— Je voudrais surtout apaiser vos soupçons.

— Que mettez-vous dans mon brandy ?

Il referma la fiole et la rangea dans la boîte, avant de saisir un petit sac en toile, dans lequel il puisa quelques herbes réduites en poudre pour les verser également dans le verre.

— Ces herbes calment la douleur. Et les gouttes, c'est pour réduire la fièvre.

— Parce que vous croyez que je vais boire ça ? Il remua le verre pour bien mélanger le tout.

— Vous pouvez balancer le verre par la fenêtre, si ça vous chante. Mais ce serait dommage de perdre un aussi bon brandy.

— Les poissons seraient sans doute contents de le boire. La Tamise doit être glacée, à cette heure de la nuit.

— Cette cabine aussi est froide. Et humide, répliqua-t-il, s'approchant du lit pour lui tendre le verre. Buvez ça, et cessez de dire des sottises. Si vous persistez à ne pas me faire confiance, je vous renvoie dehors sous la pluie.

Elle renifla le verre. Il dégageait une odeur de brandy. Elle le goûta du bout des lèvres. Il avait goût de brandy.

— D'où viennent vos herbes médicinales ?

— D'Orient, répondit-il en rangeant sa boîte dans les étagères. Et je vous garantis qu'elles ne vous feront aucun mal.

Elle lampa une autre goutte.

— Je ne crois pas beaucoup à la médecine. Mais ce brandy est très bon, en effet. Mon père est négociant en alcools.

Enfin, pour être plus précis, il vend de l'alcool de contrebande, songea-t-elle. Parmi bien d'autres marchandises du même acabit.

On entendait la pluie tomber sur le pont, au-dessus de leurs têtes. C'était un bruit familier, presque agréable. Elle avait passé tant de nuits en mer, par gros temps ! Mais elle s'étonnait de se sentir en sécurité dans cette cabine, avec cet inconnu. C'était sans doute parce qu'il donnait l'impression de maîtriser parfaitement son rôle de capitaine.

Elle jeta un coup d'œil par la fenêtre. La pluie tambourinait contre la vitre et s'écoulait en rigoles parallèles. Les quais étaient déserts. En revanche, d'innombrables bateaux de toute taille – goélettes, frégates ou simples péniches – avaient jeté l'ancre au milieu de la Tamise et se balançaient au gré du courant, dressant une forêt de mâts dans le brouillard.

Il est capital de connaître l'heure d'appareillage des navires. C'est déjà résoudre la moitié de l'énigme. L'autre moitié... l'autre moitié...

Elle n'aurait su dire en quoi consistait l'autre moitié. À peine croyait-elle avoir recouvré la mémoire que ses souvenirs la fuyaient de nouveau.

— Je n'arrive pas à me concentrer, murmura-t-elle.

— Alors, c'est une chance que vous n'ayez pas besoin de réfléchir pour l'instant.

Elle contemplait son verre, se demandant si elle pouvait le boire en entier ou non. Mais, après tout, pourquoi ne pas lui faire confiance ? Le capitaine avait risqué sa vie pour elle. Et puis, elle avait conclu avec lui un marché.

— Je ne vous ai pas encore remercié, dit-elle. De m'avoir sauvé la vie.

Il haussa les épaules, d'un air désabusé. Elle était consciente qu'il pouvait tout se permettre avec elle, s'il le souhaitait. Et cependant, il n'en faisait rien. C'était, de toute évidence, un homme dangereux. Pourtant, elle sentait qu'elle pouvait lui accorder sa confiance. En apparence, cela relevait du paradoxe, mais sous quelque angle qu'elle considérât la situation, elle arrivait toujours à la même conclusion.

Elle vida d'un trait la moitié de son verre.

Il devina l'instant précis où elle décida de lui faire confiance. Elle but son brandy, et cessa d'avoir l'air d'un chat prisonnier d'un navire en train de couler. Tant mieux. Il était soulagé de ne plus la terroriser.

— Avez-vous encore un peu peur de moi ?

— Un peu. Vous êtes très imposant, physiquement. Mais je suppose que vous êtes au courant.

Elle était à sa merci, et elle le savait. Pourtant, elle restait maîtresse d'elle-même. Cette femme était décidément courageuse.

— Vous finirez par vous habituer à moi.

Sentant son excitation revenir, il préféra s'éloigner du lit, et pour s'occuper il fit un tas avec les serviettes humides, qu'il poussa dans un coin.

— Vous transportez des oranges, dit-elle après un long silence. Je sens leur parfum.

Il n'en était pas conscient lui-même, mais probablement le *Flighty* garderait longtemps leur odeur.

— Nous les avons débarquées le matin de notre arrivée. Et j'étais bien content d'en être débarrassé. C'est une marchandise un peu trop délicate.

— Il faut les entreposer dans un endroit aéré. Pas trop en dessous de la ligne de flottaison.

Elle s'y connaissait en cargaisons. Probablement avait-elle un père ou un frère dans la marine marchande.

Pour meubler le temps, il lui parla de ses trajets en Méditerranée. Elle l'écoutait attentivement.

— J'ai l'impression de connaître toutes ces îles, murmura-t-elle. Malte. La Crète. Minorque...

Quand elle serait à lui, Sebastian lui montrerait les îles grecques. Cette perspective le réjouissait déjà : il imaginait Jess déambulant sur le pont ou s'appuyant au bastingage, ses cheveux flottant au vent et sa peau prenant des couleurs avec le soleil.

Mais si elle préférait rester en Angleterre, il amènerait le monde entier jusqu'à elle. Chaque fois qu'il jetterait l'ancre à Londres, il la rejoindrait dans leur maison. Elle l'attendrait, blottie devant la cheminée de leur salon. Elle serait un peu endormie, comme maintenant, et il commencerait par lui raconter son voyage. Puis il déposerait à ses pieds les offrandes ramenées de ses étapes. C'était le genre de femme qu'il adorerait couvrir de cadeaux.

Elle se frotta les tempes.

— J'ai mal au crâne, dit-elle. (Baissant les yeux, elle grimaça soudain.) J'ai mis du sang sur votre couverture. Je suis désolée.

— J'en ai trois cents autres dans la soute. Je ne suis pas à une couverture près.

— Seulement 0,3 % de perte ? Ce n'est pas beaucoup, pour une cargaison.

Elle savait calculer, en plus ! Décidément, cette femme l'intriguait.

Elle bâilla.

— Je devrais rentrer à la maison pour nourrir Kedger. Pitney peut s'en charger, bien sûr, mais il n'aime pas beaucoup Kedger.

Elle devait parler de son chien. Ou de son chat. Les femmes aimaient les animaux de compagnie. Quand il rentrerait de naviguer, sans doute la trouverait-il occupée à l'attendre, un chat sur ses genoux. Et si elle n'avait pas de chat, il lui en achèterait un. Lui aussi, il aimait les chats.

— Kedger sera bien traité. Restez avec moi.

Elle contemplait son verre d'un air soucieux.

— Je n'aime pas rentrer à la maison quand papa n'y est pas.

Sebastian s'assit à côté d'elle. Elle le laissa faire, preuve qu'elle n'avait plus du tout peur de lui. Il lui prit doucement le menton pour l'obliger à le regarder en face.

— Restez avec moi, Jess. Il fait froid dehors. C'est la nuit. Et il pleut.

Sans compter que les Irlandais l'attendaient sans doute au coin d'une ruelle pour lui régler son compte.

— Il pleut, répéta-t-elle.

— Et vous êtes ivre. Le mieux est de rester ici.

— Je suis ivre ?

— Bien sûr. Mais finissez donc votre verre, au point où vous en êtes.

Il approcha le verre de ses lèvres et l'incita à boire, afin qu'elle prenne tous ses médicaments avant de s'endormir.

— Voilà, c'est bien. Jusqu'à la dernière goutte.

— Ivre ? répéta-t-elle tandis qu'il récupérait le verre vide. En tout cas, la tête me tourne.

— Détendez-vous donc. Et profitez un peu de ce moment.

— Je ne suis pas habituée à cela. À boire, je veux dire. Je suis quelqu'un de très sérieux.

— Je n'en doute pas.

Elle le regarda reposer le verre sur la table. Mais ses yeux commençaient à fixer le vide.

— Mon père m'avait exhortée à ne rien faire de répréhensible, dit-elle. Mais j'ai bien peur de ne pas l'avoir écouté.

Fronçant les sourcils, elle soupira :

— Malheureusement, je ne me souviens pas des détails. Avez-vous déjà pêché à la ligne, capitaine ? Connaissez-vous cette sensation de voir le poisson vous échapper alors que vous le pensiez à votre merci ? Eh bien, c'est la même chose avec mes souvenirs. Je sais que je devais faire quelque chose, mais quoi ? Je ne me le rappelle plus.

— Laissez donc le poisson filer pour ce soir. La mémoire vous reviendra demain matin.

Malgré tout le brandy qu'elle avait avalé, elle continuait d'argumenter et de réfléchir. Quelle femme entêtée ! Cependant, elle ne protesta pas quand il l'obligea à se rallonger sur la banquette. Elle le laissa même lui caresser furtivement les cheveux.

L'alcool et les médicaments commençaient de produire leurs effets. Les pensées de la jeune femme se dissolvaient à vue d'œil, comme de la neige sous le soleil. Au bout d'un moment, ses doigts lâchèrent la couverture. Son pendentif glissa légèrement, pour se nicher juste entre ses seins. Des seins qu'elle avait ravissants.

— Vous avez eu beaucoup de femmes, n'est-ce pas, capitaine ? s'enquit-elle d'une voix altérée par le sommeil. Vous me faites l'impression de quelqu'un qui en aurait eu beaucoup, en tout cas.

Mais aucune n'était comme vous.

— Pas tant que cela. Avez-vous assez chaud ? Je peux vous apporter une autre couverture.

— Quoi ? Oh, non, ce ne sera pas nécessaire.

Il se pencha, pour mieux admirer la belle femme à moitié endormie qui occupait son lit. Elle plaça une main entre eux, non pour le repousser, mais pour le toucher, comme par curiosité. Il approcha ses lèvres. Elle battit des paupières, avant de fermer les yeux pour le laisser l'embrasser sur le front. Elle l'ignorait encore, mais ce serait la première d'une longue série de redditions.

Sebastian laissa ensuite descendre ses lèvres sur les paupières de la jeune femme, bien décidé à séduire, centimètre par centimètre, sa charmante détrousseuse de bourses.

Il était convaincu qu'une grande histoire s'amorçait entre eux – même s'il n'aurait pas su expliquer d'où lui venait cette certitude. Deux heures à peine après avoir tiré la jeune femme des dangers de Katherine Lane, il éprouvait pour elle un sentiment presque irrationnel de possession. Comme si la marée montante l'avait déposée en offrande à ses pieds, et qu'il se sentait désormais responsable de son sort. L'idée de conquérir le cœur de cette femme le comblait d'aise. Et il s'imaginait déjà avec ravissement toutes les années qu'il passerait auprès d'elle, à l'aimer.

D'ailleurs, elle lui appartenait déjà, même s'il était le seul à le savoir, pour l'instant. Demain, il irait trouver son père – ce père indigne qui la laissait risquer sa vie – et il l'en débarrasserait. Ou son souteneur, le type à la canne. Enfin, celui à qui elle appartenait. Désormais, elle n'aurait plus à détrousser les poches des gens dans le froid et l'obscurité des ruelles londoniennes. Sebastian négocierait son rachat. Peu importe le prix qu'elle pourrait lui coûter. Il était riche.

Et quand elle ne serait plus qu'à lui, il la séduirait physiquement. Dans son lit. Commencerait alors un long, un très long voyage.

Dans moins d'une semaine, elle serait à lui corps et âme. Il s'en fit le serment. Elle s'ouvrirait pour lui comme un fruit exotique, et il en goûterait l'exquis nectar.

De toute façon, Sebastian avait largement le temps de parvenir à ses fins. Il avait en effet prévu de rester à Londres quelques semaines. Il tenait à voir Josiah Whitby pendu.

4

Il resta allongé contre elle un long moment, à la regarder. Elle dormait dans une posture d'abandon qu'il trouvait incroyablement touchante. Ce n'était pas une fille pour une simple passade. Quand un homme trouvait une maîtresse telle que celle-ci, il la gardait.

— Si un autre essaie de te voler à moi, Jess, murmura-t-il, je l'étriperai sans même réfléchir.

— Comment va-t-elle ? demanda soudain Adrian.

Il s'était glissé dans la cabine aussi furtivement qu'une ombre. Son talent pour se faufiler partout n'avait pas d'égal.

— Elle dort. Le coup qu'elle a reçu sur la tête lui a égaré l'esprit. Elle ne sait plus très bien où elle en est. Mais tout ira mieux demain matin, au réveil.

— Tant mieux, répliqua Adrian d'une voix fraîche. Maintenant, gredin, explique-moi ce qu'elle fait nue, avec toi, dans ton lit.

Zut. Sebastian roula aussitôt hors du lit. Ses pieds tombèrent avec un bruit mat sur le plancher de la cabine, et il se redressa pour faire face à son ami. Adrian avait l'air furieux.

Sebastian se souvint alors qu'il s'était agenouillé auprès de Jess, dans la rue. Comme s'il la connaissait. Vive, intelligente, douée pour faire les poches, imitant à ravir l'accent faubourien : Jess partageait beaucoup de points communs avec Adrian.

Il aurait dû se douter qu'une telle fille appartenait déjà à quelqu'un. N'empêche : cette découverte lui causa un choc.

J'ai mis la maîtresse d'Adrian dans mon lit...

— Que lui as-tu fait ? demanda Adrian, les lèvres serrées.

Mieux valait ne pas dire toute la vérité.

— Rien. Rien, en tout cas, dont tu n'aurais pu être le témoin.

— Rien, vraiment ? insista Adrian avec un regard en direction du lit. (La couverture avait légèrement glissé, révélant un peu de la peau de la jeune femme.) Pourquoi ai-je du mal à te croire ? Mais je n'aurais jamais imaginé que tu étais le genre d'homme à vouloir te venger par tous les moyens.

— Me venger de quoi ?

Il y eut un silence. Puis Adrian lâcha :

— Alors, tu ne sais pas qui elle est ?

— C'est ta femme ? Dis-le-moi, bon sang ! Elle est à toi ou non ?

— Ainsi, tu ne sais pas. Mais il t'a suffi de jeter les yeux sur elle pour l'attirer dans ton lit. Bah ! J'aurais dû me douter que ça arriverait.

— Je l'ai mise dans mon lit pour la réchauffer, se défendit Sebastian.

— Me crois-tu donc si crédule ? rétorqua Adrian. Mais il riait.

— Ce n'est pas ta femme, en conclut Sebastian.

— Non, ce n'est pas « ma femme ».

Sebastian se sentit soulagé d'un poids.

— C'est peut-être l'un de tes agents ?

— Pas vraiment.

Cette fois, Sebastian se détendit complètement.

— Alors, qui est-ce ?

— Ah. C'est la question du jour, n'est-ce pas ? répondit Adrian, qui contemplait la jeune femme endormie avec une expression indéchiffrable.

— Dis-moi comment elle s'appelle.

Jess se tourna sur le côté et gémit dans son sommeil, attirant leur attention. Adrian fut le plus rapide, et remonta la couverture jusqu'à son menton.

— Continuons cette conversation sur le pont. Elle a l'air d'avoir le sommeil léger, et je ne voudrais pas qu'elle me voie.

— Avec le brandy qu'elle a bu, elle ne peut pas avoir le sommeil léger, objecta Sebastian en s'asseyant sur la couchette à côté de Jess, qui ne se réveilla pas. Alors, explique-toi. Qui étaient ces hommes ?

— Il te reste du brandy ? Ou as-tu vidé toute la bouteille pour assommer Jess ?

— Parle donc, à la fin !

Adrian s'empara du verre dans lequel avait bu Jess et le renifla avec une grimace.

— Tu l'as droguée, dit-il, observant le verre à la lumière. Mais je n'arrive pas à savoir avec quoi...

— Avec la poudre que je me suis procurée à Alexandrie, répondit Sebastian, qui s'obligeait à la patience. Que faisait-elle sur Katherine Lane ?

— Oh, c'est très simple. Elle t'attendait.

Sebastian se tourna vers la jeune femme toujours endormie, et il prit une mèche de ses cheveux entre ses doigts. Elle bougea légèrement, mais ne se réveilla pas.

— Elle m'attendait ? Mais pourquoi ? Que pouvait-elle me vouloir ?

— Elle voulait te faire les poches, évidemment. Doyle me l'a confirmé. Malheureusement, elle ne lui a pas expliqué pourquoi.

Doyle travaillait pour les services secrets, sous les ordres d'Adrian.

— Ah, c'était Doyle, le type à la canne !

— Je suis étonné que tu ne l'aies pas reconnu tout de suite. Peu d'hommes, à Londres, ont sa carrure.

— Je n'ai pas pu bien voir son visage, objecta Sebastian. Mais pourquoi un agent des services secrets suivrait-il de près une vulgaire pickpocket ?

Adrian leva la carafe et commença de verser le brandy, s'arrêtant à la moitié du verre, comme s'il se conformait à une marque invisible.

— Elle n'est pas une « vulgaire pickpocket ». Et figure-toi que Doyle la tient en très haute estime. D'autant qu'elle le paie grassement pour l'aider dans ses forfaits.

— Mais pourquoi voulait-elle me faire les poches ?

— Je suppose qu'elle avait un attrait particulier pour leur contenu. Comme je te l'ai déjà expliqué, je n'en sais pas davantage. Elle n'avait pas assez confiance en Doyle pour lui révéler ses secrets. Le plus simple, pour nous aider à trouver, serait que tu vides tes poches.

Sebastian se releva.

— Tu veux voir mes poches ?

Il s'empara de son gilet et de sa redingote, abandonnés sur un fauteuil, et entreprit d'en fouiller toutes les poches.

— Une pièce de cinq shillings ici. Une demi-couronne et quelques pence… énuméra-t-il, posant les pièces sur la table. Dans cette autre, encore quelques pence… Quoi d'autre ? Ah oui, ma montre en argent…

— Quoi d'autre ?

Sebastian continua l'inventaire.

— Un coutelas… les clés de la maison… la clé de mon coffre-fort… une lettre de la cousine Pénélope… et quelques papiers que j'ai ramassés avant de quitter le bureau : un reçu pour la vente d'une cargaison d'oranges, un autre pour l'achat de trois cents mètres de corde... et c'est à peu près tout.

Il jeta le tout sur la table.

— Si Jess n'est pas une pickpocket et si elle ne travaille pas pour toi, qui est-elle alors ? Une catin ?

— Grands dieux, non ! se récria Adrian. Qu'est-ce qui te fait penser une chose pareille ? Que je sache, il se trouve aussi des femmes respectables sur Katherine Lane.

Son verre à la main, il fit le tour de la cabine et s'arrêta devant trois grandes caisses de bois.

— Qu'est-ce que c'est ? demanda-t-il.

— Une fresque murale romaine, destinée à un collectionneur de Hampstead. Elle vaut plus cher, à elle seule, que tout le reste de la cargaison. Je l'aurais volontiers cachée sous mon oreiller si elle n'avait pas été aussi encombrante. Mais tu n'as toujours pas répondu à ma question : pourquoi les services secrets s'intéressent-ils à Jess ?

— J'imagine que tu auras déclaré ces caisses à la douane comme du ballast ? Voilà comment s'organise l'évasion des œuvres d'art avec l'appui de la marine marchande !

— Je n'ai pas envie de parler de cela avec toi.

Adrian but une gorgée de brandy.

— Doyle a pu faire parler l'un des Irlandais. Ils ont été engagés il y a deux jours, sur le port, avec l'ordre de kidnapper Jess. Malheureusement, nous n'avons aucun moyen d'identifier leur commanditaire : il avait pris soin de masquer ses traits. Jess n'est pas n'importe qui, Sebastian. C'est la fille de Josiah Whitby.

Sebastian eut l'impression que le bateau chavirait.

— Jess... Whitby.

— Précisément.

Josiah Whitby, alias Cinq, était un assassin doublé d'un traître. Personne n'était mieux placé que

Sebastian pour le savoir : c'était lui qui avait fourni les preuves qui conduiraient Whitby à la potence.

Jess soupira dans son sommeil, et s'étira. Le haut de son épaule émergea de la couverture. C'était vraiment une belle femme. Mais elle était la fille de Cinq. Et elle dormait dans son lit.

Le traître avait été surnommé « Cinq » parce qu'il signait ses missives en dessinant une paire de dés qui laissaient apparaître le cinq au-dessus. Il travaillait pour l'Amirauté, et c'est de là qu'il communiquait le plus souvent avec l'ennemi. Mais il lui était parfois arrivé de sortir d'Angleterre, de franchir le blocus et de s'introduire en France. Grâce à lui, Napoléon était informé de la stratégie britannique avant les troupes anglaises basées en Espagne.

Deux ans plus tôt, les frégates françaises avaient pu ainsi tendre un piège au *Neptune Dancer* dans le détroit de Jersey. C'était l'un des bateaux de Sebastian. Tout son équipage avait été tué, parce que Cinq avait vendu leur feuille de route aux Français. Le capitaine du *Neptune* s'appelait Sam Carter. C'était le meilleur ami de Sebastian. Ils s'étaient connus lorsqu'ils naviguaient tous les deux entre l'Inde et Ceylan. Ils avaient quinze ans, à l'époque.

Depuis deux ans, Sebastian avait traqué Cinq sans relâche. Il avait fini par le trouver. Et réunir assez de preuves contre lui pour le faire condamner. La pendaison serait une mort rapide, en comparaison de celle qu'il avait infligée à Sam Carter.

Sebastian se planta devant la fenêtre qui ouvrait sur la Tamise.

— Josiah est innocent, plaida Adrian.

Ils avaient déjà discuté de ce point.

— Tu dis cela parce que c'est ton ami.

— L'amitié n'a rien à voir dans l'affaire.

— Bien sûr que si. Tu as connu sa fille en Russie ?

— Oui, à Saint-Pétersbourg. Jess est très intelligente. Josiah n'a pas son pareil pour dénicher une cargaison dont le transport va rapporter gros. Mais c'est Jess qui les a rendus riches. C'est elle qui tient les comptes de l'entreprise familiale. À seize ans, elle faisait déjà preuve d'un talent extraordinaire pour calculer les marges, ou jongler avec les cours de change.

— Je suppose que Jess n'est pas son vrai nom ?

— On l'appelle plus couramment Jessie. En réalité, elle se prénomme Jessamyn.

Jessie.

— Il faut l'expulser d'Angleterre. Elle n'a rien à faire ici, sinon voir mourir son père.

Adrian vida son verre.

— Tu sous-estimes Jess, Sebastian. Elle va démasquer le vrai Cinq. En arrêtant son père, je lui ai donné toutes les bonnes raisons de le faire.

— Tu as arrêté Whitby parce que je t'ai fourni les preuves de sa culpabilité.

— J'ai arrêté Whitby pour qu'il ne risque pas de tomber dans les mains du colonel Reams, des renseignements militaires. Je te l'ai déjà dit, mais tu n'as pas voulu m'écouter.

Adrian se resservit, avant de poursuivre :

— Jess non plus n'a pas voulu m'écouter. Je ne comprends pas pourquoi une fille aussi intelligente n'a pas été capable de voir l'intérêt qu'il y avait à incarcérer son père. D'ailleurs elle m'inquiète, ces derniers temps. Je me demande bien ce qu'elle pouvait espérer trouver dans tes poches.

— Je n'en sais fichtre rien… marmonna Sebastian, qui sursauta soudain. Bon sang ! Elle ne cherchait pas quelque chose. Elle voulait glisser quelque chose dedans ! Je suis sûr que c'est cela !

Il entreprit de fouiller à nouveau sa redingote, n'épargnant aucun recoin.

— J'imagine très bien le stratagème, reprit-il. On glisse un papier dans mes poches, à l'en-tête du ministère de la Guerre, par exemple, et c'est moi qui deviens le traître.

— Jess serait donc si diabolique ? ironisa Adrian.

— Tu peux bien rire, répliqua Sebastian. Ton Josiah Whitby est un gredin sans scrupules. Il n'aura pas hésité à se servir de sa fille.

Lâchant sa redingote dans laquelle il n'avait rien trouvé, il ajouta :

— J'aurais mieux fait de prendre cette fille à la hussarde, contre un mur, au lieu de l'amener ici. En tout cas, il n'y a rien dans mes poches. Dans les siennes non plus. Je l'aurais trouvé en la déshabillant. Ça a dû tomber sur le pavé de Katherine Lane.

Adrian reposa son verre avec une moue dubitative.

— Je crois que tu te fais des idées. Mais par acquit de conscience, je veux bien essayer de me renseigner discrètement, pour savoir si quelqu'un a volé récemment des papiers au ministère de la Guerre.

— Fais comme tu veux. Dans l'immédiat, je voudrais me laver.

Du sang, vestige de la bagarre de tout à l'heure, poissait encore ses vêtements. Le sang de Jess, mais aussi celui des Irlandais qu'il avait tués. Il déboutonna son gilet et le jeta dans un coin, puis se défit de sa chemise. L'eau du seau était encore chaude. Il s'en servit pour se nettoyer, puis il s'essuya avec l'une des serviettes qu'il avait utilisées pour frictionner Jess.

La jeune femme dormait la main calée contre sa joue – comme une enfant. La courbe de ses doigts était aussi belle à voir qu'un coquillage. Je ne l'aurais pas touchée si j'avais su qui elle était, se dit Sebastian. Il était un peu dérouté, car il s'était persuadé que cette fille était faite pour lui. Or, son instinct l'égarait rarement. Pour ne pas dire jamais.

— Ta Jess se trompe lourdement, si elle s'imagine pouvoir se jouer de moi. Elle ne sait pas quel genre d'homme je suis.

— Elle avait un plan en tête, murmura Adrian. Mais lequel ? En tout cas, elle était prête à courir de gros risques pour le mettre à exécution.

Sebastian tendit l'oreille. Derrière la pluie qui tambourinait aux vitres, il entendit des roues s'arrêter sur le pavé du quai.

— Quelqu'un vient, annonça-t-il.

— Ça doit être Doyle, avec le fiacre que je lui ai commandé, expliqua Adrian.

Puis, se tournant vers Jess, il lui dit, comme si elle pouvait l'entendre :

— Je suppose que tu n'es toujours pas disposée à me pardonner d'avoir arrêté ton père ? J'espère que nous rétablirons la vérité avant qu'il soit trop tard.

Il s'approcha pour lui caresser la joue. La tête de la jeune femme roula sur le côté.

— Elle n'est pas près de se réveiller, pronostiqua-t-il. Outre qu'elle n'est pas habituée à boire, n'oublions pas qu'elle a reçu un coup sur la tête. Je vais l'emmener avec moi. Crois-moi, mon vieux, quand elle rouvrira les yeux, elle ne se souviendra même pas d'avoir été sur ce bateau.

L'une des jambes de la jeune femme dépassait de la couverture, révélant son mollet. C'était une image délicieusement érotique. Mais Sebastian refusa de se laisser attendrir.

— Débarrasse-moi d'elle, dit-il.

— Je vais m'y employer de ce pas. Mais peux-tu la porter pour moi ? Je me suis fait mal au genou dans la bagarre.

Adrian enroula mieux la couverture autour de Jess.

— Où l'emmènes-tu ? demanda Sebastian.

Adrian ramassa les chaussures de la jeune femme.

— Je n'ai pas encore décidé.

Sebastian prit la jeune femme dans ses bras. Elle pesait à peine plus lourd qu'une plume.

Elle ne se souviendra pas de moi, se désolait-il. Il aurait voulu la secouer pour la réveiller et l'obliger à le regarder, afin qu'elle imprime ses traits dans sa mémoire. Mais il désirait plus encore la voir partir.

Le quai était désert. Adrian ouvrit la marche. Le fiacre les attendait à quelques mètres, ses lanternes allumées.

— Je la prends en charge à partir de maintenant, annonça-t-il après avoir sauté dans le fiacre – si son genou le faisait vraiment souffrir, il le dissimulait bien ! Tends-la-moi.

Sebastian aurait pu s'exécuter. Confier Jess à son ami, et décider d'oublier la jeune femme en tournant les talons.

Mais il ne pouvait s'y résoudre.

Il monta dans le fiacre en la portant toujours dans ses bras. L'attelage s'ébranla aussitôt la portière refermée.

— Qu'as-tu l'intention de faire d'elle ? s'enquit-il.

— Si je te disais que cela ne te regarde pas...

— N'abuse pas de ma patience.

Adrian étira ses jambes devant lui.

— Je pourrais la remettre au Foreign Office. Ils sauraient quoi faire d'elle.

Sebastian n'avait pas besoin de demander pourquoi le Foreign Office s'intéressait à Jess.

— Ils ne se risqueront pas à la faire arrêter, précisa Adrian. Nos diplomates préfèrent la discrétion. Et je suis un peu en indélicatesse avec le Foreign Office, en ce moment. Le colonel Reams saurait aussi quoi faire de Jess. Mais je crois que nous sommes d'accord pour dire qu'il vaut mieux qu'elle ne tombe pas entre ses griffes, n'est-ce pas ?

— En effet, acquiesça Sebastian.

— Il reste l'hôtel de Bloomsbury. C'est là que les Whitby habitent lorsqu'ils séjournent à Londres.

— Mais si tu la conduis là-bas, il n'y aura pas d'endroit plus facile pour la kidnapper.

— Hélas, oui, convint Adrian.

Il souleva le rideau de la portière. Ils s'éloignaient du port. Une guirlande de lumières, au loin, annonçait Westminster Bridge.

— Je crois que le mieux serait de la cacher chez toi, conclut Adrian.

C'était la solution la plus raisonnable, en effet. Mais Sebastian se garda bien de se réjouir.

— Je n'y tiens pas spécialement, dit-il d'un ton détaché.

Il avait froid – sauf là où Jess était lovée contre lui. Il avait sillonné si longtemps la Méditerranée qu'il n'était plus habitué au climat londonien. Jess aussi devait avoir froid. Il resserra son manteau sur elle.

Adrian faisait mine de regarder la rue.

— Eunice soignera sa blessure à la tête, dit-il. Et cette bande de pirates que tu appelles tes valets la protégeront.

Laissant retomber le rideau, il ajouta :

— J'ai besoin de quelqu'un de confiance pour prendre soin d'elle. Tu feras parfaitement l'affaire.

— T'imaginerais-tu que je vais changer d'avis sur Josiah Whitby, simplement parce que tu me mets sa fille dans les bras ?

— Moi, mettre Jess dans tes bras ? Mon cher Sebastian, tu…

— Crois-moi, Adrian. Ça ne marchera pas.

5

Meeks Street

Josiah Whitby remit du charbon dans le poêle. Un misérable poêle. Et le charbon chauffait mal. Mais on lui refusait un poêle à bois dans cette petite pièce qui lui servait de prison. Il était trop facile de tailler une bûche pour fabriquer une arme.

Jess ne pourrait pas comprendre. Elle n'admettrait jamais que Josiah Whitby puisse faire un traître idéal. Les services secrets avaient très bien vu quel genre d'homme il était, mais pas Jess.

La perspective de sa pendaison ne l'effrayait pas plus que cela. Il avait vécu assez longtemps en Orient pour savoir qu'un homme ne pouvait échapper à son destin. En revanche, il n'avait aucune envie de laisser Jess toute seule derrière lui. Et encore moins en sachant que Cinq s'intéressait aux Whitby.

Aussi s'inquiétait-il. Du reste, il n'avait pas beaucoup d'occasions de s'occuper, ici. Oh, Jess lui amenait bien des papiers – des inventaires de bateaux, des livres de comptes... – pour l'occuper. Mais les comptes n'avaient jamais été son fort : c'était le domaine de Jessie. Il préférait le contact direct avec les marchandises, celles qu'on pouvait soupeser et vendre sur les marchés. Ces listes de chiffres figées sur du papier ne l'inspiraient pas.

Hurst – Adrian Hawkhurst – ne s'était pas excusé de l'avoir arrêté, mais il semblait en éprouver des remords. Josiah savait qu'il avait été obligé d'agir ainsi. Sans cette arrestation, il serait en ce moment interrogé par le colonel Reams, dans une cellule des Horse Guards. Il frémit à cette idée.

Josiah, cependant, craignait que sa fille ne commette quelque geste malencontreux. Elle était si furieuse après Hawkhurst ! Jessie avait un défaut de jeunesse : elle ne savait pas canaliser sa colère.

Hawkhurst lui faisait porter les journaux tous les matins. Ils s'empilaient sur un coin du bureau : le *Morning Chronicle,* le *Times,* la *London Gazette*. Encore un peu, et Hawkhurst viendrait prendre le café avec lui. Il apporterait même les croissants. C'était un brave type.

Mais Jess... Il était convaincu qu'elle complotait quelque chose. Il l'imaginait très bien, sillonnant inlassablement la ville à la poursuite d'espions et de traîtres. Comme un chien de chasse qui aurait flairé une proie et trottinerait le nez collé au pavé.

Et Josiah avait l'intuition que c'était précisément ce que désirait Adrian Hawkhurst.

6

Mayfair

Elle aurait aimé rester dans son rêve. Dans la vie réelle, tout n'était que souffrance. Alors que dans son rêve, tout n'était que chaleur et sécurité.

Le capitaine était étendu à côté d'elle, dans sa cabine. Ses mains étaient magiques.

— Ne vous inquiétez plus, ne cessait-il de lui répéter, en lui caressant les cheveux de ses doigts enchanteurs.

— Je devais faire quelque chose, mais je ne me souviens pas quoi, disait-elle.

— Vous n'avez pas besoin de réfléchir pour l'instant.

Elle sentait ses pensées se dissoudre. Pourtant, elle savait qu'elle avait une mission à accomplir…

Les mains du capitaine lui caressaient aussi la joue, et le cou – jusqu'à la limite de la couverture. On entendait la pluie tomber sur le pont.

Ses caresses l'incendiaient.

— Vous sentez-vous réchauffée ? demandait-il. J'ai d'autres couvertures, si vous voulez.

Bizarrement, elle n'éprouvait aucune crainte. Elle se sentait même en sécurité, avec lui.

Ned aussi était costaud. Comme lui. Mais plus mince. Et plus jeune. Et Ned était blond. Et puis...

— Qu'y a-t-il ? demanda le capitaine. À quoi songez-vous soudain ?

Elle voulait oublier Ned. Ned avait disparu, englouti par la mer, et cela lui faisait encore trop mal de penser à lui.

Mais la pluie qui cognait aux vitres de la cabine ravivait ses douloureux souvenirs. Elle se revoyait avec Ned dans l'écurie, tous les deux nus sur la paille, tandis que le clair de lune filtrait par la porte restée ouverte.

— Il était chaud partout où je le touchais, dit-elle.

— Ce soir, c'est moi qui vais vous tenir chaud. Vous n'avez plus rien à craindre, Jess.

Le capitaine parlait dans ses cheveux. Le souffle de sa respiration lui rappelait la musique d'un instrument qu'elle avait entendu en Russie. Une balalaïka.

— Je crois que je vais dormir, dit-elle encore.

— C'est ce que vous avez de mieux à faire, pour l'instant.

Un chien aboya, quelque part.

Jess ouvrit les yeux. Elle se réveilla dans une chambre en soupente, et les derniers fragments de son rêve achevèrent de se dissoudre.

La pièce tenait du grenier amélioré, avec des murs blanchis à la chaux, une table de toilette en acajou, de style Chippendale, un pichet et une cuvette.

À en juger par la lumière du soleil, c'était le matin tôt. Pour le reste, Dieu seul savait où elle pouvait se trouver.

Ses oreilles, cependant, lui confirmèrent qu'elle était toujours à Londres. Quand vous entendez quelqu'un crier « Lait frais ! » avec l'accent cockney, c'est que vous êtes à Londres. Elle était couchée dans des draps propres, et elle portait une vieille chemise de nuit en coton, boutonnée jusqu'au col. Dieu merci, elle possédait toujours le pendentif de sa mère.

Elle sortit précautionneusement du lit, à cause de son crâne qui la faisait un peu souffrir, et marcha jusqu'à la fenêtre. Les rideaux étaient en chintz. Elle ouvrit la croisée et passa la tête au-dehors. On voyait l'arrière d'une maison, un carré de pelouse, et du linge de cuisine qui pendait sur un fil. Quelqu'un, dans cette maison, se levait très tôt pour faire la lessive. Ou alors, le linge avait passé la nuit dehors. Plus loin s'étendait un autre jardin, derrière une clôture de fer. Des oiseaux chantaient ici et là. Jess comprit qu'elle se trouvait dans le quartier de Mayfair.

Son crâne n'était pas seul à la faire souffrir. Elle avait mal partout. En soulevant sa chemise de nuit, elle s'aperçut qu'elle était couverte de bleus. Et elle avait une estafilade au bras.

C'est le résultat de la bagarre, songea-t-elle. Je me suis retrouvée prise dans une bagarre. J'étais sur Katherine Lane, à fouiller les poches de Sebastian Kennett, quand...

Le capitaine. C'était Sebastian Kennett !

Jess se rappelait avoir été sur son bateau. Dans sa cabine. Mais la suite lui échappait. Que s'était-il passé, avant qu'elle ne se réveille dans cette maison inconnue, vêtue d'une chemise de nuit qui ne lui appartenait pas ?

Quelqu'un, en tout cas, lui avait préparé des vêtements propres. Ils attendaient sur une chaise, bien pliés. Et ses chaussures, nettoyées, étaient posées côte à côte. Au moins, c'était un point rassurant.

Sebastian Kennett possédait une maison à Mayfair. Elle le savait pour avoir réuni toute la documentation possible à son sujet. Peut-être s'agissait-il de sa demeure ? Elle se demandait ce que penserait sa famille en apprenant qu'il l'avait amenée ici...

Une brosse à cheveux et des épingles, sur la table de toilette, semblaient n'attendre qu'elle. Elle s'installa donc devant la glace et entreprit de coiffer ses cheveux, sans apprêt particulier – comme lorsqu'elle restait tranquillement à la maison avec son père.

Je dois absolument rendre visite à papa, songeat-elle. Sinon, il va s'inquiéter de ne pas me voir.

Elle se dirigea vers la porte, qui n'était pas verrouillée. Une porte verrouillée ne l'aurait pas retenue longtemps, mais elle préférait ne pas commencer sa journée en crochetant une serrure. Le couloir tournait presque tout de suite sur la droite, et conduisait à un escalier.

Elle descendit prudemment les marches, en se tenant au mur – elle se sentait encore un peu nébuleuse. L'escalier menant au grenier était en bois. Mais l'étage en dessous était beaucoup plus luxueux. Un large corridor, revêtu d'un tapis bleu ciel très moelleux, était percé à intervalles réguliers de portes ouvrant sur des chambres. Une odeur de draps frais et de parfums capiteux flottait dans l'air. Des miniatures persanes, serties dans des cadres d'ivoire sculpté, étaient accrochées aux murs entre chaque porte.

Je n'ai jamais vécu dans une aussi belle maison, meublée avec tant de raffinement, songeait-elle. Il n'y a que l'aristocratie pour vivre dans de telles demeures.

Encore aujourd'hui – c'était plus fort qu'elle –, elle ne pouvait se mouvoir dans pareil décor sans réfléchir à ce qu'elle emporterait si elle était venue là pour voler. Mais bien sûr, il n'était pas question de repartir avec quelque chose. Elle se contentait juste de regarder.

Le corridor se terminait par un autre escalier, en marbre celui-ci, avec une balustrade en fer forgé. Jess se pencha par-dessus la balustrade pour jeter un coup d'œil à l'entrée. Elle était pavée de carrés de marbre noir et blanc – marbre de Dinan et marbre de Carrare –, comme un échiquier. À Saint-Pétersbourg, elle avait habité avec son père une maison dont le hall possédait le même assemblage, avec des colonnes tout autour.

Le lustre de cristal faisait plus de deux mètres. Il était magnifique.

Jess descendit les marches, une main négligemment posée sur la rampe, comme si elle faisait son apparition à une réception. Un tel escalier encourageait ce genre de pose. Mais l'instant fut gâché par des coups frappés à la porte.

Quelqu'un voulait manifestement entrer. Mais personne ne répondait. Y avait-il des domestiques ? Papa lui avait souvent répété qu'on s'évitait beaucoup d'ennuis en se mêlant uniquement de ses affaires. Cependant, Jess était curieuse de nature. Elle alla ouvrir.

Ils étaient quatre. Un drôle de bonhomme tout maigre, en costume froissé, et trois autres inconnus, vêtus en ouvriers. Ils avaient apporté avec eux cinq grandes caisses de bois, qu'ils avaient déposées sur le perron.

Le type tout maigre franchit la porte sans y être invité.

— Dites à Standish que je suis là, lança-t-il en donnant son chapeau à Jess. Je voudrais du thé, aussi. Et des pinces-monseigneur.

Comme Jess ne bougeait pas, son chapeau à la main, il haussa les sourcils :

— Allez prévenir Standish, répéta-t-il. Ne restez pas plantée là comme une oie, ajouta-t-il avant de se tourner vers ses trois compagnons.

Jess posa le chapeau sur l'un des guéridons et partit vers l'arrière de la demeure.

Standish était l'oncle de Kennett. À présent, elle ne nourrissait plus aucun doute : elle était bien chez Kennett.

À cette heure matinale, elle s'orienta en suivant une bonne odeur de bacon et de toasts. Mais la porte de la salle à manger était fermée. Devait-elle frapper ou non ? Elle ne savait jamais comment faire, dans une grande maison. Elle décida d'entrer sans frapper.

La pièce était décorée d'une multitude de poteries anciennes. Il y en avait de toutes les tailles, de tous les styles et de toutes les provenances. Un couple vieillissant était assis devant la fenêtre, à une table ovale éclaboussée de lumière. Ils avaient l'air de gens parfaitement ordinaires. L'homme, habillé très simplement, avait un visage anguleux et des cheveux noirs, en bataille, qui viraient au gris sur les tempes. La femme était vêtue avec élégance, mais sans ostentation. La fenêtre donnait sur un jardin luxuriant, véritable oasis de verdure. Le buffet, dressé contre l'un des murs, offrait plusieurs plateaux d'argent recouverts de cloches.

L'homme reposa un livre. La femme leva les yeux de son journal.

Jess devina qu'il s'agissait de l'oncle et de la tante de Kennett, Standish et Eunice Ashton. Tous les détails étaient consignés dans le dossier posé sur son bureau. Ils avaient élevé Kennett quand ils avaient compris que son père ne s'en chargerait pas. On avait raconté, à l'époque, que le vieux comte n'était pas du tout ravi de voir son « erreur » prise en considération par son frère et sa belle-sœur. Mais on racontait aussi qu'Eunice Ashton se moquait éperdument de ce que pouvait penser le comte.

De toute façon, celui-ci se mourait. Et loin d'ici : en Italie. Sa maladie était du reste bien méritée. Il payait enfin pour ses péchés.

Tout le monde, dans le quartier de Whitechapel, avait entendu parler d'Eunice Ashton. Elle donnait refuge à des femmes battues. Toutes les femmes : même les catins. Eunice ne se laissait pas impressionner par leurs souteneurs. Même Lazare l'autorisait à traverser son territoire sans jamais l'inquiéter.

Et voilà qu'ici, ils donnaient l'impression d'être de braves bourgeois, savourant un petit déjeuner dans une maison raffinée. Mais si Sebastian Kennett et Cinq ne faisaient bien qu'une seule et même personne, Jess se promettait de faire voler cet adorable petit monde en éclats.

— Ah, vous voilà réveillée, mon enfant, l'accueillit Eunice Ashton en lui tendant la main. Approchez.

L'âge l'avait marquée de son empreinte. Son visage était strié de rides et mangé de petites taches brunes, comme les vieilles femmes de la campagne qui travaillaient dehors par tous les temps. Mais ses yeux avaient gardé la brillance de deux pierres précieuses et lui conféraient un air chaleureux.

Jess n'avait pas envie de leur parler. Elle voulut tourner les talons.

Mais Eunice Ashton s'était déjà levée.

— Venez vous asseoir, insista-t-elle. Vous n'avez pas l'air dans votre assiette. Je regrette de ne pas m'être trouvée à votre chevet à votre réveil. Mais la dernière fois que je suis montée vous voir, vous dormiez profondément. Approchez donc. Standish va vous servir du thé.

Eunice lui prit doucement les mains. Jess se laissa conduire vers une chaise, un peu comme le capitaine d'un navire s'en remet à un remorqueur pour rentrer au port.

Standish s'empara de la théière, remplit une tasse, ajouta du lait et du sucre, et mélangea le tout avec une cuiller, avant de déposer la tasse devant la jeune femme.

Jess ne voyait aucune malignité chez lui. Ni chez sa femme, d'ailleurs. Si Kennett était bien Cinq, Standish et Eunice Ashton n'avaient aucune part à ses agissements – et probablement les ignoraient-ils. Mais d'une certaine manière, c'était encore pire : elle les précipiterait dans la ruine et dans la honte, alors qu'ils n'avaient rien à se reprocher.

Standish désigna sa tasse du menton.

Ah oui, le thé. Elle pouvait bien boire une tasse de thé. Cela n'engageait à rien.

C'était du thé de Chine. Assez bon, d'ailleurs. Jess était habituée au thé russe, fumé au feu de bois et parfumé aux épices. Elle y avait pris goût après avoir vécu à Saint-Pétersbourg. Son père s'arrangeait pour en avoir toujours à la maison.

Il suffirait sans doute de quelques gorgées de thé pour que son estomac cesse de crier famine, et pour que son crâne la fasse moins souffrir.

— Merci, dit-elle, prenant la tasse à deux mains. Pardonnez-moi de m'imposer ainsi chez vous. Je... Je ne me rappelle plus très bien ce qui m'est arrivé. Je crois que... des hommes cherchaient à m'agresser. Je... J'ai été blessée.

S'apercevant qu'elle bafouillait bêtement, elle ajouta :

— Excusez-moi, je ne me sens pas encore totalement remise.

— C'est bien compréhensible, fit la vieille femme en posant sa main sur la sienne. Je m'appelle Eunice Ashton. Vous êtes en sécurité ici, vous n'avez plus à vous inquiéter de rien.

— Je ne me souviens plus de la soirée d'hier, en fait.

— Après avoir reçu un coup sur la tête, c'est normal, la rassura Eunice. Hier soir, quand vous êtes arrivée ici, vous n'étiez pas en état de raconter quoi que ce soit. Mais peut-être pourriez-vous nous dire, maintenant, qui devons-nous prévenir ? Votre famille doit s'inquiéter. Comment vous appelez-vous, mon enfant ?

Personne ne l'attendait, ni ne se faisait de souci pour elle. Si elle ne se montrait pas à Meeks Street, son père penserait tout simplement que ses geôliers l'empêchaient de lui rendre visite. Pitney savait qu'elle s'était lancée sur les traces de Cinq. Kedger s'inquiéterait de ne pas la voir lui apporter son hareng fumé matinal, mais enfin, ce n'était pas un furet qui pourrait donner l'alarme !

Elle avala sa salive.

— Je m'appelle Jess. Jessamyn Whitby. Personne ne m'attend.

Le regard de la vieille femme était toujours aussi chaleureux.

— Dans ce cas, Jess, finissez votre thé, et nous déciderons ensuite de ce qu'il conviendra de faire.

— Lady Ashton…

— Eunice, ma chère. Appelez-moi juste Eunice. Ou Mme Ashton, si cela peut vous mettre plus à l'aise. De mon côté, si vous le permettez, je vous appellerai Jess. Laissons tomber les formalités ! Avez-vous lu *Dix questions* de Lalumière ?

— Euh, non.

— Et l'essai de Godwin, *La Notion de justice en politique* ? Non plus, j'imagine. Je vous prêterai un exemplaire quand vous irez mieux. Vous verrez, c'est très instructif.

Il s'agissait apparemment d'ouvrages de philosophie. Kennett devait en lire, lui aussi.

Lady Ashton – Eunice – se servit du thé, et pendant qu'elle touillait sa tasse, elle murmura :

— Rousseau, peut-être. Oui, ce serait une bonne idée de commencer par Jean-Jacques.

Son compagnon offrit un sourire à Jess :

— Rassurez-vous, elle ne vous obligera pas à lire aujourd'hui.

Le livre posé devant lui portait un titre allemand qui, une fois traduit, donnait à peu près ceci : *Recension des motifs sculptés sur les poteries bavaroises d'époque archaïque*. Voilà qui expliquait la collection de poteries remplissant la pièce.

— Vous n'avez à vous soucier de rien, ajouta-t-il. Eunice s'occupera de tout.

— Bien sûr, Standish, approuva Eunice en tapotant l'assiette jouxtant le livre. Ton toast va refroidir.

Jess se détendait peu à peu. Ces gens étaient adorables.

Avant que Standish ait pu mordre dans son toast, la porte de la pièce s'ouvrit à la volée.

— Vous avez reçu cinq grandes caisses, lança une voix. Désirez-vous qu'on vous les monte à l'étage ?

Zut ! Jess avait complètement oublié.

— Mon Dieu, c'est ma faute ! s'excusa-t-elle. J'ai ouvert la porte. J'aurais dû vous prévenir...

— Mais c'est parfait, la coupa Standish, qui se servit de son toast pour marquer la page de son livre. Percy devait m'envoyer des poteries galloises. Excusez-moi.

Il se leva de table, embrassa sa femme sur le front, et quitta la pièce à grandes enjambées.

— Encore des poteries, soupira Eunice après son départ. Et il n'y a plus de place pour les mettre... Bah ! s'exclama-t-elle, se levant à son tour de table et posant sa main sur l'épaule de Jess. Nous arriverons bien à les caser quelque part. Racontez-moi plutôt ce qui vous est arrivé, et pourquoi personne ne vous attend. Ma foi, je vous avoue que je trouve cela très triste.

La main d'Eunice sur son épaule la réchauffait comme une caresse du soleil.

— D'ordinaire, mon père s'occupe très bien de moi. Mais là, il est absent.

— Où se trouve-t-il ?

Elle pouvait bien le dire à cette femme. Du reste, ce n'était plus un secret.

— Il a été arrêté il y a deux semaines.

Arrêté par Hurst. Alors que j'avais toujours pensé qu'il était l'ami de papa...

— Juste Ciel !

— Ce n'est pas si terrible. Il n'est pas dans une vraie prison. Et pour l'instant, il n'a toujours pas été officiellement accusé.

— Quand même !

— Il est détenu pour « investigations supplémentaires », expliqua Jess. J'ai essayé d'obtenir sa libération en faisant intervenir nos amis, mais rien n'a marché.

— Votre père ne serait-il pas Josiah Whitby ? L'armateur ?

— Oui, c'est bien lui.

— Et il n'a confié à personne le soin de s'occuper de vous ?

— Je m'en charge très bien toute seule. Enfin, la plupart du temps.

— Tout de même. Il n'aurait pas dû vous laisser seule. Vous avez dû avoir très peur.

Peur ? Oui. Elle se réveillait tous les matins avec la peur au ventre. Et le soir, quand elle se couchait dans ses draps, c'était encore la peur qui l'empêchait de trouver le sommeil. Elle avait peur de ne pas réussir à démasquer Cinq, et donc de ne pouvoir sauver son père.

— Je lui rends visite tous les jours à l'heure du thé, expliqua-t-elle.

Elle raconta ses entrevues avec son père dans la petite maison de Meeks Street. Sa certitude que ses geôliers écoutaient leurs conversations derrière la porte. Le calme invraisemblable de son père. Elle expliqua aussi qu'elle cherchait Cinq.

Elle n'avait jamais parlé de tout cela à quiconque. Mais l'attention chaleureuse d'Eunice l'incitait à s'épancher.

— Vous vous en sortirez, lui assura celle-ci. Je vous sens très forte.

Et elle essuya les larmes qui coulaient sur les joues de Jess.

Sa mère était la dernière personne à avoir ainsi séché ses larmes. Et c'était il y a dix ans.

— Je ne sais pas ce qui m'arrive. Je ne pleure jamais, d'habitude. Les larmes ne servent à rien. Ou plutôt, elles sont un aveu d'impuissance. Alors qu'il y a toujours quelque chose à faire.

— Toujours, acquiesça Eunice. Simplement, il faut trouver quoi. Et nous ne le trouverons peut-être pas ce matin.

Elle se rassit à côté de Jess et poursuivit :

— Pour commencer, vous allez finir votre thé. Il va être froid.

Jess se retrouva avec sa tasse dans les mains.

— Oui, dit-elle.

— Et puisque votre père ne peut pas être auprès de vous, je pense que vous devriez loger ici quelque temps.

Elle ne pouvait pas rester dans cette maison.

— Je ne...

— Ce ne sont pas les chambres qui manquent, la coupa Eunice. Même s'il y a des poteries partout ! Je ne serais pas rassurée de vous voir rentrer à votre domicile, sans personne pour veiller sur vous, à part vos domestiques. Et n'oubliez pas qu'on a voulu vous agresser. Mais prenez donc un toast. Les toasts sont meilleurs que les muffins, aujourd'hui. Le pain vient de chez le boulanger, et c'est la cuisinière qui fait les muffins. J'ai bien peur qu'elle ne soit pas dans un bon jour. La malheureuse a tendance à boire.

Tout en parlant, Eunice avait tartiné un toast de marmelade d'oranges.

Cela faisait bien longtemps que personne ne l'avait chouchoutée ainsi. Jess était tentée de se laisser faire. Au moins, pendant un temps.

L'assiette posée devant elle était en porcelaine de Sèvres, avec un décor de roses peint à la main. Du très bel ouvrage. À cause du blocus, il était désormais impossible de s'en procurer directement en France. Mais le père de Jess en faisait venir depuis l'Amérique. Elle transitait par Boston.

Jess fit la moue. Si elle ne démasquait pas Cinq, son père n'aurait plus jamais l'occasion de commercer avec Boston.

— Vous n'aimez pas la marmelade ? s'inquiéta Eunice. Je l'achète à Hampstead, chez un petit producteur. Mais buvez donc un peu de thé, d'abord.

Elle n'avait pas faim. Mais par politesse, elle but une nouvelle gorgée de thé, et mordit dans son toast. Une fois qu'elle aurait terminé, elle dirait au revoir et s'en irait.

On entendait du monde s'agiter dans l'entrée. Et Standish qui répétait :

— Faites attention, c'est très fragile !

— Il va encore les faire porter dans le salon pour les déballer, soupira Eunice. Ce n'est pas tellement les poteries, le problème. Mais elles sont emballées dans de la paille. Parfois, ils mettent aussi du sable. Ou des plumes. Chaque fois que vous ouvrez une caisse, il y en a partout.

Eunice lui parla ensuite de poésie. Jess l'écouta sans même s'en rendre compte. Elle finit sa tasse de thé. En but une autre. Mangea les deux autres toasts qui arrivèrent comme par magie dans son assiette. Le thé n'était pas mauvais, finalement. Mais elle se promit d'expédier une caisse de thé russe à Eunice.

La porte se rouvrit. Un homme en gilet entra.

— Bonjour, tante Eunice, dit-il.

Il se pencha pour embrasser la vieille femme. Ses cheveux étaient d'un noir de jais.

— Mon neveu, expliqua Eunice. C'est lui qui vous a portée ici, hier soir, alors que vous étiez à moitié inconsciente. Bastian, je te présente Jess Whitby. Elle va rester quelque temps avec nous.

Sebastian Kennett s'assit en face d'elle.

7

Ses yeux évoquaient la glace noire que Jess avait connue en Russie. Froide à l'excès. Et aussi dure que l'acier.

— Sebastian Kennett... murmura-t-elle.

Il la détaillait du regard, comme s'il refaisait l'inventaire de ce qu'il avait vu précédemment, lorsqu'elle était nue dans sa cabine.

— Mademoiselle Whitby. Je constate avec plaisir que vous êtes debout.

Jess était prête à jurer que si elle avait posé la main sur sa joue, elle aurait gelé instantanément. Ce n'était plus du tout le même homme qu'elle avait rencontré cette nuit.

— Merci de vous en féliciter, répliqua-t-elle, à peu près aussi froidement.

Hier soir, le capitaine Sebastian Kennett l'avait protégée. Avec une sincère sollicitude. Ce matin, il était redevenu ce gredin de Kennett, qui traînait sa mauvaise réputation dans tous les ports de la Méditerranée.

Il portait sa redingote par-dessus son épaule, la tenant avec deux doigts. Il la posa sur le dossier d'une chaise et s'assit. C'était une redingote luxueuse, coupée par quelque tailleur très chic de Jermyn Street. Elle avait dû coûter une fortune. De l'argent gâché inutilement si Kennett espérait, avec une telle redingote, se donner des airs d'aristocrate. Il était trop grand, trop musculeux pour ressembler à un gentleman. C'était comme vouloir faire passer un tigre pour un chaton.

— A-t-elle mangé quelque chose, Eunice ?

— Oui, mon chéri, des toasts. Et ne sois pas si brusque avec elle. Elle a la migraine.

— Avec tout le brandy qu'elle a descendu hier soir, c'est compréhensible, assena-t-il d'un ton de prêcheur moraliste, ce qui ne manquait pas d'ironie puisque c'était lui qui l'avait forcée à boire de l'alcool.

— Le brandy n'y est pour rien, rétorqua Jess.

En fait, elle était persuadée qu'il l'avait droguée.

— Vous êtes pâle, lui fit-il remarquer. Ressentez-vous des vertiges ? Avez-vous la vision trouble ?

Voilà maintenant qu'il se prenait pour un médecin…

— Je vais très bien, assura Jess. Vous aviez raison, hier soir : il suffisait d'un peu de patience pour que la mémoire me revienne. Enfin, presque toute.

— Ah, fit Eunice. Si c'est maintenant clair dans votre esprit, peut-être pouvez-vous nous raconter ce qui vous est arrivé ?

— Il subsiste des zones d'ombre.

Elle se rappelait parfaitement la bagarre. Et la pluie qui tombait sur Katherine Lane. Ses agresseurs avaient surgi du brouillard, mais Kennett s'était interposé. Il s'était battu comme un beau diable, avec un mélange de fureur et de sauvagerie. Elle en avait été très impressionnée.

— Sebastian ne me dit jamais ce qu'il fait, intervint Eunice. Mais je me doute que c'est rarement ennuyeux.

— La nuit dernière, ça n'a pas manqué de piquant. Il a convaincu une douzaine d'hommes de ne pas me kidnapper. Ce fut héroïque de sa part, je dois dire.

— Je n'aurais pas eu besoin d'intervenir si vous n'aviez pas traîné du côté de Katherine Lane, commenta sèchement le capitaine.

Quelques années plus tôt, elle ne se serait pas privée d'une réplique cinglante. Mais elle n'était plus une gamine, et elle tint sa langue.

— Je ne me souviens pas de tout, mais je sais que je vous dois la vie.

— Je n'ai pas besoin de votre gratitude.

— Si vous n'êtes pas capable de comprendre qu'une telle dette mérite plus que de la gratitude, alors c'est que vous êtes un piètre commerçant.

Elle sentit qu'elle avait marqué un point. Kennett serra les dents, et si sa tante ne s'était pas trouvée à côté de lui, il lui aurait sans doute répliqué vertement. La discussion, cependant, n'eut pas le loisir de s'envenimer davantage : la porte de la salle à manger venait de se rouvrir.

Un homme, au cheveu noir et à la beauté presque féminine, entra.

— Nous sommes envahis, se plaignit-il. Encore des poteries ! Et les ouvriers qui les déballent de leurs caisses font tellement de bruit qu'ils m'ont tiré du lit.

Il s'approcha de la table.

— Standish est prévenu : s'il range une poterie de plus dans ma chambre, je m'en servirai comme cible d'entraînement.

Puis, remarquant Jess, il lança à l'intention d'Eunice :

— Vous conviez ces pauvres filles au petit déjeuner, maintenant ? Vous auriez pu m'en avertir. Vous savez bien que je déteste les surprises.

Le capitaine s'empara d'un muffin et joua avec quelques instants, le passant d'une main à l'autre. Puis il s'adossa à sa chaise, comme s'il attendait la suite.

— Quentin... murmura Eunice d'une voix menaçante.

Ainsi, c'était Quentin Ashton. Le cousin de Sebastian. Jess possédait également tous les renseignements le concernant dans son dossier. Il était le deuxième, en ligne de succession, pour ce titre de comte dont le capitaine n'hériterait jamais, car même si l'actuel comte était son père, Kennett était un bâtard – dans tous les sens du terme.

Quentin se tourna vers Eunice :

— Ma chère tante, vous ne pourrez jamais sauver toutes les filles de Londres qui sont dans le malheur. Quand donc en conviendrez-vous ? C'est comme vouloir vider l'océan avec une petite cuiller.

Puis, détaillant la robe de Jess, il précisa :

— Au moins, celle-ci est présentable.

Jess lorgnait sur la montre en or accrochée à son gilet. Une très belle montre. Il fut un temps où elle ne se serait pas gênée de la lui soutirer. Et même, elle s'en serait fait un plaisir.

— Vous allez l'habiller en noir et lui trouver un emploi de domestique, crut deviner Quentin. Quel gâchis ! Je me demande si ces filles ne sont pas plus heureuses dans leur élément naturel. Peut-être fera-t-elle une bonne soubrette, mais à condition que ses employeurs n'oublient pas de compter régulièrement l'argenterie ! Et de grâce, ma chère tante, ne perdez pas votre temps à vouloir lui apprendre à lire. Vos philosophes vous égarent l'esprit.

— Je sais déjà lire, répondit Jess.

— Pardon ?

— Lire, écrire, faire des additions et des soustractions. Je peux même réciter dans l'ordre la liste de tous les rois et reines d'Angleterre.

— Jess, je vous présente mon neveu Quentin, intervint Eunice. Quentin, voici Jess Whitby. Elle va rester avec nous quelque temps. Sebastian, je ne te conseille pas de manger ce muffin. Ils sont trop secs, aujourd'hui.

— Mes années en mer m'ont endurci l'estomac, rétorqua le capitaine, qui trempa son muffin dans son café. Quentin, avant que tu n'ajoutes autre chose, sache que Jess est la fille de Josiah Whitby.

— Whitby ? Que me chantes-tu là ? Que viendrait faire la fille de Whitby chez nous ?

— Elle a eu un petit accident hier soir, sur les quais, expliqua Eunice. Bastian a eu la bonne idée de l'amener ici.

Quentin haussa les sourcils.

— Un accident ? Quel genre d'accident ? Sebastian, veux-tu bien me raconter ?

— Le port est un endroit dangereux, répondit le capitaine, qui observait Jess d'un air songeur – elle était prête à jurer qu'il avait une idée en tête. Whitby devrait mieux prendre soin de sa fille.

— Jusqu'à nouvel ordre, c'est désormais moi qui prendrai soin d'elle, décréta Eunice. Et je compte sur toi, Bastian, pour qu'elle ne fasse plus de mauvaises rencontres dans la rue. Si tu t'asseyais, Quentin ?

— Je ne peux pas rester. On m'attend au bureau. Mais je pense qu'elle ne devrait pas... ce n'est pas... Quentin bafouilla quelques mots supplémentaires, avant de mettre ses idées en ordre :

— Je suis convaincu que tu as agi pour le mieux en raison des circonstances, Bastian. Mais cette fois, il ne s'agit pas d'une de ces filles des rues qu'Eunice tente de sauver. Nous ne pouvons pas l'adopter comme un chaton. Elle doit rentrer chez elle. As-tu songé à ce que les gens vont dire quand ils apprendront que nous la gardons chez nous ?

Le capitaine coula brièvement un regard vers Jess.

— Je ne vois pas où est le problème, dit-il.

Quentin énuméra les raisons qui s'opposaient à ce que Jess Whitby demeure chez eux. D'excellentes raisons, pour la plupart, mais le capitaine y resta sourd.

— Enfin ! s'exclama Quentin, posant une main sur l'épaule de Jess. Les gens vont bien se demander pourquoi elle est chez nous !

— Sebastian lui a pratiquement roulé dessus avec un fiacre, intervint une voix depuis le seuil.

Une femme les rejoignit. Elle était mince, élancée, le cheveu très noir. Elle devait avoir dans les trente ans.

— Du moins, c'est le consensus qui s'est dégagé en cuisine, précisa-t-elle en se servant au buffet. Tiens, il y a du hareng fumé, ce matin. Je ne connais pas de meilleure façon de commencer une journée qu'en mangeant du hareng fumé.

— Je ne lui ai pas roulé dessus, objecta le capitaine. Et ce n'est pas moi qui l'ai frappée.

— Bravo. Mais je suppose que tu avais une bonne raison de l'amener ici ? Quentin, si j'étais toi, j'ôterais ma main de la propriété de Bastian. Tu sais bien qu'il n'aime pas partager.

— Enfin, Claudia… protesta Quentin.

Mais il n'en ôta pas moins sa main.

Claudia était la sœur de Quentin. Elle arborait le grand nez de la famille – ce qui, chez une femme, était malheureusement disgracieux. Après s'être servie, elle vint s'asseoir à table.

— Comme je le disais, les domestiques sont tombés d'accord sur le fait qu'elle s'est jetée sous les roues du fiacre dans lequel voyageait Bastian. Toute la question est de savoir si elle était déjà nue avant l'accident. J'ai cru comprendre que des paris avaient été lancés à ce sujet.

— N'insiste pas davantage, trancha Eunice. Jess, je vous présente ma nièce, Claudia. Pardonnez-lui. Elle oublie parfois qu'elle a été élevée comme une lady.

— Les ladies sont des créatures futiles, lui objecta Claudia, qui attaqua son hareng fumé d'un solide coup de fourchette.

Et, se tournant vers Jess :

— Vous êtes-vous réellement jetée sous les roues de mon cousin ? Voilà qui ne manque ni d'originalité, ni d'intrépidité ! La plupart de nos invités se contentent de sonner à la porte pour entrer. Mais je suppose qu'il y a toute une histoire derrière cet accident ?

La moitié de Londres était-elle déjà au courant qu'on l'avait portée ici cette nuit ? songeait Jess, horrifiée.

— Vous devriez demander cela au capitaine, répliqua-t-elle.

— Oh, cousin Sebastian est généralement aussi muet qu'une tombe. Ce n'est pas de sa bouche qu'il faut espérer des histoires croustillantes. Ce que les domestiques se demandaient, en cuisine, c'est s'il avait compromis votre vertu. Personne ne mange, ce matin ?

— C'est la fille de Josiah Whitby, révéla Quentin.

— Mais qui est Josiah… ? Ah, oui ! s'exclama Claudia. L'armateur. Je l'ai rencontré une fois, à une soirée. Un petit homme d'allure anodine, mais qui portait un gilet étonnant. C'est donc votre père ?

Tout le monde remarquait les gilets de papa.

— Oui.

— Il paraît qu'il est excessivement riche, reprit Claudia. Et donc, Sebastian vous a portée ici cette nuit, entièrement nue – enfin, enroulée dans une couverture. Je suppose que je devrais être choquée.

— Ma présence rend celle de Jess parfaitement respectable, déclara Eunice, qui servit une tasse de thé à Claudia. Encore un peu de thé, Jess ?

Elle regarda sa tasse.

— Non, merci.

— Si vous voulez mon avis, reprit Claudia, vous avez eu tort de vous en remettre à Bastian. C'est quelqu'un de très dangereux.

— Je suis surtout très occupé, rétorqua le capitaine en se levant de table, avant de se tourner vers Jess. Je crois que vous avez terminé de manger ?

Sans attendre de réponse, il lui prit le bras et la souleva de sa chaise comme si elle ne pesait pas plus lourd qu'une plume.

— Tu nous la retires déjà ? s'enquit Claudia. Et moi qui commençais juste à m'amuser.

— Eh bien, je te conseille d'arrêter, grommela-t-il. Eunice, je vais la remettre au lit, avant qu'elle ne s'évanouisse dans sa soucoupe.

Et il la poussa vers la porte.

8

Le capitaine lui fit traverser le hall. Les caisses avaient été dégagées, libérant l'espace. Les rayons du soleil venaient maintenant frapper le lustre de cristal et conféraient une atmosphère irréelle à cet univers de luxe.

Jess coula un regard en direction du capitaine. Mais son visage ne trahissait aucune émotion particulière. Et son regard était toujours aussi glacial.

Il l'entraîna sous l'escalier. Personne ne croisa leur chemin. C'était stupéfiant qu'aucun domestique ne soit visible. Puis il la plaqua sans ménagement contre le mur.

— Vous m'attendiez, hier soir, attaqua-t-il. Sur Katherine Lane.

— La rue est à tout le monde, que je sache ?

— Oui, du moins à ceux qui n'ont pas peur de se faire agresser. Mais ça, je parie que vous ne l'aviez pas prévu.

— Non, en effet. Je ne vous apprendrai pas que la vie vous réserve souvent des surprises. Je me souviens d'une fois, au Caire, où je…

— Eh bien, vous devriez retourner au Caire, si vous voulez mon avis. Je n'aime pas vous savoir ici.

C'était compréhensible. Si Kennett était Cinq, il devait cacher bien des secrets.

— Malheureusement, reprit-il, je ne peux pas vous renvoyer chez vous, puisqu'il n'y a personne pour veiller sur vous. Mais vous ne pouvez pas rester ici.

Jess aurait bien aimé pouvoir fouiller la maison. Il devait conserver des lettres. Peut-être même tenait-il un journal ? Elle était convaincue qu'elle pourrait trouver dans cette maison la preuve de sa culpabilité... ou de son innocence.

— J'aimerais rester, dit-elle. Et votre tante m'a invitée à le faire. J'aime beaucoup votre tante, soit dit en passant.

— Tout le monde aime ma tante. Mais je ne laisserai personne profiter d'Eunice.

— Je n'avais pas...

— Vous avez déjà commencé. J'ignore quels mensonges vous lui avez débités, mais je vous conseille de cesser ce petit jeu tout de suite. Non ! N'essayez pas de nier. Il n'y a qu'une raison, une seule, pour laquelle vous n'êtes pas déjà dehors : votre sécurité. Mais l'un de mes amis possède une maison de campagne, près de Hampstead. Je vais vous y expédier.

Parce qu'il organisait son existence, à présent ?

— Je connais la région. J'y ai déjà séjourné. Vous ne pouvez pas imaginer à quel point c'est dangereux. Les cochons et les chevaux vivent pratiquement en liberté. Sans parler de ces grands oiseaux noirs qui volent partout. Des corbeaux, je crois. Ils sont pratiquement aussi gros que des poules. Et il y a des vaches. Je ne suis pas près d'oublier ma rencontre avec une vache. Non, merci. Je préfère rester à Londres.

Le regard du capitaine s'assombrit dangereusement. Jess était assez satisfaite de son effet.

— Vous ferez ce que je vous dirai de faire, grommela-t-il.

C'est ce qu'on va voir !

— Votre tante est-elle au courant que vous vous payez des filles sur Katherine Lane ?

Il ne cilla même pas.

— Je pourrais retourner dans la salle à manger et la mettre au courant, enchaîna-t-elle. Ensuite, vous lui expliqueriez ce que nous avons fait dans votre cabine, hier soir. Sur ce point, je pourrais difficilement la renseigner, vu que j'ai perdu conscience après que vous m'avez droguée.

— Bon sang ! Je ne vous ai pas...

— *Moi aussi,* j'aimerais savoir ce qui s'est passé. Je crois que ça intéressera tout le monde.

— Je vous ai portée jusqu'ici et je vous ai mise au lit, un point c'est tout. Ce n'est pas mon genre de molester les femmes. Et encore moins lorsqu'elles souffrent d'une blessure à la tête. Je ne suis certainement pas un saint, mademoiselle Whitby, mais violer une femme inconsciente n'est pas dans mes habitudes.

— Votre tante sera ravie de l'apprendre. Si nous allions lui raconter tout cela ?

Jess savait qu'elle jouait avec le feu : faire chanter le capitaine était un exercice périlleux.

Il la plaqua un peu plus fermement contre le mur.

— Qu'essayiez-vous de fourrer dans mes poches, hier soir ?

Jess ne comprit pas la question. Lui *fourrer* quelque chose dans les poches ?

— D'ordinaire, j'aime bien les énigmes. Mais pas aujourd'hui. Montrez-vous plus explicite.

— Très bien. Alors, jouons franc-jeu. Votre père vous a confié quelque chose, à charge pour vous de le glisser dans mes poches. De quoi s'agissait-il ? D'une lettre ? D'un document ?

Une lettre ? Quelle lettre ? Et pourquoi dans sa poche ?

— Désolée. Je ne vois pas de quoi vous voulez parler.

Il approcha son visage de celui de Jess. Ses yeux étaient d'un noir impressionnant. Aussi noir que la nuit – mais avec un feu qui couvait dessous.

— Je me demande pourquoi je perds mon temps avec vous, grommela-t-il. Vous ne consentirez jamais à me dire la vérité. En plus, vous tenez à peine sur vos jambes.

Et d'un geste vif, il la souleva dans ses bras.

— Je vais vous reconduire au lit.

Il gravit l'escalier, ses talons cognant contre les marches comme pour donner plus d'emphase à sa frustration.

— Vous pouvez me reposer. Je suis capable de marcher seule.

— Vous voulez dire ramper ?

Ils gagnèrent le palier en un temps éclair. Le capitaine remonta le couloir, dépassant les chambres les unes après les autres. Jess voyait défiler les miniatures persanes sous ses yeux.

Il enfila le second escalier qui menait à l'étage sous les combles, sans que sa respiration soit le moins du monde affectée. Il ne s'arrêta même pas devant la porte de Jess : il l'ouvrit d'un coup de pied. Le battant alla heurter le mur dans un grand fracas.

Puis il déposa la jeune femme sur la courtepointe avec autant de précautions que si elle était en verre. Cet homme semblait manier les paradoxes.

Elle se redressa. Il restait planté près du lit, à attendre.

Kennett pouvait décider de l'étrangler. Surtout s'il était Cinq. Mais il pouvait aussi vouloir l'étrangler sans cela. Toute femme un peu sensée se serait empressée de bondir hors du lit et de gagner la sortie.

— Regardez-moi, dit-il, lui donnant une petite tape autoritaire sous le menton. Voilà, comme cela. Maintenant, écoutez-moi bien, mademoiselle Whitby. Quoi que vous tentiez de faire dans cette maison, je vous préviens tout de suite que ça ne marchera pas.

Amusez-vous à cacher des montagnes de preuves dans chaque recoin, si ça vous chante, personne ne vous croira. Et ne tentez pas davantage une opération de séduction. Vous courrez tout droit à l'échec.

— Je ne...

— Je ne vous autorise à rester sous mon toit qu'à la seule condition que vous vous teniez correctement. Ne racontez plus de sornettes à ma tante. Évitez de fréquenter Quentin. Et ne vous disputez pas avec Claudia. Sinon, je n'hésiterai pas à vous flanquer dehors à coups de pied au derrière. Et n'oubliez pas que des gredins d'Irlandais n'attendent que cela pour vous tomber dessus.

— Je...

Le capitaine posa une main sur sa nuque. Jess en eut des frissons.

— Cette chambre était autrefois celle de la gouvernante. Elle est très tranquille. Et la porte dispose d'un verrou. Savez-vous pourquoi je vous y ai installée, mademoiselle Whitby ?

— Je suppose que les chambres d'amis étaient toutes occupées ?

— Vous êtes aussi éloignée que possible de ma chambre. Toute la maison, ou à peu près, nous sépare. Ne comptez donc pas que je vienne frapper à votre porte en pleine nuit. Vous pouvez dormir sur vos deux oreilles. Si vous êtes une honnête femme, cette chambre sera votre forteresse. Mais êtes-vous une honnête femme ?

Que répondre à cela ? Elle n'avait jamais eu les moyens d'être honnête. C'était un peu tard pour commencer.

— Ma chambre est à l'étage du dessous. Cinquième porte sur la droite. Combien de temps mettrez-vous avant de venir me retrouver ?

— Un siècle ou deux, répliqua Jess en s'humectant les lèvres.

Elle aurait dû éviter ce mouvement de la langue. Il regardait maintenant ses lèvres.

— Encore un mensonge de votre part, mademoiselle Whitby. Il n'y a pas une once de sincérité chez vous.

Sa main s'attardait sur la nuque de Jess. Comme si elle nourrissait le projet de s'aventurer plus bas.

— Je n'aime pas que vous me touchiez, dit-elle.

Mais elle ne fit rien pour s'écarter.

— Et moi, je n'aime pas cette situation, répondit-il. Ne sentez-vous pas les ondes qui nous lient ? J'ai envie de vous. Et vous avez envie de moi. Ne prétendez pas le contraire. Vous n'êtes plus innocente.

Jess aurait bien voulu être assez innocente pour ne pas comprendre ses paroles.

Elle se demandait, parfois, si elle rencontrerait enfin un homme avec lequel elle aurait envie de coucher. Depuis Ned, cela ne lui était plus arrivé. Pourtant elle avait croisé, au fil des ans, des litanies de banquiers, de marchands ou de fringants militaires qui l'avaient abreuvée de sourires ravageurs.

Tous n'étaient pas seulement attirés par la fortune de son père. Et Jess en avait apprécié certains. Pas au point, toutefois, de vouloir coucher avec eux.

Mais cette nuit, ses rêves auraient le visage de Sebastian. Elle avait fini par trouver le bon candidat. La caresse de sa main sur sa nuque l'électrisait au-delà de l'imaginable.

— Vous êtes une femme peu commune, murmura-t-il, des braises dans le regard. Hier soir, j'ai eu l'impression qu'une sirène surgissait de Katherine Lane et se jetait sur moi pour m'égarer l'esprit. Pour sûr, vous m'avez pris à votre piège. Mais vous voilà ferrée, vous aussi. Et ça, ce n'était pas prévu dans votre plan.

Jess ne se souvenait pas d'avoir échafaudé quelque plan que ce soit.

— En fait de sirène, vous n'avez rien de magique. Vous n'êtes qu'une fille obéissante, prête à suivre aveuglément les instructions de votre bâtard de père et...

— Mon père n'est pas...

— Quand vous viendrez frapper à ma porte, assurez-vous de ne laisser parler que vos sens. Tout, entre nous, n'est que mensonges. Excepté ce désir qui nous taraude mutuellement.

— Je ne comprends pas de quoi vous parlez.

— Bien sûr que si. Vous ne comprenez que trop bien, au contraire.

Et, prenant doucement la natte de Jess entre ses doigts, il ajouta :

— Vous aimeriez savoir ce que cela donnerait, nous deux, n'est-ce pas ?

Oui.

— Non.

Il enroulait maintenant la natte de Jess sur sa main, comme s'il manœuvrait un cordage.

— Vous descendrez un étage. Vous irez à la cinquième porte sur la droite. Vous ouvrirez le battant. Je vous attendrai, songeant à tout ce que je vous ferai. Vous vous débarrasserez de votre chemise de nuit, et vous grimperez dans mon lit. Une fois que vous aurez passé ma porte, nous ne pourrons plus nous arrêter.

Il enroula complètement sa natte, jusqu'à ce que sa main vienne buter contre la gorge de Jess. Une main de marin. Aussi dure et solide qu'un pont en bois.

— Vous m'implorerez de vous caresser. Vous me direz ce dont vous aurez envie. Et je m'exécuterai. Je vous ferai tout ce qui vous plaira.

Sa voix la faisait frissonner – et pas de peur. Mais Jess se maudissait de voir son corps ainsi la trahir.

— Vos tétons durcissent déjà, je le sais. Ils sentent les caresses de mes lèvres. Vous...

— Je...

— Vous verrez, ce sera magique.

Jess était fascinée par ses yeux. C'était probablement le même genre de fascination qu'éprouvaient les poissons qu'on pêchait à la lanterne dans certaines parties du monde. Les poissons montaient à la surface, attirés par la lumière, et se laissaient cueillir sans réagir. Elle était aussi idiote que ces poissons.

— Une partie de moi voudrait vous voir rester dans cette maison, reprit-il. Car j'aimerais passer mes nuits avec vous. Mais si de votre côté vous n'en avez pas envie, je vous suggère de décamper. Et de partir pour Hampstead, où mon ami vous hébergera. Alors, que décidez-vous ? Vous partez ? Ou vous restez, sachant que d'ici une nuit ou deux, tout au plus, vous finirez dans mon lit ?

— Vous cherchez à m'effrayer.

— Précisément. Et si j'étais vous, Jess, je préférerais m'enfuir.

Elle ne bougeait pas. Non parce qu'il la tenait par les cheveux, mais parce qu'elle en était incapable.

— Non.

— J'ai bien peur que vous ayez fait le mauvais choix, Jess Whitby.

Il relâcha sa natte, avant de s'écarter du lit :

— Attendez quand même un jour ou deux avant de venir me retrouver. Qu'au moins vos bleus aient le temps de guérir. Et puisque vous restez, n'oubliez pas de vous montrer polie avec Claudia. Quant à Quentin, si vous vous avisez de le regarder de la façon dont vous me regardez maintenant, vous regretterez d'être toujours en vie.

Jess était si outrée qu'elle ne sut quoi répondre.

De toute façon, Kennett ne chercha pas à constater l'effet de sa grenade. Il était déjà parti.

9

Dorset Street, Whitechapel

Cinq portait du noir, comme à son habitude. Un grand manteau noir qui tombait sur ses bottes, et un chapeau à larges bords. Une écharpe de laine lui montait jusqu'au nez, et la pénombre de la pièce achevait de cacher le reste de son visage.

— Liam agonise, dit l'Irlandais d'un ton accablé.

Tant mieux, songea Cinq. Si cette vieille sorcière, à son chevet, n'achevait pas ce pauvre bougre avec ses potions, Lazare lui trancherait la gorge. Lazare détestait que des intrus maraudent sur ses terres.

— Vous saviez que vous preniez des risques, répliqua Cinq d'une voix délibérément monocorde, pour la rendre difficile à mémoriser.

— Vous n'êtes pas très compatissant.

— Ce n'est pas mon rôle. Capturez-moi la fille.

— Non. Une nouvelle tentative, aussi rapprochée, serait trop dangereuse.

— Il faut l'attraper maintenant, avant qu'ils ne l'expédient hors de la ville. Elle finira bien par sortir de cette maison pour se rendre à l'entrepôt de son père. Vous l'aurez là-bas.

— Vous ne manquez pas d'audace quand il s'agit de risquer la vie des autres, lui objecta l'Irlandais en coulant un regard vers son compagnon gisant sur une paillasse. J'aurai besoin de plus d'argent. Cinquante livres.

— Nous avions conclu un marché.

— Sean et Fergus sont morts. Dieu leur vienne en aide.

— Puisqu'ils sont morts, ils n'ont plus besoin d'argent. Livrez-moi la fille, et nous reparlerons de votre commission.

— Vous aviez dit que ce serait facile ! Sean et Fergus y ont laissé la vie, et Liam n'en a plus pour longtemps. Il n'était pas prévu que nous devrions affronter ce bâtard de Kennett. Ça vaut bien cinquante livres de plus.

— Dix.

— Cinquante maintenant. Et cent quand nous vous apporterons la fille.

— Vous me prenez pour un pigeon ? Je vous l'ai offerte sur un plateau d'argent. Je vous ai dit où vous la trouveriez, et à quelle heure. Je connais des types prêts à faire le boulot pour moins que ça.

Il bluffait, bien sûr. Ces Irlandais étaient les seuls assez stupides pour oser s'en prendre à la fille unique de Whitby. Elle était déjà protégée par Lazare. Et maintenant par Sebastian. Vouloir la toucher relevait du suicide, et n'importe quel larron londonien le savait.

Mais c'était une raison supplémentaire pour s'en emparer au plus vite.

— Suivez-la. Capturez-la. Et ne lui faites pas de mal. Je la veux entière.

L'Irlandais cracha sur le sol poussiéreux.

— Elle sera entière. Mais l'argent devra nous attendre quand nous la livrerons à bord du bateau.

Il ne vivrait pas assez longtemps pour en profiter. Lazare y veillerait. Ou Sebastian. Et de cette façon, il n'y aurait plus de témoins gênants.

— Encore une chose, précisa Cinq. Trouvez une comparse, et faites-la engager comme domestique dans la maison. Elle vous tiendra au courant des allées et venues de la fille Whitby. Voilà cinq livres, pour la payer.

Il posa cinq livres sur la table de bois brut. Puis sortit d'autres pièces :

— Et aussi cinq livres pour vous, payées d'avance. Et… (Il jeta un regard en direction de la paillasse.)… cinq livres pour sa famille, s'il meurt.

L'Irlandais ramassa l'argent avec avidité. Cinq n'avait que mépris pour les hommes de son espèce. Quand la Révolution atteindrait Londres, cette populace serait balayée avec tout le reste. Napoléon s'en servirait comme chair à canon pour son armée.

Cinq remonta son écharpe un peu plus haut sur son nez, quitta la misérable chambre et redescendit au rez-de-chaussée. Il traversa la taverne enfumée et sortit dans la rue, où une foule d'ouvriers, de catins, de mendiants et de voleurs vaquait à ses occupations.

10

Douglas Hotel, Bloomsbury

— Aide-moi donc, bon sang !

Pendant que Sebastian soulevait un coin du lit, Adrian glissa le tapis qu'ils avaient déplacé précédemment.

— Si tu veux mon avis, nous avons perdu notre temps, commenta Adrian, se redressant.

— Il fallait en avoir le cœur net. Remettons les sièges en place, à présent.

Il replaça une bergère devant la fenêtre, baignée par le soleil de cette fin d'après-midi. L'autre siège, un grand fauteuil garni d'accoudoirs, allait devant la cheminée. Et la table à côté du fauteuil. Et la lampe sur la table, avec le vase de roses. Quand ils auraient terminé, personne ne pourrait se douter que tout le mobilier avait été retourné.

Lorsqu'ils se trouvaient à Londres, les Whitby habitaient cet hôtel au confort discret. Une grande suite, composée d'une enfilade de pièces hautes de plafond et donnant sur Russel Square, leur était réservée à l'année. En fait, Whitby était le propriétaire de l'immeuble.

Si Jessamyn Whitby était complice de la trahison de son père, alors elle devait cacher des preuves ici, dans sa chambre, plutôt que dans les bureaux de leur compagnie maritime. Mais, bizarrement, Sebastian s'était pris à espérer qu'il ne découvrirait rien. Allez comprendre pourquoi, il préférait savoir Jess innocente.

— Si elle conserve quelque chose ici, elle aura très bien choisi sa cachette, supputa Adrian. Le genre de cachette qui saute aux yeux une fois que tu l'as trouvée.

— Eh bien, cherche de ton côté. Moi, je vais fouiller la bibliothèque.

Sebastian s'attaqua à l'étagère du haut. Il doutait fort que Jess conserve des documents compromettants entre un volume de *Curiosités grecques* et le récit d'une expédition : *À dos de mule à travers la Serbie*. Cela semblait trop facile. Mais Adrian n'avait peut-être pas tort.

À défaut de mettre la main sur des papiers sensibles, Sebastian en saurait toujours plus long sur elle. Sa personnalité se reflétait dans les moindres recoins de cette pièce qu'elle habitait.

— Qu'a dit Doyle, au sujet des Irlandais ?

— Cinq sont morts sur Katherine Lane. Un autre agonise dans un coin de Whitechapel. Et Lazare en a supprimé un septième. Ce qui veut dire qu'il en reste quatre dans la nature.

Quatre hommes, qui devaient toujours chercher à kidnapper Jess.

— C'est plus que je n'en voudrais contre moi, murmura Sebastian.

— Et l'Irlande ne s'est pas encore toute vidée de ses gredins, hélas, reprit Adrian. Je suis soulagé de savoir que Jess dort chez toi ce soir. Ce qui nous donne d'ailleurs l'occasion de fouiller sa chambre.

Il s'était arrêté devant la coiffeuse. S'emparant d'une fiole de parfum, il l'ouvrit pour la humer.

— Du jasmin. De chez Houbigant, à Paris. Quoi d'autre ? (Il ouvrit les tiroirs.) Pas de rouge. Pas de poudres. Aucun artifice. On peut en conclure qu'il n'y a pas d'homme, dans sa vie, qu'elle voudrait séduire. Comment va-t-elle, au fait ?

— Elle souffre encore de sa blessure à la tête, bien qu'elle essaie de le cacher, répondit Sebastian qui poursuivait l'inventaire méthodique de la bibliothèque. Eunice me tiendra au courant de l'évolution de son état. C'est moi qui l'ai remise au lit. J'essaierai de l'intimider pour qu'elle y reste encore au moins un jour ou deux.

— Bonne chance, mon vieux. Nous sommes tous derrière toi.

Adrian fouillait toujours la coiffeuse. Il ouvrit un autre tiroir :

— Des mouchoirs. Un éventail à manche d'ivoire. Ravissant. Quelques pièces de monnaie. Un gant. Voyons le tiroir suivant. Ah, un petit pistolet. Fabrication allemande. La crosse est finement ciselée. Apparemment, il n'a pas été chargé depuis longtemps. Elle devait se sentir en sécurité à Londres. Elle avait tort.

— Elle est en sécurité avec moi.

— Je n'en doute pas. Mais quand même : je serais plus rassuré si Jess avait un pistolet. Même aussi minuscule que celui-là.

Sebastian sortait les livres un à un des étagères pour les examiner. Ils étaient écrits en français, en allemand, en italien. La plupart étaient des récits de voyages. En Grèce, en Arabie, en Macédoine... À pied, à dos de chameau ou à dos d'âne... Aucun ne recélait le moindre papier compromettant.

Parlez-moi de Jess, songeait-il en promenant ses doigts sur leurs reliures. Et les livres lui parlaient. Ils évoquaient des terres de légende, aux confins du monde. Samarkand, Tombouctou, Persépolis... Que cherches-tu donc, Jess ? Ou qu'essaies-tu de fuir ?

Quand il l'avait quittée, ce matin, la jeune femme était très pâle. Elle tenait bon, mais par pure bravade. Son courage séduisait autant Sebastian que sa beauté.

Cependant, il ne voulait pas se laisser aveugler par cette beauté. Il ne devait pas perdre de vue qu'elle était peut-être la complice de son père.

Un *Voyage à travers la Crimée jusqu'à Constantinople* côtoyait une traduction de *L'Odyssée*. Sebastian l'ouvrit. Il y avait une dédicace sur la page de garde : *J'espère que tu trouveras le temps de le lire en mon absence. Ned.* Les pages n'avaient pas été coupées. Elle avait gardé le livre, mais ne l'avait pas lu.

Qui diable était ce Ned ?

— Si tu tiens à cette fille, dit-il à Adrian, tu ferais bien de lui trouver un hébergement rapidement. Quand nous aurons pendu son père, elle finira tôt ou tard par découvrir que j'étais à l'origine de son arrestation. Elle ne supportera plus de s'asseoir à la même table que moi.

Et encore moins que je puisse porter la main sur elle...

— Si Josiah est pendu, Jess deviendra de toute façon incontrôlable, objecta Adrian. Mais je compte bien tout faire pour que nous n'en arrivions pas à cette extrémité.

Il en avait terminé avec la coiffeuse, et il fouillait maintenant les tiroirs de la penderie.

— Rien. Toujours rien. Ah si, peut-être ça...

Il avait trouvé une petite boîte en laque, à moitié remplie de lettres. Une correspondance privée pas très récente, à en juger par l'état du papier.

— Je doute fort qu'elle conserve des secrets d'État attachés par un ruban bleu, fit remarquer Sebastian.

— Tu as raison, acquiesça Adrian qui déchiffrait la première lettre.

— Alors, pourquoi lis-tu sa correspondance ?

— Incurable curiosité, voilà tout. Laisse-moi me concentrer.

Sebastian retourna à son inventaire. La dernière étagère de la bibliothèque se terminait par un volume intitulé *Notes d'Arabie.* Il n'avait rien trouvé qui ressemblât à un document provenant du Foreign Office.

À côté de la bibliothèque, une grande cage, dotée d'un abreuvoir, trônait sur une table. Mais la cage était vide. Sebastian supposa qu'elle avait ramené quelque créature exotique – un oiseau ? – de ses voyages. Et que l'animal était mort.

Au-dessus de la cage, il remarqua un petit tableau, qui semblait très ancien. La scène représentait une jeune fille dans un jardin, un chien blanc à ses pieds, entourée d'arbres où se perchaient des oiseaux multicolores. Les cheveux de la jeune fille, blonds, coulaient sur ses épaules comme une rivière.

— Ça alors ! Je n'aurais jamais pensé le trouver hors de France !

— Hmm ?

— J'ai déjà vu des reproductions de ce tableau, mais celui-ci est l'original, expliqua Sebastian. Il date du XIIIe siècle et provient d'un atelier de l'école d'Arles.

Ce tableau à lui seul prouvait la richesse de Whitby.

— Cet autre, à côté de toi, est un Bartolomeo Veneto. Rien qu'en vendant ces deux toiles, nous récolterions de quoi vivre dans le luxe jusqu'à la fin de nos jours.

— Sers-toi, murmura Adrian, qui s'était assis pour mieux lire les lettres.

Sebastian s'intéressa ensuite à une commode. Ses tiroirs contenaient du linge, et il en conclut que Jess aimait porter de la fine batiste pour dormir. Et des camisoles en soie. À part cela, il n'y avait pas non plus de papiers cachés parmi ses sous-vêtements.

Un coffret à bijoux était placé sur la commode, exposé à la vue de tout le monde. Il était en bois d'acacia, incrusté d'ivoire. Du très beau travail. Sebastian souleva le couvercle. Pourquoi Jess n'enfermait-elle pas ses bijoux avec un cadenas ? Mais après tout, si un voleur réussissait à s'introduire jusque dans sa chambre, ce n'était pas un vulgaire cadenas qui l'arrêterait.

À l'intérieur du coffret, d'innombrables bagues et bracelets étaient sagement rangés dans des compartiments tapissés de velours bleu. Les diamants, de belle facture, étaient sertis d'or. Jess avait décidément bon goût.

L'étage du dessous renfermait les boucles d'oreilles et les parures de cou. Les gemmes étaient plus exotiques : ambre de la Baltique, turquoises perses, citrines... La plus grosse pierre était un saphir d'environ quinze carats. Là encore, d'excellente qualité. Mais une telle pierre n'avait rien d'exceptionnel : Sebastian en négociait une bonne centaine par an. De toute évidence, Jess refusait les bijoux trop voyants.

Il restait un dernier étage. Sebastian aurait aimé pouvoir sonder l'esprit de Jess de la même manière qu'il examinait son coffret à bijoux : couche après couche. Ce dernier étage recelait les bijoux les plus magiques : des perles d'un rose très pâle. Elles provenaient du golfe Persique. Et il fallait s'y connaître en perles pour comprendre la valeur exceptionnelle de ce collier.

— Tu as repéré autre chose de valeur ? demanda Adrian.

Il était toujours plongé dans ses lettres, mais il avait un don pour remarquer tout ce qui se passait autour de lui.

— Oui, un collier qui te permettrait d'acheter le Yorkshire tout entier.

Sebastian remit le collier en place. Le compartiment d'à côté renfermait un coquillage et une marguerite séchée, tous deux emballés dans de la soie blanche.

Ces objets sont privés, songea-t-il. Je devrais avoir honte de fouiller ainsi.

— Que diable voudrais-tu que je fasse du Yorkshire ? rétorqua Adrian.

Il avait terminé sa lecture. Il replaça les lettres sous le ruban bleu.

— Elles n'étaient pas attachées ainsi.

— Je sais, c'est exprès. Comme cela, elle comprendra que quelqu'un est venu ici, répliqua Adrian en remettant les lettres dans leur boîte. Ce Ned n'était pas un grand épistolier, mais je suppose que Jess s'en moquait.

C'était le même nom que Sebastian avait relevé dans la dédicace de *L'Odyssée*.

— Qui était Ned ?

Adrian s'était planté devant la cheminée.

— Edward Harrington. Le troisième fils de lord Harrington. Jess avait seize ans. Ned était beau garçon, attachant, ambitieux, et très amoureux d'elle.

— Rien que ça.

— Je peux comprendre que Jess lui ait donné sa virginité dans une grange à foin. Il était beau comme un apollon.

Jess avait eu un amant. Sebastian s'en doutait, au fond. Ses yeux prouvaient qu'elle s'y connaissait en sensualité. Et ce Ned avait été son professeur.

— Que s'est-il passé ?

Adrian caressa la frise qui ourlait le manteau de la cheminée.

— Un coup de malchance. Josiah l'a enrôlé sur l'un de ses bateaux, pour voir ce dont il était capable. Ned est mort héroïquement, sur les côtes barbaresques, en voulant sauver deux de ses compagnons de la noyade.

Il n'avait que dix-sept ans. Jess a passé l'année suivante à mettre en ordre la comptabilité de son père. Je ne serais pas étonné d'apprendre qu'elle est restée plusieurs mois sans dormir.

— Je vois, murmura Sebastian.

Il n'était pas bien sûr de savoir ce qu'il voyait, à part qu'il était jaloux d'un garçon qui avait la moitié de son âge – et qui était mort depuis longtemps.

— Ned était un brave garçon, précisa Adrian qui s'était agenouillé devant l'âtre. Ah, je crois bien que Jess nous a laissé quelque chose… Oui ! Elle a brûlé des papiers la dernière fois qu'elle était ici. Ma petite Jess, je t'aurais pensée plus avisée…

Il avait sorti un couteau de sa poche et, avec la pointe, il traquait des fragments de papier parmi les cendres.

— Apporte-moi une feuille blanche, Bastian.

Sebastian prit une feuille blanche dans le tiroir du bureau. Adrian disposa dessus les fragments qu'il avait pu sauver.

— C'est bien l'écriture de Jess, dit-il. Je la reconnais.

Sebastian déchiffrait par-dessus son épaule les mots qui avaient été épargnés par les flammes.

— C'est une liste de bateaux. Le *Mary Jane*… *Prosper*… Il doit s'agir du *Prosperity*, ou du *Prospero*. Le *Lady of Swansea*… et là, le *Lively*… ça doit être le *Lively Dancer*. L'un des miens.

— Elle a dû brûler ce papier hier, juste avant de se rendre à Katherine Lane, supposa Adrian qui fouillait de nouveau dans les cendres. Je ne vois plus rien d'utilisable.

Se relevant, il sortit son mouchoir pour s'essuyer les mains.

— Mais pourquoi dresserait-elle des listes de bateaux ? reprit-il. À quoi cela rime-t-il ?

Elle cherche Cinq, songea Sebastian.

— Elle recense tous les mouvements de bateaux dans le port. Nous en apprendrons peut-être davantage en fouillant les papiers de son bureau, aux entrepôts.

Mais pourquoi chercherait-elle Cinq ? Et pourquoi m'attendait-elle à Katherine Lane ?

Dehors, quelques réverbères s'étaient allumés autour du square. Le soir tombait. Il serait bientôt l'heure de dîner. Sebastian voulait rentrer chez lui.

Si elle cherche Cinq, c'est qu'elle est innocente. Quoi qu'ait pu faire son père, elle n'a rien à voir avec ses manigances.

— Nous en avons terminé ici. Je vais rentrer à la maison, voir comment elle va.

Si elle est innocente, alors je pourrai l'avoir...

Adrian le rejoignit devant la fenêtre.

— Je te retrouverai à minuit sur Garnet Street, devant l'entrepôt des Whitby, dit-il.

Sebastian tira les rideaux.

— Je me demande quelle sera sa réaction quand elle s'apercevra que nous avons fouillé ici, et à l'entrepôt.

— Oh, une réaction très cinglante, à n'en pas douter, répondit Adrian.

Mais cette perspective avait l'air de le réjouir.

11

Kennett House

— Ne brusquez pas les choses. Vous avez été plus sérieusement blessée que vous ne le croyez, lui assura Eunice en l'obligeant à s'asseoir dans un grand fauteuil. Là, voilà, ne bougez plus.

Elle la débarrassa de ses chaussures, et Jess se laissa empaqueter dans un immense tartan.

— Nous dînerons d'ici une heure, reprit Eunice. À moins que la cuisinière n'ait encore oublié l'horloge. Inutile de vous inquiéter pour vos affaires. Tout peut attendre demain.

Là-dessus, Eunice partit en cuisine, abandonnant Jess à Quentin et Claudia. Elle devait s'occuper d'une nouvelle protégée. D'après Mary Ann, la soubrette venue entretenir le feu, la malheureuse était arrivée en larmes et terrifiée, après avoir fui son souteneur.

Assis à la table, Quentin et sa sœur faisaient une partie de piquet. Ils formaient un couple très élégant, digne de figurer dans un tableau. Lui en habit de soirée, comme s'il se rendait dans une réception à Mayfair. Elle en soie prune – une couleur qui lui allait à ravir.

— Et voilà pour moi, dit Quentin. Ce qui me fait... cent soixante points. Tu n'aurais pas dû te débarrasser de ton diamant.

Claudia croisa les mains.

— Peut-être.

Le grand bow-window du salon donnait sur la petite place, ornée d'un square verdoyant. Les rideaux étaient de brocart. Le secrétaire était de style Chippendale, et le tapis venait de Perse. Le reste du mobilier était ancien. C'était toute l'aristocratie : on préférait acheter des vieilles choses à prix d'or, plutôt que de nouvelles à bon marché. Quelques poteries de la collection de Standish ornaient les tables. Des poteries grecques, magnifiques. La plus proche de Jess montrait un homme entièrement nu brandissant sa lance au-dessus d'un adversaire à terre. Elle avait autrefois demandé à sa gouvernante pourquoi les anciens Grecs étaient toujours représentés nus, mais elle n'avait pas obtenu de réponse.

Un livre ouvert était posé, à l'envers, sur le sofa – encore l'un de ces textes d'inspiration philosophicopolitique que toute la famille semblait affectionner.

— Tout le secret du jeu tient dans les cartes que l'on rejette, Claudia, reprit Quentin. Je te l'ai pourtant répété cent fois.

Donne-lui un bon coup de coude dans le menton, Claudia, songea Jess, agacée.

Mais cela ne risquait pas d'arriver. L'aristocratie ne se conduisait pas ainsi.

Les yeux mi-clos, Jess pouvait entendre les allées et venues en cuisine. Eunice devait s'activer pour apaiser sa nouvelle protégée. Quoi que puisse craindre cette femme, elle était tombée en de bonnes mains.

Si le destin s'en était mêlé différemment, Jess serait peut-être à sa place, aujourd'hui. Il lui était souvent arrivé de penser qu'elle n'avait pas été très loin de finir dans un bordel. Lazare l'en avait sauvée, en faisant d'elle une petite voleuse.

Jess n'avait pas eu l'intention de garder le lit toute la journée – elle aurait paru obéir un peu trop servilement aux ordres du capitaine. Et puis, son travail l'attendait. Mais elle s'était endormie aussitôt qu'il était parti. Et ne s'était réveillée qu'avec le coucher du soleil.

Dehors, les ombres s'allongeaient rapidement. Elles finiraient bientôt par se fondre entre elles, et ce serait l'obscurité. Jess n'avait plus aucune envie de ressortir.

Tant pis. Je verrai papa demain.

Le feu, qui crépitait joyeusement dans l'âtre, chauffait presque trop. Elle regarda Quentin et Claudia commencer une autre partie de piquet. Quentin trichait, de toute évidence.

— Une lady n'enlève jamais ses chaussures dans un salon, mademoiselle Whitby, observa Claudia sans lever les yeux de ses cartes.

— Je sais. Mais c'était l'idée de votre tante. Et je suis sûre que vous n'iriez pas lui dire la même chose.

— Eunice est fille de duc, mademoiselle Whitby. Vous n'êtes pas en position de copier ses excentricités.

Le fauteuil dans lequel l'avait installée Eunice était aussi dur qu'un tronc d'arbre. Jess était prête à jurer que c'était le siège préféré du capitaine. Elle se le représentait, revenant de son travail au port juste avant le dîner, jetant son chapeau sur le guéridon près de la porte d'entrée, accrochant son manteau à une patère, puis entrant dans cette pièce pour se laisser choir sur ce fauteuil avec un soupir de lassitude, avant d'étendre ses jambes devant la cheminée.

En Égypte, et dans tous les pays du Proche et du Moyen-Orient, on ne traitait pas l'hospitalité à la légère. Un invité ne se permettrait jamais de fouiller dans les affaires de ses hôtes. Aussi Jess préférait-elle ne pas savoir ce que diraient Mahmoud, Ali et Saad, s'ils pouvaient deviner ce qu'elle complotait. À coup sûr, ils se détourneraient d'elle.

Mais elle était prête à tout pour sauver son père.

Quentin, sentant qu'elle l'observait, tourna la tête dans sa direction.

— Vous devez vous ennuyer, à nous regarder jouer. Joignez-vous donc à nous.

— Merci, mais pas aujourd'hui. Une autre fois, peut-être, quand je me sentirai mieux.

Ou quand la lune sera verte et qu'elle sautera dans le ciel à la manière d'une grenouille.

— Ce sera très bientôt, alors. Nous jouerons au whist. Claudia aura peut-être plus de chance avec le whist.

Il trichait visiblement. Ce n'était pas qu'il fût maladroit, mais Jess avait l'œil exercé. Elle avait été entraînée par des experts. Claudia, elle, n'y voyait que du feu. Mais Jess ne blâmait pas Quentin : il n'y avait aucun intérêt à jouer aux cartes si on ne pouvait pas tricher.

— Je ne sais pas jouer au whist, mentit-elle.

Quentin lui sourit.

— Je vous apprendrai. Ce n'est pas un jeu très compliqué. Et je vous promets que je ne profiterai pas de votre inexpérience.

Claudia jeta une carte sur la table.

— Inutile de te donner cette peine, Quentin. Je suis sûre qu'elle sait jouer. Et je parierais même qu'elle joue avec une avidité vulgaire.

— Parce que gagner aux cartes est vulgaire ? rétorqua Jess.

— Une lady se doit de gagner ou de perdre avec la même indifférence, répliqua Claudia.

— C'est encore moi qui gagne, annonça Quentin en abattant ses cartes sur la table.

L'espace d'un instant, Jess vit une lueur s'allumer dans les yeux de Claudia – de colère ? de sarcasme ?

Claudia n'était pas idiote. Elle devait se douter que son frère trichait.

Je sens que je ne vais pas m'ennuyer dans cette maison, songea Jess.

— La cupidité est une tare des classes inférieures, assena Claudia.

Mais Jess ne l'écoutait plus. Elle se concentrait sur le silence. Plus aucun bruit ne filtrait dans le reste de la maison.

Le silence peut se révéler très angoissant. Quand un bateau se trouve dans l'œil d'un cyclone, ce qui frappe d'abord, c'est le silence qui s'est abattu sur la mer. De même, lorsqu'un client d'une taverne dégaine un poignard, un grand silence se fait dans la salle.

Le murmure des domestiques et les bruits de vaisselle en provenance des cuisines avaient brusquement cessé. Jess s'était déjà levée avant que ne résonne un grand fracas et qu'un cri ne monte du rez-de-chaussée.

Elle se rua hors de la pièce, sans prendre le temps de remettre ses chaussures.

Jess dévala l'escalier en chaussettes. Vite, vite ! se disait-elle, courant vers la cuisine.

L'immense cuisine voûtée était aussi éclairée qu'une scène de théâtre. Les murs chaulés de blanc brillaient sous l'éclat des lampes. Jess embrassa le décor d'un coup d'œil : le dallage gris du sol, les grandes tables en bois, les marmites qui cuisaient sur le poêle.

À la porte de derrière, Eunice faisait face à un grand gaillard à l'allure bestiale, visiblement éméché.

La cuisinière et deux filles de cuisine avaient fait retraite devant la cheminée. Une fille vêtue de satin rouge de mauvaise qualité s'était accroupie derrière une table, et n'osait même pas lever la tête. Aucun valet n'était visible. Personne pour aider Eunice : il n'y avait que des femmes terrifiées.

— Rendez-moi ce qui m'appartient ! beuglait l'ivrogne, qui peinait à garder l'équilibre sur ses deux jambes. Cette fille est à moi !

Eunice résistait vaillamment à cette montagne de brutalité. Sa simple présence, le dos raide et les épaules droites, signifiait : « Non, vous ne l'aurez pas. Et vous n'entrerez pas dans cette maison. »

L'ivrogne leva le poing.

— Je n'aime pas qu'on fourre le nez dans mes affaires !

Il va la frapper, se dit Jess. Il est assez ivre pour la frapper.

Seul un fou pouvait vouloir s'en prendre à Eunice – une femme que Lazare protégeait. Un fou, doublé d'un idiot et d'un poivrot.

— Regarde-moi ! lança Jess au type. Oui, toi, face de rat ! Regarde-moi !

Il n'avait pas entendu. Il n'aurait pas entendu même si elle l'avait crié sous son nez. Il était trop soûl. Il préférait s'en remettre à ses poings pour obtenir ce qu'il voulait.

— Vous n'avez aucun droit sur ce qui m'appartient, dit-il encore.

Et il prit son élan.

La cuisinière et ses aides crièrent comme des perroquets. Bon sang, pesta Jess. Pourquoi Quentin n'était-il pas là ?

Elle s'empara d'une casserole sur le poêle, qui dégageait un fumet de bouillon de poulet, et la souleva à deux mains.

Cette maudite casserole était diablement lourde. Et la poignée bouillante. Nom d'une peste ! se dit Jess. Je vais tout renverser sur mes pieds !

Elle se précipita, prenant garde de ne pas heurter Eunice et de ne pas perdre trop de bouillon en route, et lança le contenu de la casserole à la figure du type.

Il cria comme un putois et porta les mains à ses yeux.

Vite, vite, autre chose !

Avisant une patère, elle se saisit du manteau accroché dessus et le jeta par-dessus la tête de l'ivrogne. Il réagit en fonçant droit devant lui, chargeant à l'aveuglette comme un taureau enragé. Puis il finit sa course contre une table, envoyant une pile d'assiettes se fracasser sur le carrelage.

— Vite, courez ! lança Jess aux autres femmes.

La cuisinière et les deux soubrettes s'enfuirent. Mais la fille qui était la cause de tout ce grabuge demeurait tétanisée. Eunice l'aida tant bien que mal à se relever.

— Mettez-la à l'abri ! lui dit Jess.

Entre-temps, la brute avait réussi à se débarrasser du manteau. Ses yeux, enflés, roulaient de folie. Quand il aperçut Jess, il poussa un rugissement.

— Ne blesse jamais un homme, lui avait souvent répété Lazare. Tue-le, ou fuis-le. Mais ne le blesse pas.

L'ivrogne chargea. Jess ne pouvait pas fuir : Eunice se trouvait encore derrière elle, aidant la fille à quitter la pièce. Elle devait donc se dénicher une arme. N'importe laquelle. Tâtonnant sur la table, sa main rencontra un pichet. Elle s'en empara et le projeta de toutes ses forces vers son assaillant.

Le pichet se brisa sur son nez. Mais il ne cilla même pas. Et il continua d'avancer.

12

Deux mains empoignèrent Jess par les épaules et la poussèrent de côté. Elle voulut crier.

Puis elle comprit. Elle comprit avant même de l'apercevoir : c'était le capitaine. Elle n'avait jamais été aussi heureuse de le voir.

Il se positionna entre elle et le gredin, qui écumait de rage.

— Maudite garce...

— Dehors ! le coupa le capitaine d'une voix sèche.

Déjouant le coup de poing qui le menaçait, il attrapa la brute par le bras.

— Hors d'ici, je t'ai dit !

Comme l'ivrogne tentait de résister, Sebastian lui décocha un coup de genou dans l'entrejambe. L'autre se plia en deux de douleur.

Puis le capitaine le saisit par le col et l'éjecta violemment de la cuisine par la porte de derrière. L'ivrogne alla heurter un mur de briques. Mais, voyant que le capitaine le suivait dans le jardin, il tenta de s'enfuir. Kennett le rattrapa et le fit tomber face contre terre.

— Je n'ai rien fait, glapit l'autre. Je n'ai...

Le capitaine l'obligea à se relever.

— Si jamais je te revois... (Il lui assena un coup de poing.)... à proximité de cette maison... ou si je te revois... (À présent, il le secouait comme un prunier.)... approcher quelqu'un de mon entourage... ou si simplement je t'aperçois... (Un dernier coup de poing, pour faire bonne figure.)... passer dans cette rue... je te tue.

Il aurait été très inexact de parler de bagarre entre les deux hommes. Kennett administrait une correction à son adversaire, lequel aurait été bien en peine de répliquer. Il poussa l'ivrogne en direction de la porte du jardin et lui tourna le dos, sans même prendre la peine de s'assurer que l'autre disparaissait dans la ruelle.

Jess avait suivi le spectacle depuis la cuisine. Eunice, dans son dos, avait enfin réussi à convaincre la fille d'aller à l'étage.

Juste au moment où le capitaine revenait vers la cuisine, deux valets surgirent. Les valets, dans cette maison, étaient tous d'anciens marins à la carrure athlétique. Ces deux-là auraient été bien utiles quelques minutes plus tôt.

— Où étiez-vous passés ? gronda le capitaine.

Mais il n'attendit pas qu'ils se justifient. Après les avoir abreuvés de quelques insultes choisies, il les renvoya. Il se comportait exactement comme un capitaine de navire. Il manquait simplement les voiles et l'océan en toile de fond.

Puis il reporta son attention sur Jess.

Qui s'empressa de le rassurer.

— Il n'a pas touché à un cheveu d'Eunice, dit-elle.

— Je sais. Mais il a bien failli vous faire du mal.

— Seulement failli.

Le capitaine la surprit en lui prenant la main. Avec le crépuscule, le jardin baignait dans des tons de vert, de marron et de gris. Kennett l'escorta à travers la pelouse, jusqu'à un banc de pierre bordant une allée. Jess se retrouva assise à côté de lui avant de réaliser ce qui se passait.

Elle ferma les yeux.

— Ne vous évanouissez pas, dit-il, passant un bras autour de ses épaules.

— Ce n'est pas dans mon intention.

Cependant, elle accusait le contrecoup de l'agression. En plus, elle avait un peu froid.

Elle garda les yeux clos. Elle sentit le capitaine se tourner vers elle, et poser une main sur sa joue. Ses doigts étaient à la fois doux et rugueux. Ils s'arrêtèrent sur ses lèvres.

— Bon sang, vous êtes glacée...

Jess rouvrit les yeux. Il lui caressa les cheveux d'un air naturel, comme s'il était habitué à le faire.

— Vous ne vous êtes pas brûlée, j'espère ?

— Brûlée ? Oh, avec la casserole ? Non, pas du tout. Ce... ce type va vous en vouloir. Il ne sera pas beau à son réveil, demain matin.

— Il n'était déjà pas beau avant de croiser mon chemin, ironisa le capitaine.

Il tendait la paume de Jess en direction des fenêtres de la cuisine, pour capter un peu de lumière, et il auscultait les sillons qui la creusaient comme si cette paume recelait les secrets de l'univers.

— Là, dit-il, c'est un peu rouge. Encore heureux que vous ne vous soyez pas brûlée, n'est-ce pas ? Et cette égratignure, là, je suis sûr qu'elle date d'hier soir.

Il pointait les endroits qu'il désignait, et Jess en avait des frissons, bien que son doigt n'entrât même pas en contact avec sa paume.

— Et ça, enchaîna-t-il, montrant une vieille cicatrice, vous l'aviez déjà avant de me rencontrer. Au hasard, je dirais que vous vous êtes fait ça en passant la main au travers d'une vitre.

— Ce serait plausible, en effet.

En réalité, c'était une morsure de rat. Et Jess préférait ne pas repenser à ce souvenir.

Il étreignit un instant sa main, avant de la relâcher.

— Je ne vous sens pas encore très bien, Jess. J'aimerais y remédier.

— Moi aussi.

Il n'ajouta rien, s'abîmant tout à coup dans le silence.

Jess découvrait le capitaine plus serein – mais elle ne songeait pas à s'en plaindre. Ce matin, il avait quitté sa chambre furieux, la bouche pleine de sarcasmes. Sans doute l'avait-il déjà oublié, ou bien avait-il surmonté sa colère. Quoi qu'il en soit, c'était un changement radical d'humeur.

La cuisine résonnait à nouveau de bruits de voix – celles des servantes, qui commentaient l'événement avec excitation tout en nettoyant la pièce. Les hommes détruisaient, et les femmes réparaient derrière eux : c'était en quelque sorte l'ordre naturel des choses.

Mais Jess n'avait guère envie de les rejoindre. Elle s'appuya contre l'épaule du capitaine.

Elle savait qu'elle n'aurait pas dû s'attarder ainsi en sa compagnie. D'autant qu'elle ne connaissait pratiquement rien de lui. Sauf une chose : il était peut-être Cinq.

Cependant, pour être tout à fait honnête, elle avait du mal à s'imaginer, à cet instant précis, que Kennett et Cinq puissent être le même homme. Mais ce n'était pas une raison pour perdre cette idée de vue.

Il contemplait le ciel.

— J'ai l'intuition, Jess, que vous avez connu une existence… disons, aventureuse. Personne ne vous a donc mise en garde contre la violence des hommes ? Il est pour le moins téméraire d'affronter une brute comme celle-ci.

Quand il parlait, elle sentait le son de sa voix résonner à travers son corps.

— En l'occurrence, je n'avais guère le choix. Il est impossible de raisonner un homme qui a bu. Ne restait que la force. Il aurait brisé Eunice comme une brindille, puis il aurait réduit en miettes cette pauvre fille.

— Alors vous l'avez attaqué avec une casserole.

La pointe de sa botte dessinait des figures dans les gravillons de l'allée. Son bras enlaça Jess, pour la serrer plus près. Il était difficile de s'en offusquer, alors que ce geste ne semblait revêtir aucune signification particulière pour lui. Il ne la regardait même pas.

— Merci de vous être opposée à lui, ajouta-t-il.

— Je ne l'ai pas fait pour vous.

— Je sais. Vous l'avez fait pour Eunice. Et pour la fille. J'admire votre courage. Après vous avoir quittée ce matin, reprit-il, j'ai songé à toutes les stratégies possibles pour vous mettre dehors. J'étais sûr de parvenir à vous terrifier d'une manière ou d'une autre.

— Alors, il faudra trouver autre chose. Car cette brute ne m'a pas fait peur.

— Bien sûr que si, répliqua-t-il, amusé. Vous en tremblez encore. Mais rassurez-vous : je n'ai plus envie de vous chasser. Restez. Vous avez gagné votre place dans cette maison. Vos bagages seront les bienvenus. Vous pouvez même prendre votre chat.

— Je n'y manquerai pas.

Elle amènerait Kedger. Cela lui apprendrait à offrir son hospitalité en vrac.

Partout où ils se touchaient, c'était comme une traînée de chaleur. Mais ailleurs, elle avait toujours aussi froid.

Le capitaine lui reprit la main. Jess s'autorisa à se détendre. Elle avait l'impression d'être assise à côté d'un loup, mais un loup qui aurait le ventre plein. Par conséquent, d'excellente humeur.

Mais c'était quand même un loup.

— J'ai bien cru que vous alliez tuer ce type. Quand vous vous êtes jeté sur lui, je m'attendais à ce que vous dégainiez un poignard.

— Pas devant Eunice.

— Oui, c'est ce que je me suis dit après coup. Vous ne montrez jamais à votre famille quel homme vous êtes.

— Pas si je peux l'éviter.

— J'imagine qu'ils seraient choqués. L'auriez-vous tué, si j'avais été seule à vous regarder ?

Elle se reprochait déjà sa question. Interrogeait-on un loup sur ses motivations – même lorsqu'il était de bonne humeur ?

— Je crois me souvenir d'avoir déjà tué quelqu'un devant vous, non ? répliqua-t-il, lui jetant un regard, avant de retourner à sa contemplation du jardin. Mais ce n'est pas mon lot quotidien, Jess. La plupart du temps, je ne suis qu'un respectable armateur. Je n'ai pas pour habitude de tuer tous les gens qui me mettent en colère.

— Quel homme modéré vous faites ! ironisa-t-elle.

Sa famille – sa tante, son oncle, ses cousins – se trouvait à l'intérieur. Cependant, il restait sur ce banc avec elle. Et il lui confessait des choses qu'il ne dirait jamais aux autres.

— Mais j'imagine que vous n'avez pas envie d'avoir des cadavres enterrés dans votre jardin, reprit-elle.

— Bien raisonné.

Elle avait l'impression qu'ils pourraient s'attarder des heures sur ce banc. Même sans rien se dire. Un mot lui vint à l'esprit : *complicité*.

Les ombres qui enveloppaient maintenant les buissons ne l'effrayaient pas. Elle savait qu'aucun danger ne pourrait surgir, tant que le capitaine serait à son côté. Il lui tenait la main de manière amicale, comme s'ils avaient coutume de s'installer tous les soirs dans le jardin pour regarder la nuit tomber.

Ils restèrent assis un long moment, le capitaine lui caressant le bras de la même façon qu'il aurait caressé un chat – machinalement.

Jess n'était pas experte en jardins, mais celui-ci lui paraissait mal entretenu. Des arbustes insuffisamment taillés adoptaient des formes exubérantes, comme s'ils étaient retournés à l'état sauvage, à côté de rosiers clairsemés. Un râteau avait été oublié contre un mur.

— La nuit est claire, mais il devrait pleuvoir demain, dit le capitaine. Vous voyez ces nuages ? En général, la pluie les suit de près. Elle arrive du nord.

— J'adorerais savoir prédire le temps. Au bureau, je reçois des bulletins météorologiques de toute l'Europe. Mais je parie qu'un jour, on publiera des tables du temps, comme on publie des tables des marées.

— C'est possible. Mais alors, il n'y aura plus aucune surprise. Et nous n'aurons plus rien contre quoi nous battre.

Elle regardait son visage pendant qu'il observait le ciel. Les marins considéraient souvent le temps comme un adversaire. Mais le capitaine semblait apprécier ce défi : il souriait.

Tout à coup, elle se sentit perdue. La beauté virile de sa bouche réveillait des sensations enfouies très loin en elle.

Il se tourna vers elle avec indolence.

— On raconte qu'il existe une sorcière, à Portsmouth, qui conserve les vents dans une bourse. Les marins tentent de l'acheter pour qu'elle leur prodigue un temps clément.

Le moindre trait de son visage se distinguait parfaitement, comme si la lumière déclinante ne se concentrait plus que sur lui. Jess mourait d'envie de goûter ces lèvres. Le désir lui fouaillait les chairs. C'était aussi simple que cela.

Elle n'ignorait rien du plaisir qu'on pouvait éprouver charnellement avec un homme. Et elle n'avait pas oublié les merveilleuses sensations qui pouvaient naître d'un seul baiser.

Comme elle pouvait manquer de sagesse, parfois ! Et son père n'avait pas besoin de le lui répéter : elle le savait elle-même. Sebastian Kennett était un homme dangereux. Peut-être même son ennemi.

Elle s'écarta légèrement de lui.

— À propos d'Eunice, vous savez, ce qu'elle a fait n'est pas idiot du tout.

Il passa un bras autour de sa taille, pour la rapprocher de lui.

— Eunice est tout sauf stupide.

Jess s'obligea à se raisonner. Il voulait juste la protéger de la fraîcheur du soir. Rien de plus.

— Certaines personnes se précipitent dans le danger par ignorance. Mais pas votre tante. Elle savait ce qu'elle risquait en défendant cette fille. Je n'aurais jamais pensé trouver une telle femme dans un aussi beau quartier.

— Vous ne trouverez nulle part une femme comme elle.

De sa main libre, le capitaine lui caressait de nouveau le bras. Jess éprouvait de plus en plus de difficultés à se concentrer.

Je n'ai pas envie de vous aimer, et pourtant je sens que j'ai déjà commencé à le faire…

— Je vais vous raconter une histoire, reprit-il. Cessez donc d'être nerveuse, ajouta-t-il, la serrant un peu plus fort contre lui. J'avais sept ans. Je me trouvais au bord de la Tamise…

— Je ne…

Il la serra encore davantage – dans un geste à la fois impérieux et tendre. Elle comprit qu'elle ne parviendrait pas à se libérer.

— Détendez-vous, sinon vous ne saurez pas la suite.

— Auriez-vous une intention inavouée, à me serrer comme cela ?

— Peut-être.

— Pourtant, ce matin, vous préfériez attendre que je me rende de moi-même dans votre chambre. Vous prétendiez que ce serait inévitable.

Il éclata de rire.

— Allons, il n'arrivera rien sur ce banc. Et il commence à faire frais. Sans compter que j'ai des occupations pour toute la soirée.

Puis, sans prévenir, il posa un baiser sur son front. Ce fut si furtif que Jess n'eut même pas le temps de réagir.

— Vous savez, capitaine...

— Maintenant, écoutez-moi. Vous allez voir que ce n'est pas inintéressant, assura-t-il d'une voix sensuelle. J'avais donc sept ans. Et c'était l'hiver. Décembre, ou peut-être janvier. En tout cas, les berges du fleuve n'étaient pas gelées. Mais c'est presque pire, car la boue est si froide qu'elle vous brûle la peau. Et vous n'arrivez jamais à vous réchauffer, ni le jour, ni la nuit. La plupart des enfants des rues qui meurent, succombent à cette période-là de l'année.

Jess se représentait parfaitement la scène qu'il dépeignait. Car elle avait connu, elle aussi, cette froidure. L'année où son père était parti pour la France. Il avait été absent pendant des mois, et comme il ne restait plus d'argent, elle avait été obligée de sortir dans les rues et de voler pour vivre.

— Mon panier était à moitié rempli de charbon. Je n'étais pas mécontent de moi. Mais j'espérais en trouver davantage. C'est alors qu'un attelage s'arrêta sur le quai. Une dame en sortit et commença à descendre les marches conduisant au fleuve. C'était pure folie : elle portait un magnifique manteau de laine. Je me rappelle avoir pensé que si j'avais été plus grand, je l'aurais volontiers assommée pour lui voler son manteau. Et pas dans le but de le vendre ! Je l'aurais gardé pour moi. Il m'aurait tenu chaud la nuit.

Il se tut pendant un long moment. Mais il était si proche qu'elle percevait chacune de ses respirations. Peut-être pensait-il à ce qu'il serait devenu s'il était resté un gamin miséreux. Jess y avait souvent pensé elle-même.

— Cette dame, c'était Eunice ?

— C'était Eunice. Elle marcha droit sur moi, salissant ses belles chaussures dans la boue, et me demanda : « Es-tu le fils de Molly Kennett ? » Je lui répondis : « Supposons que je le sois ? » « Alors, tu vas me suivre, me dit-elle. Je te cherche depuis des mois. »

Les derniers rayons du soleil avaient sombré à l'horizon, et les premières étoiles s'apercevaient déjà. Le capitaine était retourné à la contemplation du ciel, et Jess pouvait admirer son profil. Il lui évoquait ces falaises de granit, aussi solides qu'infranchissables. Mais elle savait à présent que son cœur n'était pas de roc. Et bizarrement, cela lui compliquait les choses. Elle aurait eu plus de facilité à maîtriser leur relation s'il avait été aussi dur à l'intérieur qu'à l'extérieur.

— Elle ôta son manteau pour m'en couvrir les épaules, poursuivit-il. Puis elle retourna vers la voiture, en robe malgré le froid glacial, sans même se retourner pour s'assurer que je la suivais.

Jess savait que Kennett avait été abandonné par le comte, son père, à la mort de sa mère. Il l'avait littéralement chassé de chez lui. En revanche, elle ignorait tout le reste. Son père aurait mérité d'être jeté dans la Tamise, une pierre attachée au cou.

— Pourquoi me racontez-vous des choses aussi personnelles ? Parce que j'ai aidé Eunice ?

— En partie. Et puis, j'estime vous devoir quelques-uns de mes secrets. Ce n'est que juste contrepartie.

Juste contrepartie de quoi ?

— Mais cela peut aussi s'interpréter comme un avertissement, ajouta-t-il. Sur l'homme que je suis. Et d'où je viens.

Je vous ai vu tuer quelqu'un hier, songea-t-elle. Vous avez bien failli recommencer aujourd'hui. À votre avis, capitaine, combien d'avertissements me faut-il ?

— Je dormais sous les ponts. Et j'avais si faim que mon estomac se tordait de douleur, reprit-il, les mâchoires serrées. Chaque fois que je voyais passer un attelage avec un gentleman à l'intérieur, bien gras, je le haïssais. Je volais quiconque était plus faible que moi. Encore un peu de ce régime, et je serais devenu un assassin. C'est pourquoi je comprends votre père. Nous avons eu la même enfance. Je devine pourquoi il a trahi.

Elle s'écarta de lui et redressa l'échine.

— Vous ne savez rien de mon père. Rien ! Il n'est...

— Pas coupable, la coupa-t-il. Vous êtes obligée de vous raccrocher à cette certitude, car c'est votre père. (Ses prunelles accrochaient les lumières de la cuisine et brillaient dans la nuit.) Je me demande à quoi vous seriez prête pour le prouver ?

Sans doute avait-il une idée derrière la tête. Une idée insultante.

— Je serais prête à tout, répondit cependant Jess. Je...

— Plus tard, la coupa-t-il encore. Nous reprendrons cette discussion une autre fois. Rentrons plutôt à l'intérieur, manger un morceau.

Il se releva, et tendit la main pour l'aider à faire de même.

13

L'entrepôt Whitby, sur Garnet Street

— ... Environ une douzaine. Ils sont arrivés un peu après minuit, et ils ont enfermé les gardes dans l'une des pièces, expliquait Pitney.

Jess le suivait entre les rangées de caisses. Pitney avait reçu une balle dans le genou, près de Dieppe. Depuis, il claudiquait fortement.

— Nous n'avons été alertés que ce matin, ajouta-t-il, lorsque la première équipe a découvert les gardes enfermés à double tour. Je t'ai aussitôt alertée.

— Ce n'est pas la faute des gardes. Ni la tienne.

— Je dirige cet entrepôt, Jessie ! protesta Pitney, qui abattit son poing sur un ballot de vêtements.

Rien n'avait été dérangé dans les étagères. Et aucune marchandise ne manquait à l'appel. Cette effraction n'était pas l'œuvre de vulgaires voleurs, mais des agents de Sa Gracieuse Majesté. Il n'était même plus possible de faire confiance à son propre gouvernement !

— Ont-ils pu ouvrir le coffre ?

Le crâne dégarni de Pitney vira au rouge.

— Oui, ils ont forcé la serrure. Pourtant, tu avais acheté ce coffre en Allemagne l'année dernière. Il était encore sous garantie.

— Quelqu'un qui est décidé à ouvrir un coffre y parviendra toujours, répliqua Jess, désabusée.

— MacLeish a recompté l'argent, mais tout est là.

— Quoi d'autre ?

— Ils ont aussi ouvert quelques caisses, dans la partie réservée aux marchandises de valeur. Mais ils n'ont rien pris. Manifestement, ce qu'ils cherchaient se trouvait dans ton bureau.

— Ce qui ne m'étonne guère. J'aurais dû… Oh, mon Dieu, Kedger !

Elle partit en courant. Pitney s'efforça de la suivre, autant que le lui permettait sa jambe.

La porte de son bureau était grande ouverte. Kedger se trouvait à l'intérieur, sain et sauf. De mauvaise humeur, apparemment, mais ils ne l'avaient pas touché.

Dieu merci. Elle se pencha devant sa cage, et tendit les mains pour qu'il puisse les renifler. Mais il se coucha sur le dos et gratta furieusement ses barreaux.

— Ces maudits gredins ont fait peur à Kedger. Que le diable les emporte.

Kedger se lança dans une série de couinements vindicatifs, comme s'il relatait à Jess sa nuit mouvementée.

— Je suis bien de ton avis, Kedger. Nous leur ferons payer leur crime.

Elle ouvrit la porte de la cage. Le furet se jeta dans ses bras.

— Oui, mon gros. C'est toi le plus beau.

Jess savait qui s'était permis de s'introduire ainsi dans son bureau. Ce diable d'Adrian Hawkhurst, membre des services secrets. Avec sans doute la complicité de cet autre diable de Sebastian Kennett.

Kedger se percha sur son épaule.

— Voilà la pièce qui les intéressait, commenta Pitney.

Il avait raison. Son bureau avait été fouillé dans les moindres recoins, puis remis en ordre. Mais un peu trop remis en ordre : les piles de dossiers s'alignaient comme à la parade. Et les six tasses qui accompagnaient le samovar étaient empilées les unes sur les autres, formant une pyramide parfaite.

Les gredins s'étaient préparé du thé, mais ils avaient pris le soin de nettoyer les tasses et de les ranger avant de partir.

Jess s'empara de la tasse du dessus – celle décorée avec des fleurs de jasmin –, dont elle se servait toujours. Elle promena son doigt sur le bord.

Pitney s'éclaircit la voix.

— Es-tu sûre que c'est un coup des services secrets ?

— Qui d'autre aurait pu avoir intérêt à fouiller cette pièce ? répliqua Jess en reposant la tasse. Je reconnais la signature d'Adrian Hawkhurst. C'est lui qui s'est fait du thé. Pendant que le capitaine Kennett étudiait mes dossiers.

— *J'estime vous devoir quelques-uns de mes secrets. Ce n'est que juste contrepartie,* lui avait dit hier soir le capitaine dans le jardin.

Pendant qu'il la remerciait d'avoir secouru Eunice et s'ingéniait à la réchauffer, il réfléchissait à la manière dont il s'introduirait dans l'entrepôt. Voilà à quoi cela menait de faire confiance à quelqu'un ! Kedger s'enroula autour de son cou, frottant son museau contre ses cheveux. Il avait senti qu'elle était bouleversée.

— Mais pourquoi, Jess ? demanda Pitney. Pourquoi les services secrets utiliseraient-ils des méthodes de voleurs ? Ils auraient pu tout aussi bien se présenter au grand jour.

— C'est un jeu qui les amuse, je suppose. Les services secrets contre les Whitby.

Elle se laissa tomber dans son fauteuil – celui que son père avait acheté à Milan, avec des accoudoirs en forme de lion.

— Ils ne peuvent pas...

— Ils peuvent s'autoriser tout ce qu'ils veulent. La preuve ! Aucun des tiroirs de ce bureau ne leur a échappé.

Elle désignait du doigt les tiroirs, restés entrouverts après le passage des visiteurs.

L'intérieur des tiroirs était aussi net que l'extérieur. Tout avait été scrupuleusement remis en ordre.

Enfin, pas tout à fait. Le sac de bonbons au citron qu'elle cachait derrière sa caisse avait disparu. Les gredins s'étaient servis.

Ce n'était pas tout. Le tiroir du bas renfermait des vieux vêtements noirs entassés dans un sac en toile de jute, mais le sac n'était pas plié comme dans son souvenir. Ils s'étaient permis de fouiller dans ses vêtements de cambrioleuse. Et dans le tiroir du milieu, sa correspondance était classée différemment.

— Ils ont découvert les lettres de France. Il y a là de quoi envoyer une douzaine d'hommes à la guillotine. J'aurais dû les brûler depuis longtemps.

— Tu ne pouvais pas te douter que les services secrets viendraient fouiller ici.

— Si, j'aurais dû le prévoir. J'aurais dû penser à beaucoup d'autres choses, d'ailleurs. Il ne faut jamais accuser la malchance, quand ce sont vos décisions qui sont mauvaises. Enfin, il est trop tard pour le regretter.

Elle tendit les lettres à Pitney.

— Veux-tu bien les jeter dans le poêle pour moi ?

Pitney prit les lettres.

— Oui, je m'en chargerai.

Les chacals avaient aussi déplacé la cage de Kedger, pour s'assurer qu'il n'y avait rien caché derrière.

— Il est grand temps que tu quittes l'Angleterre, ajouta Pitney. Lève l'ancre, Jess.

— Non, c'est trop tard.

Le portier de la Whitby Trading proposa de lui fournir un commis pour le guider, mais Sebastian refusa en secouant la tête. Il connaissait le chemin. Il gravit l'escalier principal, puis longea un couloir où flottait une odeur d'épices. Des arcades s'ouvraient sur la droite. Elles surplombaient le rez-de-chaussée, et un système de cordes et de poulies permettait de hisser les marchandises à l'étage. Le bâtiment était immense, mais les Whitby possédaient d'autres entrepôts, dans d'autres villes. C'était une compagnie prospère.

Sebastian dépassa plusieurs pièces désertes, et ne croisa qu'un jeune commis pressé. Personne ne l'interrogea sur sa présence dans ces lieux. Il n'y avait aucun garde en vue, et la plupart des employés étaient pour l'heure occupés, au niveau inférieur, à dresser l'inventaire d'une cargaison nouvellement arrivée. N'importe qui pouvait entrer ici, envelopper Jess dans une couverture et repartir avec elle. Pourquoi diable n'était-elle pas mieux protégée ?

Sebastian n'avait pas d'entrepôt à Londres. Son agent – Eaton Expediters – s'occupait de la paperasse et lui louait un bureau. Ses navires se contentaient d'accoster aux quais, pour être aussitôt déchargés. Pour l'instant, son entreprise était encore jeune. Mais elle progressait vite. Un jour, il posséderait un aussi beau bâtiment que les Whitby.

La pièce réservée à l'administration mesurait au moins dix mètres de long, et des rangées de dossiers rigoureusement classés montaient à l'assaut des murs. Le bureau de Jess se trouvait après cette pièce, et il n'en était séparé que par une porte vitrée, qui permettait à la jeune femme de garder un œil sur le travail de ses employés. Sur le mur d'en face, une baie, également vitrée, donnait sur le rez-de-chaussée. De cette manière, rien de ce qui se passait dans l'entreprise ne lui échappait.

La jeune femme était dans son bureau. Elle n'était pas seule. Pitney – le directeur de l'entrepôt, d'après ce que savait Sebastian – lui tenait compagnie.

Jess portait ce matin une robe vert foncé, très sobre. Ses cheveux étaient nattés sur sa nuque, et cette coiffure donnait à son visage l'allure ascétique des icônes byzantines. De toute façon, quelles que soient les circonstances dans lesquelles Sebastian la voyait – entièrement nue, ou habillée des pieds à la tête –, il avait envie d'elle.

La jeune femme avait laissé sa porte entrouverte, et il pouvait l'entendre parler avec Pitney. Sebastian s'immobilisa pour écouter.

— Je n'ai même pas idée de ce qu'ils cherchaient, disait Jess, qui semblait épuisée. Ils possèdent déjà assez de soi-disant preuves pour pendre trois ou quatre fois mon père. Ils n'avaient pas besoin de davantage.

— Josiah est riche. Il pourrait tenter de monnayer sa libération. Sans doute ne...

— Ce n'est pas après papa qu'ils en ont, le coupat-elle. C'est après moi. Ils veulent me faire tomber à mon tour.

— Jessie, tu ne penses pas...

— Ils veulent m'effrayer. Ils doivent s'imaginer qu'en paniquant, je commettrai des erreurs.

— Je peux m'arranger pour que tu partes avec la prochaine marée. En quelques heures, tu seras à Amsterdam.

— Ils enverront des hommes à ma poursuite. Peu importe, de toute façon. Il n'est pas question que j'abandonne mon père. Regarde, dit-elle, tendant ses mains, paumes ouvertes. Je tremble comme une feuille. Si Hawkhurst veut me briser les nerfs, il y a déjà presque réussi. C'est tout le drame d'avoir pour ennemi un vieil ami. Il me connaît comme personne. Ils veulent me voir pendue moi aussi, sans doute.

— Le *Northern Light* attend la marée pour lever l'ancre, insista Pitney. Je vais te conduire à bord. Je...

Elle secoua la tête avec énergie.

— Je veux connaître les noms de tous les bateaux qui sont partis hier, et de ceux qui partiront aujourd'hui et demain. J'ai bien dit : tous les bateaux. Y compris les petits caboteurs et les bateaux de pêche. Dresse-moi la liste complète.

— Je veux bien mettre un commis sur l'affaire. Mais nous ne réussirons jamais à retrouver un bateau parmi...

— Si. Il le faut, décréta la jeune femme, dont la voix avait repris de l'assurance. Le *Northern Sun* a-t-il rapporté des nouvelles de France ?

S'il ne s'en était pas déjà douté, Sebastian aurait vite compris qu'elle cherchait Cinq.

— Oui. Mais je ne suis pas sûr que tu sois en état de les lire.

Sebastian partageait l'avis de Pitney. Elle n'aurait pas dû se trouver ici. Elle était encore trop faible pour quitter la chambre.

— Je me sens très bien, assura-t-elle cependant. Levêque aura peut-être... (Elle s'interrompit, ayant remarqué la présence de Sebastian.) Le capitaine ne préférerait-il pas se joindre à nous, plutôt que de rester derrière la porte ?

Pris la main dans le sac. Sebastian ouvrit la porte en grand.

— Les services secrets n'ont pas pour projet de vous pendre.

— J'imagine que vous êtes bien placé pour le savoir. Depuis combien de temps travaillez-vous pour eux, capitaine ?

La colère avait durci sa voix.

— Quelques années. Si les services secrets vous voulaient du mal, vous ne seriez pas chez moi.

Pitney s'était placé devant Jess, comme s'il était prêt à la défendre. Et la tension de sa main droite laissait deviner qu'il cachait un poignard quelque part, probablement dans sa botte.

— Nous avons à parler, Jess, murmura Sebastian. Dites-lui de s'éloigner.

Elle hésita quelques instants, avant de murmurer quelques mots à Pitney.

— J'attendrai de l'autre côté, acquiesça celui-ci.

Il sortit en traînant la jambe, et s'installa à un bureau de la grande salle, prêt à charger si les circonstances l'exigeaient.

Sebastian ferma soigneusement la porte, pour que son chien de garde ne puisse rien entendre de leur conversation.

Il fit le tour du bureau - décrivant par la même occasion un cercle autour d'elle -, comme s'ils avaient besoin l'un et l'autre d'une minute pour se calmer.

Un parfum d'épices flottait dans l'air. Mais quelques notes plus musquées se mêlaient à ces effluves - sans doute l'odeur du furet qu'elle gardait dans une cage.

Sebastian avait passé cinq heures, la nuit dernière, dans cette même pièce à fouiller ses papiers. Adrian avait raison : c'était bien Jess qui dirigeait la compagnie. Et ses livres de comptes étaient tenus de manière irréprochable. Tous les employés étaient masculins, mais tous lui obéissaient, à commencer par Pitney. Des dizaines d'hommes, et une seule femme.

— Il se ferait un plaisir de vous frapper, dit-elle, s'asseyant à son grand bureau derrière lequel elle semblait toute menue. Pitney a toujours été très protecteur envers moi. Ce qui n'est plus raisonnable, à son âge. Vous n'auriez aucune peine à le réduire en miettes.

— Je ne me bats pas contre des vieillards.

— Vous préférez vous disputer avec moi ?

Elle bougea quelques papiers sur son bureau, les mains frémissant de colère. Sebastian la trouva ravissante. Elle doit piéger tous les négociants qui viennent lui rendre visite dans cette pièce, se dit-il. Ils ne savent pas comment traiter avec une femme. Surtout elle.

Mais moi, si.

Il s'approcha d'elle. Le tapis persan étouffait le bruit de ses pas.

— Je comptais vous parler de tout cela – ce que nous avons fait ici cette nuit – plus tard dans la matinée. Mais vous êtes partie à l'aube. Je ne voulais pas que vous découvriez ce spectacle avant d'en avoir été avertie.

— Parce que vous pensez qu'il suffisait de m'avertir pour que je passe l'éponge ? Hier soir, quand nous avons parlé sur le banc, vous complotiez de vous introduire ici.

Elle croisa son regard un moment, juste pour y lire la confirmation de ses propos, avant d'ajouter :

— Vous avez dû bien vous amuser, à me bercer de belles paroles.

— Ce n'est pas ce que vous...

Elle referma violemment le premier tiroir de son bureau.

— Je comprends que vous réussissiez dans les affaires, capitaine. Vous ne m'avez rien dit qui ne soit faux, et cependant tout votre discours était un mensonge. Mais vous avez réussi à ce que je trouve vos paroles séduisantes. J'en étais même arrivée à vous apprécier. Bravo. Bien joué.

« Apprécier » était un terme un peu faible, elle le savait aussi bien que lui. Elle l'avait désiré. Et Sebastian avait bien l'intention de la pousser davantage dans cette voie. En fait, il était prêt à tout pour que cette femme lui tombe dans les bras.

Mais dans l'immédiat, il avait un autre crime à confesser.

— Je me suis rendu hier dans votre demeure de Bloomsbury.

Elle ne parut pas tout de suite comprendre. Ses ravissants sourcils s'étaient rapprochés, ne formant plus qu'une seule ligne.

— Nous avons fouillé vos affaires, précisa-t-il. Tout ce qui vous appartenait. Je m'en excuse, mais c'était indispensable. Nous devions nous assurer que vous n'étiez pas mêlée à la trahison de votre père. Je voulais des preuves de votre innocence.

— J'espère que vous les avez trouvées. Et maintenant, au revoir, capitaine Kennett. J'imagine que vous saurez retrouver le chemin de la sortie ?

Sebastian n'était pas dupe. Derrière sa colère, se cachait une peur palpable. Il méritait sa colère. Mais il refusait qu'elle le craigne.

— Je ne suis pas votre ennemi.

— Bien sûr que non. Nous sommes deux tourtereaux, vous et moi. Et mon père a gracieusement été invité à résider à Meeks Street. Les barreaux qui l'entourent ne sont là que pour la décoration.

Elle se leva de son siège et posa les poings sur le bureau, avant d'ajouter :

— Que voulez-vous, exactement ?

— Je voudrais que vous cessiez de défendre votre père. Sa culpabilité ne fait aucun doute. En cherchant à l'aider, vous risquez...

— Mon père est innocent. Et je suis prête à risquer ma vie pour le prouver.

Il lui faisait confiance pour ne pas parler en l'air.

— Ce n'est pas prudent, Jess, répliqua-t-il fermement.

— Parfois, la situation vous oblige à vous exposer au danger.

Sebastian s'empara d'un épais dossier sur le bureau. Il l'avait consulté durant la nuit, et sa lecture l'avait mis en rogne. Elle jouait avec le feu.

— Voulez-vous m'expliquer ce qu'il y a dans ce dossier ?

— Vous devez le savoir, si vous l'avez lu. Je cherche Cinq. Et je suis convaincue qu'il est l'un des suspects que j'ai rassemblés ici.

— Effectivement, vous avez glané quelques précieux renseignements sur le compte de trente-sept armateurs : contrebande, fraudes à l'assurance, actes de piraterie, et j'en passe. Il y en a même un auquel vous semblez particulièrement vous intéresser, puisque vous l'avez suivi sur les quais : moi-même. Mais vous possédez aussi des renseignements confidentiels sur tous les autres, comme par exemple l'état de leur compte en banque. Comment avez-vous obtenu ces informations ?

— Oh, tout s'achète, vous le savez bien. Écoutez, capitaine, je vous aime bien, mais j'ai du travail et je...

— Je ne m'étonne plus qu'on vous ait agressée à Katherine Lane. Un certain nombre de personnes doivent comploter votre perte.

— Je ne...

— Si vous vous entêtez, je n'hésiterai pas à vous faire quitter Londres dans une barrique. Et je...

Il sursauta en sentant quelque chose frotter ses jambes. C'était le furet, qui s'était échappé de sa cage.

L'animal planta ses crocs dans la botte de Sebastian. Aussitôt, Jess se précipita pour le faire lâcher prise.

— Non, Jess ! protesta Sebastian. Ces bêtes mordent méchamment !

Mais elle s'était mise à quatre pattes pour récupérer le furet dans ses bras. Celui-ci se laissa faire et, contre toute attente, lui lécha les joues.

— Méchant Kedger ! lui dit-elle, amusée, s'asseyant par terre comme une enfant, l'animal toujours dans ses bras. Oh, le vilain Kedger !

Sebastian soupira de soulagement. Il avait repéré le furet cette nuit – comment ne pas s'apercevoir de sa présence, alors que l'animal s'agitait dans sa cage et montrait les crocs ? – et il s'était demandé ce qu'il pouvait bien faire dans le bureau de la jeune femme.

— C'est votre animal de compagnie ?

Elle esquissa un sourire.

— C'est mon grand copain. Nous sommes ensemble depuis des années. Kedger, je te présente le capitaine Kennett.

Sebastian rempocha discrètement le poignard qu'il s'était apprêté à dégainer. Il avait redouté que l'animal ne lacère le visage de la jeune femme.

— En général, les femmes préfèrent les petits chiens. Ou les chats.

— Oui, il paraît, murmura-t-elle, pressant son visage contre la fourrure de l'animal.

Sebastian aurait aimé qu'elle se blottisse ainsi contre lui. Et cette perspective suffit à déclencher son érection. Il se jura d'ensorceler la jeune femme afin qu'elle succombe à ses charmes.

Mais pas dans l'immédiat. Ce n'était ni l'heure, ni l'endroit.

Le furet grimpa sur l'épaule de Jess et toisa Sebastian. Il avait retroussé les babines, montrant de nouveau les crocs. S'il mordait Jess, Sebastian n'hésiterait pas à l'étrangler.

— Il va faire des trous dans votre robe, à s'accrocher ainsi à vous.

— Il est excité. Je crois qu'il n'a pas apprécié d'être dérangé cette nuit. Mais son comportement avec vous est étrange. En général, il mord rarement les gens.

— Il n'a pas intérêt à me mordre, s'il tient à vivre vieux, rétorqua Sebastian. Pourquoi ne le remettez-vous pas dans sa cage ?

Elle sourit.

— Vous ne l'aimez pas, n'est-ce pas ? Lui non plus, apparemment. On prétend que l'instinct des animaux ne les trompe jamais.

— J'ai entendu dire cela, en effet.

— Il a dû voir la noirceur de votre âme.

Tenant l'animal d'une main, elle ouvrit la porte de la cage de l'autre. Le furet se laissa enfermer non sans mal.

— Il est décidément nerveux, aujourd'hui. Vous seriez étonné d'apprendre à quel point les furets sont des animaux sensibles.

Sebastian et l'animal échangèrent un regard noir à travers les barreaux de la cage, puis le furet lui tourna dédaigneusement le dos et entreprit de faire sa toilette.

— En général, je le laisse libre dans l'entrepôt après les heures de bureau, expliqua Jess en se redressant. Il passe ses nuits à courir après les rats. C'est son grand plaisir.

Elle repoussa une mèche de cheveux en arrière, d'un geste gracieux. La mèche se coinça derrière son oreille et cascada derrière le lobe, telle une coulée de miel.

Sebastian s'approcha dans son dos. Elle le sentit, bien sûr, et en apparence ne sembla pas s'en réjouir, mais il savait qu'elle le désirait. Jess était une femme, avec des désirs de femme.

Il avait eu beaucoup de maîtresses, et la plupart savaient comment l'exciter avec des méthodes de courtisane. Jess était parvenue au même résultat inconsciemment, avec ce geste innocent de replacer une mèche de cheveux. À présent, elle continuait de lui tourner le dos, une main sur la cage.

— Il aime bien mordre Pitney, aussi, dit-elle, lui rappelant discrètement que Pitney se trouvait de l'autre côté de la cloison, et qu'il devait les observer par la porte vitrée. Je n'ai jamais compris pourquoi, ajouta-t-elle.

Sebastian la devinait tendue à l'extrême. Chaque centimètre de sa peau devait être en alerte, au cas où il la toucherait.

Pas maintenant. Mais bientôt. Il la caresserait partout. Et il la posséderait. Elle le savait. Du reste, il n'avait jamais cherché à lui cacher ce qu'il avait en tête. Mais il voulait la laisser mariner un peu.

— Jess, dit-il, se contentant de poser une main sur son épaule.

Elle se retourna sans ciller, les lèvres légèrement entrouvertes.

Il aurait pu l'embrasser. À cet instant précis, alors qu'elle était encore furieuse après lui. C'était le point faible de Jess : elle ne pouvait pas haïr en bloc. Mais il n'était pas question qu'il l'embrasse dans son bureau, alors que Pitney les épiait derrière la vitre.

— Je suis désolé d'avoir fouillé vos affaires, dit-il.

Avec un peu de temps, elle lui pardonnerait.

— Mais, reprit-il, c'est comme si vous agitiez un bâton devant un ours. En l'occurrence, devant trente-sept ours. Tous riches, puissants et dangereux. L'un d'eux vous écrasera comme une mouche.

Elle haussa les épaules avec nonchalance.

— Cessez de traquer ces hommes, Jess, ou je serai obligé de vous faire rejoindre votre père, derrière les barreaux de Meeks Street. Si vous n'êtes pas capable de vous protéger, il faudra bien que quelqu'un s'en charge pour vous. Renoncez à votre quête.

— Non, répondit-elle, soutenant son regard.

Ce diable de Josiah Whitby ne méritait certainement pas une telle loyauté.

— Alors trouvez d'autres moyens, moins risqués.

Le capitaine la quitta après ses piètres excuses. Il était désolé ? Ah, la belle affaire !

Elle regrettait de ne pas lui avoir assené une réplique cinglante, comme l'aurait fait une lady digne de ce nom. Une lady gardait toujours en réserve un arsenal de phrases insultantes, prêtes à servir en cas de besoin.

Pitney l'avait rejointe, et faisait les cent pas dans le bureau.

— Il m'a dit qu'il n'hésiterait pas à m'enfermer si je m'obstinais à vouloir démasquer Cinq.

— Il le fera. Kennett est un homme de parole.

— D'ordinaire, c'est une qualité.

Elle enrageait à l'idée que le capitaine se fût introduit jusque dans sa chambre.

Il a tout vu. Tous mes souvenirs intimes. C'est comme si le vent avait soulevé mes jupes et dévoilé mon intimité à une bande de marins en goguette...

La prochaine fois, se promit-elle, elle laisserait Kedger le mordre.

Dire que pendant des années, elle avait cambriolé les gens, sans se douter de ce qu'ils pouvaient ressentir ensuite. Elle le découvrait, à présent : c'était aussi brutal qu'un viol.

Même si elle avait fait le mal sans en être consciente, ce n'était pas pour autant une excuse. Combien de chambres à coucher avait-elle fouillées ?

Une centaine ? C'étaient autant de pauvres gens qui avaient souffert comme elle souffrait aujourd'hui.

L'un des employés se tenait à la porte. Elle se tourna vers Pitney :

— Demande-lui ce qu'il veut.

Pitney se porta à la rencontre de l'employé, et le suivit dans la grande salle.

Jess, enfin seule, sortit son vieux sac en toile de jute du tiroir et le posa sur ses genoux.

— Un jeu dangereux, dit-il ? Mais il n'a encore rien vu !

Le sac contenait ses affaires de cambriolage – vêtements, cordes et outils de base – qu'elle pouvait identifier au toucher. Il lui suffisait de plonger la main à l'intérieur pour prendre ce dont elle avait besoin. Elle le gardait précieusement, en souvenir des jours anciens, bien qu'il ne lui eût plus servi depuis des années.

Pitney était déjà de retour.

— Le problème est réglé, annonça-t-il, sans donner plus de détails.

Jess rouvrit la cage de Kedger. Le furet, la queue dressée, inspecta tous les recoins de la pièce.

— Jess... que complotes-tu ? s'inquiéta Pitney.

Le capitaine va découvrir à son tour ce qu'on éprouve lorsqu'on s'aperçoit que quelqu'un a fouillé vos affaires...

— Je vais me promener avec Kedger, répondit-elle. Je voudrais vérifier certaines choses.

À cette heure, M. Doyle devait se trouver au Crocodile, un établissement bien connu du quartier de Covent Garden. Elle lui proposerait de se joindre à elle. Il ne serait sans doute pas surpris : il était très difficile de surprendre M. Doyle.

Elle claqua la langue pour appeler Kedger. Le furet grimpa sur ses genoux et renifla le sac. Cela faisait une éternité qu'ils n'étaient pas partis en expédition, tous les deux, mais il se souvenait.

— Jess, tu as tort, voulut la dissuader Pitney. Josiah va m'étrangler s'il apprend que je t'ai laissée...

— Pour l'instant, il est aux arrêts, et il n'est pas en position de m'interdire quoi que ce soit, le coupa Jess. Puisque le capitaine nous a gratifiés d'une petite visite, je vais lui rendre la politesse.

— Les services secrets ont dû poster des hommes...

— Pour me suivre ? Oui, je sais. Mais je sortirai par-derrière.

Elle enfila son manteau. Puis elle passa son sac par-dessus son épaule. Kedger, comprenant le message, se glissa dans la plus grande poche du manteau. C'était sa place.

— Et tu ne peux pas savoir à quel point je vais m'amuser à les semer, conclut-elle.

Trois hommes faisaient semblant de flâner au coin de la rue, à proximité d'une voiture noire. Mais ils gardaient les yeux rivés sur la façade de la Whitby Trading. Peut-être attendaient-ils qu'on les appelle pour décharger un navire. Ou peut-être appartenaient-ils aux services secrets.

Comme ce marin esseulé, adossé à un mur quelques mètres plus loin.

Ou cet autre qui fumait devant une taverne.

Ou ces deux-là, qui conversaient à côté d'une pile de caisses. Ils étaient habillés comme des employés de banque, mais on les devinait aussi musclés que des dockers.

Ils virent tous Jess se faufiler hors du bâtiment. Mais il ne lui fallut qu'une demi-heure pour semer ceux qui la suivirent.

14

Eaton Expediters

Elle avait toujours aimé les toits. Et les points de vue élevés. Il y avait là-haut toute une autre ville, que ne connaissaient que les voleurs et les ramoneurs. Une forêt de toits, hérissée de cheminées, qui s'étendait à perte de vue. C'était beaucoup plus calme et moins dangereux qu'en bas, dans les rues. C'était le Londres privé de Jess. Une des nombreuses choses auxquelles elle avait dû renoncer lorsqu'elle était devenue respectable.

Elle avait abandonné son manteau et ses vêtements au bas d'une gouttière, deux maisons plus loin. Comme le lui avait répété M. Doyle, il n'y avait rien de mieux qu'une bonne et solide gouttière pour escalader une façade.

Elle rampait le long de la corniche, pour que sa silhouette ne se détache pas dans le ciel. Et elle était toute vêtue de noir, un foulard noir recouvrant même ses cheveux. Quand bien même un passant l'aurait aperçue, il l'aurait confondue avec un ramoneur.

De l'autre côté de la ruelle, se dressait le bâtiment d'Eaton Expediters. Pour passer d'un toit à l'autre, elle devrait faire un bond d'un peu plus de deux mètres.

Eaton était une compagnie prospère. Et de belle taille. Le capitaine n'était qu'un armateur parmi d'autres à lui confier sa comptabilité et ses paperasses, plutôt que d'embaucher son propre personnel administratif. Mais cela ne durerait pas éternellement. La Kennett Shiping était devenue assez importante pour justifier l'emploi d'un directeur qui resterait en permanence à quai.

— Quoi qu'il en soit, dit-elle à haute voix, il ne sera pas inutile de jeter un œil à ses livres de comptes.

Le sac, dans son dos, s'agita.

— Je pourrais peut-être même ainsi l'innocenter. S'il n'a pas de navire qui s'apprête à quitter Londres, ou qui aurait quitté Londres récemment, alors il est innocent. Cinq communique par bateau à la France ses informations, dès qu'il les a subtilisées.

Le toit d'Eaton était fait de vieilles ardoises. Et il n'y avait rien de plus glissant que les vieilles ardoises. En outre, elle n'aurait aucun endroit où se raccrocher : les maçonneries, en mauvais état, se délitaient. C'était scandaleux de voir à quel point certains propriétaires négligeaient leurs toits.

Deux mètres. Voire deux mètres cinquante. Elle avait sauté beaucoup plus que cela, dans sa prime jeunesse. Mais bien sûr, elle avait un partenaire à cette époque, qui lui lançait une corde. Toute seule, c'était plus dur. La dernière fois – celle où elle était tombée –, elle était seule. Elle avait glissé en rentrant chez elle, au retour d'une expédition de rapines.

Mais elle préférait ne plus y penser.

— L'ennui, c'est qu'il y a presque toujours au moins un navire Kennett sur la Tamise. Prouver son innocence ne sera pas simple.

En tout cas, elle ne le laisserait pas l'enfermer. Il refusait qu'elle joue avec sa vie, avait-il dit. Préférait-il qu'elle s'en remette au colonel Reams ? C'était l'autre solution possible. Reams était venu la voir plusieurs fois à son bureau, lui promettant de l'aider et d'aider son père. À une condition : qu'elle l'épouse.

— Je pourrais traiter avec Reams, reprit-elle, s'adressant toujours à Kedger. De toute façon, j'ai un plan pour lui échapper ensuite.

Mais son plan était risqué, elle le savait. Or, contrairement à ce qu'imaginait le capitaine, elle détestait prendre des risques inutiles.

C'était une journée idéale pour un cambriolage. Le ciel était presque uniformément bleu, à l'exception de quelques nuages vers l'ouest, mais encore très éloignés. Jess pouvait apercevoir un bout de la Tamise, dont la surface brillait comme un miroir au soleil.

La plupart des gens pensaient que tous les cambriolages avaient lieu la nuit. Certes, un grand nombre se déroulaient entre le coucher et le lever du soleil, mais la journée n'était pas un mauvais moment. Au contraire : les victimes se montraient moins méfiantes. Elles s'absentaient sans verrouiller les portes, ce qui facilitait la tâche des voleurs.

— Il est temps d'y aller. Ces nuages ne vont pas rester éternellement à l'horizon.

Son sac s'agita encore. Puis Kedger passa le museau par l'ouverture, pour renifler. Mais il resta parfaitement silencieux : il savait qu'il ne devait pas faire de bruit quand sa maîtresse était en mission.

— Si Kennett et Cinq ne sont qu'un seul et même homme, cela transparaîtra dans ses livres de comptes. Je retrouverai la trace des sommes qu'il aura reçues pour prix de sa trahison. Personne ne sait lire un registre comptable mieux que moi.

Kedger hocha la tête comme s'il approuvait.

— Mais je ne crois pas qu'il soit Cinq. Ce n'est qu'une intuition, bien sûr, toutefois je pense être dans le vrai.

Elle s'étira. Son geste déclencha l'envol d'une douzaine de moineaux, qui s'enfuirent en direction du fleuve. Plus haut, un autre groupe d'oiseaux tournoyait dans le ciel, au-dessus de sa tête. Probablement des hirondelles – mais elle n'y connaissait rien en oiseaux. Elles dansaient littéralement dans l'air, faisant montre d'une parfaite technique de vol. Jess s'émerveilla quelques instants du spectacle, avant de revenir à sa préoccupation : sauter sur le toit d'Eaton.

Cela faisait des années qu'elle n'avait plus bondi ainsi.

— Mais je peux le faire, se persuada-t-elle. Je l'ai fait si souvent, par le passé !

Kedger laissa échapper un petit couinement. Il était de son avis.

Elle prit son élan. Quatre pas en arrière.

La dernière fois qu'elle était montée sur les toits, elle rentrait chez elle, après un cambriolage réussi, quand une ardoise s'était brisée sous son poids. Elle avait perdu l'équilibre, glissé le long du toit pour finir sa course quelques mètres plus bas, contre un conduit d'aération qui s'était écroulé sur elle. Il avait fallu deux jours pour la retrouver. C'étaient du reste les rats qui l'avaient trouvée les premiers...

N'y pense plus.

Le soleil brillait. Le ciel était bleu. Il n'y avait pratiquement pas de vent. On ne pouvait pas rêver conditions plus clémentes.

Après cet épisode, son père lui avait interdit de remonter sur les toits – même pour s'amuser. Elle enfreignait parfois ses ordres, mais elle le lui avouait toujours, ce qui bien sûr le mettait en rage. Elle aurait dû lui laisser une lettre, au cas où...

Non, écrire ce genre de lettres portait la poisse.

Comme Lazare le lui avait souvent répété :

— Si un jour tu n'aimes plus cambrioler, le temps sera venu d'abandonner la partie. Rien ne t'obligera à persévérer, dès lors que tu n'y prendras plus de plaisir.

Mais je vais me faire un malin plaisir à étudier vos comptes, capitaine. Oh oui ! Je vais vous rendre la monnaie de votre pièce, et vous verrez comme c'est désagréable.

Elle se sentit tout à coup légère. Très légère. Comme si elle pouvait flotter dans le ciel à la manière des oiseaux.

Elle se concentra, les yeux rivés sur le toit d'en face. Puis elle courba légèrement l'échine, tel un chat prêt à l'attaque.

Un, deux, trois, quatre. Son dernier pas claqua sur le rebord de la corniche, elle prit son envol…

… et retomba de l'autre côté.

Mais le toit d'Eaton était très pentu. Au moment de se réceptionner, elle glissa sur les ardoises et dévala la pente sur le ventre. Le temps sembla soudain se figer. Heureusement, elle put se raccrocher au fronton ornemental qui portait, gravée dans la pierre, l'enseigne d'Eaton Expediters.

Gagné ! Qu'on me donne un point d'appui – un solide point d'appui – et j'escalade Buckingham Palace.

Jess se rétablit, puis s'accroupit, le temps de retrouver son souffle.

J'ai perdu la main.

— De justesse, hein ? murmura-t-elle à Kedger. Lazare m'aurait tiré les oreilles, s'il avait vu ça.

Le sac émit un grognement sourd. Kedger était fâché. L'animal boudait facilement.

— Bon, d'accord. Excuse-moi pour cet atterrissage un peu mouvementé.

Et, ouvrant le sac, elle ajouta :

— Allez, au travail maintenant.

Kedger inspecta le toit par d'incessantes allées et venues. Une fois à l'intérieur du bâtiment, il pourrait indiquer à Jess quelles pièces étaient vides, et quelles autres étaient occupées par des employés. Et il l'avertirait si quelqu'un approchait. Avec lui, elle savait qu'elle n'avait à redouter aucune mauvaise surprise.

La jeune femme s'approcha du bord pour jeter un coup d'œil dans la rue. Quatre étages plus bas, des passants arpentaient tranquillement le trottoir. Aucun ne levait la tête. Elle y était habituée : les voleurs n'avaient pas besoin de se cacher, car personne ne prêtait jamais attention à eux.

— Le plus dur est fait, dit-elle. Le reste sera du gâteau.

Pas de réponse. Mais elle était convaincue que Kedger partageait son avis.

Le toit d'Eaton était hérissé de pentes, de contre-pentes et de lucarnes. Un vrai toit à l'anglaise, avec quelques influences italiennes ici et là.

— Si je peux rayer le capitaine de ma liste, plus rien ne m'interdira de rester chez lui. Je ne suis pas encore dans son lit, mais je dois avouer que cette perspective n'a rien pour me déplaire...

Kedger revint vers elle, quelque chose dans la gueule. Jess accepta son offrande. Il s'agissait d'un bouton qui se révéla, après qu'elle l'eut frotté sur sa manche, être en cuivre. Elle s'étonnerait toujours de ce que pouvait dénicher Kedger, même sur un toit.

— Tu vas nous rendre riches, si tu continues dans cette voie, railla-t-elle.

Mais pour lui faire plaisir, elle jeta le bouton dans le sac.

Kedger, satisfait, grimpa sur son épaule, et s'installa à sa place.

— Allons maintenant visiter les registres du capitaine, lança Jess.

Deux étages en dessous, les employés d'Eaton désertaient peu à peu la grande salle de l'administration, pour aller déjeuner dans les tavernes des environs. Bientôt le bâtiment serait désert, et Jess pénétrerait à l'intérieur par une lucarne.

En vérité, elle adorait les frissons que lui procuraient de telles expéditions.

15

Meeks Street

Il pleuvait – une bruine londonienne, maussade et tenace – quand elle descendit du fiacre pour payer le cocher. Il ne faisait pas encore nuit, mais plusieurs fenêtres brillaient déjà dans la rue. Les cheminées devaient ronfler dans les maisons cossues qui bordaient Meeks Street.

Les demeures possédaient toutes des jardins ceints de murs, où poussaient toutes sortes de fleurs et d'arbres, si bien que le quartier embaumait un parfum de verdure.

Mais c'était aussi là que les services secrets avaient établi leur quartier général.

Dès qu'elle fit un pas vers la porte peinte en vert, le chien embusqué derrière se mit à aboyer. Personne ne pouvait espérer s'approcher en douce du numéro 7, Meeks Street.

La plaque de laiton, à côté de la porte, indiquait : *Club des marcheurs du soir.* Les membres des services secrets ne manquaient pas d'humour.

Elle tira la sonnette. Pure formalité. Ils savaient déjà qu'elle était là : elle sentait qu'on l'épiait depuis une fenêtre du premier étage.

Elle attendit. D'ordinaire, c'était toujours Trevor qui venait lui ouvrir. La pluie tombait dru, à présent. Des barreaux « ornaient » toutes les fenêtres de la maison. Et même le cuisinier possédait un pistolet à portée de la main. Sans oublier le chien, bien sûr.

Son père lui demanderait ce qu'elle avait fait au cours de ces dernières quarante-huit heures. Si elle ne le lui disait pas, il demanderait à Pitney. Et Pitney répondrait.

Jess entendit tirer le verrou. Puis le battant s'ouvrit enfin. Mais ce n'était pas Trevor. C'était le capitaine.

— Seriez-vous fatiguée de vivre, mademoiselle Whitby ?

Certains jours, la chance refusait de vous accompagner. Jess aurait préféré disposer d'un peu plus de temps avant de se retrouver face à lui.

— Bonjour, capitaine. Sale temps, n'est-ce pas ?

— Quelle mouche vous a piquée de monter sur ce toit ? Auriez-vous perdu la tête ?

— Beaucoup de gens pensent cela de moi depuis longtemps.

Un employé d'Eaton avait dû l'avertir qu'on avait fouillé dans ses papiers. Et il n'avait pas tardé à deviner qui en était responsable, et comment cette personne s'était introduite dans les locaux. Le capitaine n'était pas idiot, loin de là.

— L'immeuble fait près de quinze mètres de haut. Si vous étiez tombée, on vous aurait ramassée à la petite cuiller.

— Quelle image réjouissante ! Notez que j'ai bien pris soin de remettre vos registres en place, après les avoir consultés. J'espère qu'on vous l'a dit ? Maintenant, allez-vous me laisser entrer, ou préférez-vous attendre que je sois trempée comme une soupe ?

Il l'attira à l'intérieur d'un geste vif, comme s'il prenait un homard dans un aquarium.

— Ça vous amuse ? Vous croyez peut-être que je ne mettrai pas à exécution ma menace de vous enfermer ?

— Oh, pour ça, je ne jurerais de rien.

Le petit salon de Meeks Street était positivement hideux, et aussi peu chaleureux que possible. Mais au moins, il ne pleuvait pas à l'intérieur. Jess ôta son manteau.

— Asseyez-vous, lui ordonna le capitaine, les mâchoires crispées.

Il était visiblement d'une humeur de chien.

— Je suis venue voir mon père. Pas vous.

— Faites ce que je dis, et vous le verrez ensuite.

Jess préféra s'exécuter. Elle prit le fauteuil qu'il lui désignait, pendant qu'il la débarrassait de son manteau pour le poser sur l'accoudoir du canapé.

Puis il alla ranimer le feu.

— Vous aviez raison, pour le temps. Vous aviez prédit qu'il pleuvrait.

— Vous auriez pu vous tuer, grommela-t-il. Ne recommencez jamais une telle folie.

Bon, il restait sur son idée première, et il n'avait pas envie de parler du temps. Très bien.

— La prochaine fois, je m'introduirai de nuit, je ligoterai les gardes et je laisserai les lieux sens dessus dessous.

Il attisait toujours le feu, et cet excès de zèle risquait au contraire de l'éteindre. Jess abandonna sa nuque contre le dossicr du fauteuil tendu de velours rouge élimé et ferma les yeux. Ces derniers temps, elle se sentait sans cesse épuisée. Le petit regain de tonus que lui avait procuré son expédition chez Eaton était déjà retombé.

— C'est incroyable, la quantité de pluie qui peut s'abattre sur cette ville, murmura-t-elle.

— N'essayez pas de m'endormir.

Elle rouvrit les yeux. Il était planté devant elle, dans une posture volontairement intimidante.

— Vous avez réussi à filer de votre bureau en faussant compagnie aux hommes que j'avais postés pour vous protéger. Et vous avez escaladé le toit d'Eaton au péril de votre vie. Tout ça, parce que vous croyez que je suis Cinq.

— Qui me prouve que vous ne l'êtes pas ?

Elle n'aurait pas dû répondre aussi directement. Mais elle était trop épuisée pour réfléchir à une parade astucieuse.

— Donc, vous croyez que je suis Cinq, dit-il, agrippant le dossier du fauteuil sur lequel elle était assise. Vous me prenez pour un assassin doublé d'un traître, et cependant, vous acceptez de loger sous mon toit.

— Je suis un peu simple d'esprit.

Il se pencha vers elle. Son visage en lame de couteau n'était qu'à quelques centimètres du sien. Si elle devait en croire les rumeurs, il avait maté des hommes avec ses poings dans à peu près tous les ports de la Méditerranée. En revanche, on racontait qu'il n'avait jamais frappé une femme – même lorsqu'il était, comme maintenant, de mauvaise humeur. Mais le dossier du fauteuil passait à coup sûr un sale quart d'heure.

— Avez-vous trouvé quelque chose d'intéressant, mademoiselle Whitby ? Un papier, une lettre, que sais-je, qui aurait justifié que vous risquiez de vous rompre le cou ? Franchement, avec l'inconscience qui vous caractérise, je m'étonne que vous ayez survécu aussi longtemps.

— Ce sont là les mystères de l'existence. Je...

— Avez-vous trouvé une quelconque preuve que je suis le traître ?

— Non, je n'ai trouvé aucune ligne marquée « Paiement en récompense d'informations fournies aux Français », si c'est ça que vous voulez savoir. Mais je m'y attendais. Personne ne serait assez idiot pour étaler ses forfaits dans ses livres de comptes.

— Pourtant, c'est précisément le genre de preuves que nous avons trouvées contre votre père. Vous avez vu, comme moi...

— J'ai vu le travail de vos faussaires. Comme il ne vous aurait pas suffi d'arrêter mon père pour contrebande, vous...

— Il ne s'agit pas de contrebande, Jessie. Les services secrets ont mieux à faire que de démasquer de vulgaires contrebandiers.

— Mais vous vouliez faire tomber la Whitby. À tout prix. Vous, les services secrets, mais aussi l'Amirauté et le Foreign Office. Alors vous avez fabriqué de fausses preuves, qui vous ont servi à arrêter mon père. Toute l'accusation ne repose que sur des mensonges.

— Ne me traitez pas de menteur, Jess.

Ses mains serraient si fort le dossier du fauteuil que les jointures de ses doigts avaient blanchi.

Mais ce n'était pas seulement sous l'effet de la colère. Jess sentit qu'il la désirait. Et s'il s'agrippait aussi violemment au dossier, c'était pour empêcher ses mains de se poser sur elle.

— Vous devriez vous reculer, murmura-t-elle.

— Laissez-moi vous dire ce que j'aimerais exactement faire. J'aimerais vous allonger sur cette table, retrousser vos jupes, et vous faire voler comme un cerf-volant dans le ciel.

— Rien que ça ?

Un cerf-volant ! Cependant, Jess se demandait si coucher avec le capitaine ne lui procurerait pas la sensation de voler. Avec autant de légèreté qu'un cerf-volant. Et la vérité, c'est qu'elle avait envie de le vérifier.

— J'ai passé ces dernières heures à redouter que quelqu'un frappe à cette porte pour m'annoncer que vous étiez morte, dit-il.

Elle l'imaginait, tournant en rond dans cette maison, se précipitant à la fenêtre chaque fois qu'un attelage s'arrêtait devant la porte. Il avait eu tout le temps de laisser macérer sa colère.

— Mais vous ne mettrez pas votre projet à exécution, n'est-ce pas ? répliqua-t-elle. Je veux parler de cette histoire de cerf-volant. Je croyais que vous préfériez me laisser l'initiative ?

— La peste soit de vous, mademoiselle Whitby, grommela-t-il.

Ses cheveux retombaient sur son visage, aussi noirs que de l'encre. Elle brûlait d'envie d'y enfouir les mains. Mais c'était pure folie, bien sûr.

Il lâcha le dossier et recula de quelques pas, très lentement.

— Montez voir votre père.

Il se détourna. Mais quand il passa devant le miroir accroché au-dessus d'un buffet, leurs regards se croisèrent à travers la glace. Il était vraiment furieux. Et il la désirait plus que jamais.

Jess jugea plus prudent de s'éclipser.

Cependant, elle ne fut pas surprise qu'il la retienne par le bras.

— Encore une chose, dit-il.

Elle retint son souffle. Mais il ne l'attira pas à lui. Il était trop malin pour risquer de la toucher ici, alors que son père était enfermé à l'étage et que des membres des services secrets pouvaient les entendre. C'était d'ailleurs pour cela que Sebastian Kennett réussissait si bien à la troubler : parce qu'il était terriblement intelligent.

Peut-être était-il le traître. Ou peut-être n'était-il qu'un serviteur loyal du gouvernement. Pour l'instant, Jess était incapable de trancher. Le fréquenter comme elle le faisait depuis quelque temps lui donnait l'impression de longer une côte de nuit, sans savoir si la terre qu'elle apercevait dans l'obscurité se révélerait accueillante, ou si des canons embusqués derrière des rochers couleraient son bateau.

— Je n'irais pas reporter des transactions frauduleuses dans les registres de ma compagnie, dit-il. Et vous le savez très bien. Mais vous avez fouillé mes papiers non pas dans l'espoir de m'accuser, mais de m'innocenter. À cause de ce qui se passe entre nous.

— Il ne se passe rien entre nous, rétorqua Jess avec aplomb.

C'était évidemment un gros mensonge.

— Mais vous n'avez pas trouvé ce que vous espériez, n'est-ce pas ? Et donc, pour l'instant, je suis peut-être encore Cinq.

— C'est une éventualité, en effet.

— Sauf que ce n'est pas moi. Maintenant, écoutez-moi bien. Il existe quatre dates précises lors desquelles le ministère de la Guerre s'est fait voler des informations de la plus haute importance. Vous pouvez déjà rayer plus de la moitié des suspects de votre liste, car à ces dates, aucun n'avait de bateau ayant quitté Londres. Vous me suivez ?

— Oui.

— Parfait. Si je vous communique ces dates, pensez-vous pouvoir démasquer Cinq ?

Jess n'en attendait pas autant. Cela ne suffirait pas, bien sûr, mais c'était un début.

— Comment avez-vous eu connaissance de ces dates ? Je croyais que le colonel Reams était le seul à posséder ces informations ?

— En effet. Mais nous traiterons avec lui. Réfléchissez de votre côté à un moyen d'y parvenir.

Elle ne répondit rien, mais son expression était sans doute éloquente, car il reprit :

— Ah, je vois que vous êtes déjà entrée en contact avec lui. Très bien. Dites-moi ce que vous projetez, et je vous aiderai.

Si seulement c'était vrai. Si seulement elle pouvait compter sur lui...

— Je ne vois pas pour quelle raison vous m'aideriez.

Il ouvrit la porte.

— Vous allez me faire confiance, Jess. Vous avez déjà commencé.

Lui faire confiance ? Elle ne demandait pas mieux !

Le capitaine appela Trevor, pour lui demander de l'accompagner à l'étage.

— Quand vous parlerez à votre père, dites-lui de vous faire sortir d'Angleterre. Vous n'êtes plus en sécurité, ici.

Son père faisait les cent pas autour du petit bureau qu'on lui avait concédé. Il était furieux. C'était sa journée, songea Jess en soupirant. Tous les hommes qu'elle croisait la morigénaient.

— Pourquoi ne m'as-tu rien demandé ? Hein ? Tu aurais pu au moins m'envoyer un mot ! Ce n'est pas comme si j'étais au fin fond du Bengale !

— Je...

— Tu crois que tu m'aurais été utile en tombant du toit d'Eaton ? À quoi cela t'aurait-il servi de te briser le cou ?

— J'avais pris toutes mes précautions.

Derrière les barreaux, la fenêtre laissait voir la pluie qui continuait de tomber.

— Des précautions ? Peuh ! Si jamais j'entends encore que tu t'es aventurée sur les toits, je te fais embarquer à bord du premier navire qui quittera Londres. Et ce n'est pas une menace en l'air.

— Oui, papa.

Elle s'était assise sur un tabouret, face à la cheminée. Son père s'approcha et posa une main sur son crâne, comme si elle était encore une enfant. Sa colère retombait déjà, au grand soulagement de Jess.

— Je ne veux plus te voir prendre des risques insensés, dit-il d'une voix radoucie.

Il s'inquiétait pour elle. Il était retenu contre son gré dans cette maison, et à tout moment on pouvait le déférer à la prison de Newgate, mais c'était pour elle qu'il se faisait du souci.

— Je suis prudente, tu sais.

— Oh, me voilà rassuré ! Ma Jessie me dit qu'elle est prudente ! Le problème, c'est qu'elle a perdu tout sens commun. Si tu avais absolument besoin de cambrioler Eaton, tu n'avais qu'à embaucher quelqu'un. Ce ne sont pas les voleurs qui manquent, dans cette ville. Et tu sais parfaitement comment les trouver.

— Oui, papa.

— Tu pouvais même soudoyer un employé. C'est d'ailleurs probablement comme cela qu'ils ont falsifié nos comptes, pour y glisser leurs prétendues preuves. Ils auront graissé la patte d'un de nos employés.

— Oui, tu as sans doute raison.

Il lui caressa furtivement la joue.

— Tu as un vilain bleu, ici.

— Je préfère éviter les miroirs, ces derniers temps. Mais ce n'est pas grave.

— Comment ça, ce n'est pas grave ? Tu ne veux pas dire à ton père pourquoi tu es blessée ? Je vais encore être obligé de demander des explications à Pitney. Le pauvre est très mal à l'aise : dès qu'il m'avoue quelque chose à ton sujet, je sens qu'il en a honte. Il se sent coincé entre deux loyautés, Jessie. Ce n'est pas bien de ta part.

Jess en était consciente. Elle avait le sentiment que par sa faute, les cheveux de Pitney grisonnaient un peu plus chaque jour. Car Pitney s'inquiétait lui aussi à son sujet.

— Ne te tracasse pas. À présent, j'ai des gardes du corps qui me suivent partout. Et j'ai quitté notre maison pour me cacher dans un endroit plus sûr.

Elle préféra ne pas préciser qu'elle se cachait chez le capitaine, lequel était peut-être Cinq. Une « délicate omission », comme aurait dit sa gouvernante.

— Franchement, papa, ajouta-t-elle, je t'assure que je suis devenue très prudente.

Son affirmation le fit sourire.

— J'ai du mal à le croire. Depuis toute petite, tu as toujours cherché le danger.

Et, changeant de sujet, il annonça :

— Les types du Foreign Office sont venus me voir.

— Ah.

Le Foreign Office s'intéressait aux importantes possessions des Whitby en Orient. On craignait, en haut lieu, que Jess Whitby n'épouse un Français ou un Russe. On jugeait nettement plus préférable qu'elle se marie à un Anglais. Et qu'elle lui transfère les actions de la compagnie qu'elle détenait. Rien n'avait été dit aussi crûment, bien sûr, mais de sous-entendu en sous-entendu, il apparaissait que dans ce cas, Josiah Whitby serait relâché.

— Le colonel Reams est venu me voir au bureau.

Son père alla tirer les rideaux.

— Ah, dit-il. Les enchères montent.

— Oui.

— Arrange-toi pour ne jamais te trouver seule avec Reams. Demande à Pitney de ne pas s'éloigner.

Son père non plus n'était pas un imbécile.

Ils avaient connu, tous deux, des prisons moins confortables. Le feu crépitait joyeusement dans la cheminée. Le *Times* était livré chaque jour. Un pot de chocolat était suspendu au-dessus de l'âtre, pour être maintenu chaud. En faisant abstraction des barreaux – et de la perspective de sa pendaison –, on aurait pu croire que les services secrets chouchoutaient Josiah Whitby.

Jess ne jugea pas utile de lui annoncer qu'elle projetait de fouiller le bureau de Kennett chez lui.

Sebastian trouva Adrian dans le petit réduit contigu au salon, dont se servaient les membres des services secrets pour espionner les conversations de Josiah Whitby.

— Il faut qu'on parle, Adrian.

— Inutile de me regarder ainsi, Bastian. Ce n'est pas moi qui l'ai envoyée crapahuter sur les toits.

— Mais tu n'as rien fait pour l'en empêcher.

— Je ne suis pas omniscient. Je ne pouvais pas me douter qu'elle projetterait une telle folie. Et s'il te plaît, baisse d'un ton, sinon ils vont nous entendre.

Le jeune Trevor, assis à une petite table, l'oreille collée à une corne de cuivre plaquée contre le mur, prenait consciencieusement note de ce qui se disait à côté. Le réduit était à peine assez grand pour accueillir trois hommes.

— Je crois que je vais l'embarquer sur le prochain bateau en partance pour la Chine, marmonna Sebastian.

Adrian haussa les sourcils.

— Vraiment ? Dans ce cas, je te conseille de choisir soigneusement l'équipage.

— L'agression des Irlandais ne lui a pas suffi. Elle a failli se rompre le cou sur les toits.

C'était à croire que Jess essayait, l'un après l'autre, tous les moyens de risquer sa vie.

Trevor ne cessait pas d'écrire. Mais un sourire flottait sur ses lèvres, comme s'il prenait plaisir à espionner ce que disait la jeune femme.

Sebastian posa une main sur son épaule.

— C'est bon, dit-il. Vous pouvez arrêter.

Trevor se redressa, les poings serrés.

— Je n'ai pas d'ordres à...

— Ils savent que vous les écoutez, le coupa Sebastian.

— Trevor, intervint Adrian pour calmer le jeu. Apporte son thé à Whitby. Et mets quelques saucisses sur le plateau, pour Jess. Elle oublie toujours de manger quand elle part à l'aventure.

Mais Trevor refusa de se laisser intimider.

— Nous devrions la garder ici, où elle serait en sécurité, dit-il. Le capitaine Kennett (et il mit une note de dérision dans le mot « capitaine ») n'a qu'une envie, c'est de coucher avec elle. Nous pourrions l'installer dans l'autre chambre.

— Je vois d'ici le tableau, ironisa Adrian. Notre petite collection de Whitby...

— Le capitaine Kennett n'a pas vraiment envie de la protéger. En outre...

— En outre, tu aimerais bien la savoir ici et posséder la clé de sa chambre, trancha Adrian, soudain plus sévère.

Trevor piqua un fard.

— Ce n'est pas ce que vous...

— Tu me déçois, Trevor. Emporte tes notes avec toi.

Comme Trevor ne bougeait pas, il ajouta sur un ton de commandement :

— Immédiatement.

Un muscle se crispa sur la joue du jeune homme.

— Bien, dit-il, rangeant son crayon dans une boîte. Mais vous faites une erreur en la confiant au capitaine. Les Whitby sont convaincus qu'on a falsifié leurs comptes. Qui vous dit que ce n'est pas l'œuvre du capitaine ?

Il referma doucement la porte derrière lui.

Ce garçon avait besoin de passer un an à récurer le pont d'un navire marchand pour apprendre à vivre, songea Sebastian.

— Si je comprends bien, même les services secrets pensent que je pourrais être Cinq ?

— Trevor est jeune et il démarre dans le métier, expliqua Adrian. Si tu veux en discuter avec lui, de grâce ne lui brise pas les os : j'ai besoin de lui. Mais je ne vois pas pourquoi je te parle, alors que je devrais écouter ce que se disent les Whitby.

— Pure décence, si tu veux mon avis.

— Ce n'est pas une qualité que nous cultivons, ici. T'ai-je déjà expliqué que nous étions des espions ?

— Accorde-lui un peu d'intimité avec son père. Elle n'aura plus beaucoup d'occasions de le voir, avant que nous ne le pendions.

— Pour ma part, je préférerais ne pas le pendre.

Moi aussi. Je préférerais qu'il soit innocent.

— Tu devrais parler à Jess en tête à tête.

— Elle refusera de me voir.

— Insiste.

— Je crois que le meilleur cadeau que je puisse faire à Jess en ce moment, c'est de ne pas lui imposer ma présence, objecta Adrian. J'ai le mauvais rôle, ici. Celui du geôlier. Je ne veux pas l'obliger à se montrer polie avec moi, juste dans l'espoir d'adoucir le sort de son père.

— Elle s'imagine que tu voudrais aussi l'arrêter. Voire la faire condamner. Adrian secoua la tête.

— C'est impossible. Elle ne peut pas penser cela !

— Si.

Il y eut un long silence, avant qu'Adrian lâche un soupir :

— Je l'ai sans doute mérité. Mais c'est dommage. Nous nous sommes bien éloignés tous les deux, depuis

Saint-Pétersbourg. J'espère que tu auras à cœur de la convaincre qu'elle se trompe ?

— Pas tant que tu continueras à te cacher derrière ce mur pour l'espionner.

La porte se rouvrit sur ces entrefaites.

— Ah, vous êtes là ! s'exclama Doyle, la main sur la poignée. (Il était trempé, et ses cheveux dégoulinaient de pluie.) Le capitaine aussi, parfait ! ajouta-t-il. La jeune demoiselle intrépide va-t-elle se décider à rester un moment tranquille ici ? Je voudrais que les gars puissent se reposer.

— Vous avez une heure, lui répondit Adrian. Trevor va leur apporter à manger. Elle va donc s'attarder un peu.

— J'ai faim, moi aussi, reprit Doyle. Je me demande ce qu'elle a projeté ensuite. J'aimerais bien qu'elle dorme sagement dans son lit, ce soir. Pourriez-vous vous en occuper, capitaine ?

— Pourquoi ne l'avez-vous pas empêchée de grimper sur les toits ? lui répliqua Sebastian.

— Figurez-vous que c'est précisément ce que je me demande encore. Je l'ai regardée escalader ce maudit immeuble sans savoir quoi dire pour l'obliger à redescendre. La prochaine fois, vous n'aurez qu'à y aller à ma place.

— Les Irlandais font-ils des choses intéressantes ? questionna Adrian.

— Ils rôdent autour de la maison de Kennett, et importunent les servantes dès qu'elles sortent, expliqua Doyle. Les autres surveillent l'entrepôt des Whitby. Ou suivent Jess. Les hommes de Fletcher les ont à l'œil.

Après un regard vers la porte, Doyle ajouta :

— J'aimerais embaucher Trevor, si vous n'y voyez pas d'inconvénient. Un peu de travail sur le terrain ne lui fera pas de mal. Et ça l'éloignera de Jess. Il devient sourcilleux, dès qu'il s'agit de cette fille.

— Nous le sommes tous, concéda Adrian. Laissons Trevor se montrer galant avec elle.

S'il en fait trop, je l'expédie à Madras, se promit Sebastian, avant de répéter à son ami :

— Vois-la, Adrian. Et parle-lui.

— Ce ne sera pas facile. N'oublie pas que j'ai arrêté son père alors que nous étions de vieux amis.

— Raison de plus. Je peux organiser une entrevue chez moi, si tu veux.

Adrian soupira.

— Je vais y réfléchir.

Sebastian hocha la tête.

— Fais-la accompagner lorsqu'elle sortira d'ici, dit-il. De préférence par quelqu'un qui ne soit pas seulement un garde. Elle aura besoin de compagnie, pour ne pas se sentir seule.

Et à contrecœur, il lâcha :

— Envoie-lui le gamin.

Adrian s'esclaffa.

— Trevor ? Il sera ravi de la protéger. Il était vert de jalousie quand il a su que tu avais tué des hommes pour elle.

Il tira un rideau couvrant le mur, dégageant un panneau.

— Maintenant, oublie tes scrupules de gentleman une minute, Bastian. Je voudrais que tu regardes ça.

— Je ne veux pas espionner Jess.

— Si cela peut te rassurer, je te rappelle que c'est son père que j'espionne. Pas elle. De toute façon, ils savent que je les épie. C'est comme un jeu entre nous.

Il souffla l'unique lanterne qui éclairait le réduit, et fit glisser le panneau, révélant un miroir sans tain.

Jess était assise sur un tabouret face à la cheminée, les mains croisées dans son giron. Elle avait dénoué ses cheveux pour les faire sécher. Josiah Whitby se tenait derrière elle, une main posée sur son crâne. C'était un homme trapu, au ventre rebondi et au crâne dégarni.

Sebastian, en tendant l'oreille, pouvait l'entendre :

— ... c'est de la très belle laine. MacLeish se chargera de l'acheter. Il reste assez de place, sur le *Northern Light*, pour l'expédier à Saint-Pétersbourg.

— Je pourrais aussi acheter du thé, suggéra Jess. Je ne comprends pas pourquoi tout le monde pense que je ne serais pas capable de me lancer dans le commerce du thé.

— Parce que le négoce du thé est un sacré panier de crabes. Je préfère que tu t'en tiennes éloignée.

Whitby portait un veston brun foncé, un gilet rouge voyant et des pantalons à l'ancienne mode.

Sebastian se demandait comment un homme aussi peu gracieux, et aussi mal habillé, avait pu engendrer une jeune femme aussi ravissante.

Au bout d'une minute, Adrian referma le panneau coulissant.

— Voilà ce que je voulais te montrer. Le père et la fille ensemble. Penses-tu réellement qu'il pourrait être Cinq et qu'elle ne se doute de rien ?

Il était plus facile de détester Whitby lorsqu'il n'avait pas de visage.

— Elle ne le laissera pas tomber, n'est-ce pas ? Quoi qu'il arrive ?

— Non. Leur loyauté l'un envers l'autre est sans faille, Sebastian.

— Mais nous détenons des preuves contre son père.

— Oublie ces prétendues preuves. Je préfère me fier à mon instinct. Et mon instinct me dit qu'il est innocent.

16

Kennett House, à Mayfair

Il était déjà minuit quand Sebastian paya le cocher du fiacre qui l'avait ramené chez lui. La maison paraissait parfaitement tranquille : il ne brillait que deux lampes, l'une à la porte d'entrée, l'autre dans la chambre d'Eunice. Malgré la pluie qui tombait toujours, Sebastian fit le tour de la demeure, par mesure de précaution. Personne n'était embusqué dans le jardin.

Il n'aperçut pas non plus les hommes de Doyle. Mais c'était la preuve qu'ils savaient se faire discrets.

Avant de pénétrer à l'intérieur, Sebastian leva la tête en direction de l'étage. La fenêtre de Jess était timidement éclairée. Eunice avait dû lui procurer une chandelle, qui resterait allumée toute la nuit. Tant mieux. Il espérait que la jeune femme avait réussi à s'endormir.

Quoi qu'il en soit, elle ne courait aucun danger pour le moment.

Il grimpa le perron et ouvrit la porte avec sa clé.

Le hall était encombré de caisses de marchandises – d'autres poteries ? Sebastian accrocha son manteau à une patère, tandis qu'Eunice, une chandelle à la main, contournait les caisses pour venir l'accueillir.

— Te voilà, mon chéri, dit-elle, se hissant sur la pointe des pieds pour l'embrasser sur les deux joues. Je me demandais si tu rentrerais ici, ou si tu dormirais sur le *Flighty*. Jess est en sécurité dans sa chambre.

— Merci, répondit Sebastian.

— J'ai fait venir son animal. Cela devrait aider Jess à se sentir mieux ici. Elle a promis qu'il resterait dans sa chambre, pour qu'il ne morde plus Quentin.

Sebastian n'en revenait pas. Voilà qu'il donnait aussi l'hospitalité à son maudit furet !

— Bonne idée.

Il posa son chapeau sur un guéridon, à côté de la sacoche de Quentin. Celle-ci était grande ouverte, et la moitié des papiers qu'elle contenait menaçaient de se répandre par terre. Quentin n'avait pas de tête, c'était bien son problème. Dieu seul savait les catastrophes qu'il devait provoquer à son bureau du conseil du commerce de la Banque d'Angleterre.

— C'est le jeune homme qui travaille pour Adrian qui a ramené Jess à la maison, poursuivit Eunice. Trevor Chapman. Je lui ai proposé de rester dîner, et il n'a pas cessé de la regarder de tout le repas, comme si elle était le Saint Graal. Ce doit être réconfortant pour Jess de savoir qu'on veille sur elle. Après le dîner, je lui ai donné un whisky, plutôt que du thé, dans l'espoir qu'elle s'endormirait plus rapidement. Quels sont les projets d'Adrian concernant son père ?

Voyant que Sebastian ne répondait pas, elle ajouta après un silence :

— Je le lui demanderai moi-même, si tu ne veux pas me le dire.

— La vérité, c'est que nous n'en savons encore rien pour l'instant, répliqua Sebastian.

Il se massa la nuque et regarda autour de lui. Il était habitué à voir des caisses encombrer l'entrée, mais celles-ci ne ressemblaient pas aux autres.

— Que contiennent ces caisses ?

— Des armures.

Comme il haussait les sourcils, interloqué, Eunice précisa :

— Plusieurs armures du Moyen Âge. En pièces détachées.

— Qui nous les a envoyées ? Et pourquoi ?

— C'est pour la réunion de l'association d'histoire.

Sebastian avait complètement oublié.

— Ah oui. Chaque dernier vendredi du mois.

— C'est-à-dire demain. C'est Teddy Coyning-Marsh qui sera le conférencier, cette fois. Il connaît bien son sujet. Ses assistants viendront demain matin pour assembler les armures. Nous devrions recevoir beaucoup de monde. Je ne sais pas pourquoi, mais ces réunions sont devenues très à la mode.

— Si tu ne les nourrissais pas aussi généreusement, ils seraient moins nombreux.

— Si la cuisinière faisait des merveilles, je comprendrais. Mais je crois plutôt qu'ils sont curieux de voir quel nouveau désastre elle va inventer. J'ai proposé à Jess d'y assister, cela lui changera les idées. Tu n'es pas obligé de venir si tu n'en as pas envie, mais je préférerais que tu t'occupes d'elle.

Le salon serait rempli de riches dilettantes et de matrones ambitieuses. Ils ne feraient qu'une bouchée de Jess. Ou c'est elle qui ne ferait qu'une bouchée d'eux. Quoi qu'il en soit, la réception promettait d'être intéressante.

— Je serai là.

— Parfait. Standish veut installer le vase d'Agamemnon dans le salon. Pour montrer le type d'armure dont se servaient les Grecs. Windham sera là, aussi. Il a promis de ne pas parler politique, pour ne pas ennuyer tout le monde. Tu as l'air fatigué, Bastian. Quand as-tu dormi pour la dernière fois ?

Il avait passé la nuit précédente à fouiller dans les papiers de Jess.

— Je crois que je vais monter me coucher.

— Il y a quelques semaines, tu m'as dit avoir découvert l'identité du traître qui avait coulé le *Neptune Dancer*. C'était le père de Jess, n'est-ce pas ?

— Oui.

— J'ai eu une fois l'occasion de lui parler, il y a trois ans de cela. Standish avait expédié par son entremise des poteries à ce collectionneur allemand. Whitby m'avait impressionnée. C'est un homme très intelligent. Et sans prétention, malgré sa réussite. Il m'avait donné l'impression d'être honnête. J'ai du mal à croire qu'il puisse être un traître.

Et voilà ! Encore quelqu'un qui lui assurait que Whitby était innocent.

— Nous détenons des éléments qui l'accusent.

— J'imagine. Va dormir, maintenant. Nous reparlerons de tout cela demain.

Eunice le poussa vers l'escalier. Il monta sans bougie. L'étage était plongé dans l'obscurité mais il avait l'habitude, en mer, de se déplacer sur le pont de son bateau par des nuits sans lune.

Jess devait être sous ses couvertures, ne portant sur elle qu'une fine chemise de nuit. S'il cognait à sa porte, sans doute l'inviterait-elle à entrer. Ils n'avaient pas terminé leur discussion cet après-midi.

Mais ni l'un ni l'autre n'aurait en tête de parler. Il préféra gagner directement sa chambre, où il se déshabilla dans le noir, avant de se mettre au lit.

Il pouvait sentir la présence de Jess partout autour de lui.

Jess fut réveillée par la pendule qui sonnait deux heures du matin.

Une chandelle allumée diffusait son halo jaunâtre dans un coin de la chambre. Les rideaux étaient tirés, mais elle savait qu'il pleuvait toujours : le bruit des gouttes résonnait sur le toit, au-dessus de sa tête. Cela lui rappela ses nuits en mer lorsqu'elle écoutait, depuis sa couchette, la pluie tomber sur le pont du navire.

Kedger dormait en boule au bout du lit, à l'endroit précis où il ne manquait jamais de recevoir un coup de pied chaque fois que Jess se retournait dans son sommeil. Ce furet devait être un peu idiot.

Il était temps de passer à l'action. Jess se leva et tira son sac de travail de sa cachette, sous le lit. Kedger se réveilla aussitôt, avec enthousiasme, impatient d'accompagner sa maîtresse dans une expédition nocturne. Comme elle ne voulait pas courir le risque d'être surprise dans les couloirs par un domestique, ses outils à la main, elle les dissimula dans un châle.

Puis, s'emparant de la chandelle, elle partit vers l'escalier, Kedger sur son épaule.

La maison était plongée dans une obscurité totale, que brisait seulement la lumière de sa chandelle. Mais Jess aimait la nuit.

Elle plaignait – ou raillait, selon son humeur – les femmes qui avaient peur du noir.

Elle gagna l'étage inférieur, où dormait toute la famille. Convaincue que Sebastian avait le sommeil léger, elle marchait sur la pointe des pieds. Une vieille habitude : comme elle s'en était souvent enorgueillie auprès de ses complices de l'époque, elle faisait moins de bruit qu'une souris.

Elle passa d'abord devant la chambre de Claudia – il s'en dégageait un parfum de violette. Puis celle de Quentin. Et enfin celle du capitaine. Son bureau était juste en face. Kedger renifla sous la porte, pour s'assurer que la pièce était vide. Jess sortit alors son passe et manœuvra la serrure pour entrer. Puis elle referma le battant derrière elle, toujours dans le plus grand silence.

Une fois dans la place, elle leva sa chandelle à bout de bras.

Le bureau du capitaine lui ressemblait. Pratique, inspiré de la vie en mer et, pour être tout à fait honnête, intimidant. Son bureau trônait au centre. Des cartes enroulées occupaient une partie des étagères. Avec des journaux empilés et attachés par une ficelle. Jess avait la même manie : elle gardait les journaux et les emportait à bord. Le matin, quand le ciel était limpide, elle sortait un fauteuil sur le pont et s'installait avec une tasse de café pour relire les vieilles nouvelles.

Si Kennett était Cinq, une quelconque preuve devait traîner ici. Pas une lettre signée d'une paire de dés – Jess n'en espérait pas tant – mais des documents, des listes de noms qui éveilleraient ses soupçons. Ou des traces de corruption dans ses comptes personnels.

Mais bien sûr, elle préférerait ne rien trouver de tel.

Un gros classeur était posé au milieu du bureau. Elle défit le ruban qui le fermait, et découvrit à l'intérieur une collection de lithographies, d'aquarelles, ainsi que quelques cartes. Des cartes si anciennes que leurs bordures s'effritaient. Jess n'y connaissait rien en art – à l'inverse de son père – mais cela lui semblait du très beau travail. Quelques années en arrière, elle n'aurait pas hésité à voler ces objets pour les revendre. Mais elle n'était pas venue ici pour l'argent : elle referma soigneusement le classeur, veillant à ce que le ruban soit noué à l'identique.

Puis elle s'assit dans le fauteuil de Sebastian, s'imprégnant de l'atmosphère des lieux. Son bureau sentait la mer : le capitaine en rapportait l'odeur iodée avec lui, glissée au fond de ses poches ou prisonnière de l'étui en cuir de son télescope.

Jess alluma la lampe du bureau – cinq chandelles sous un grand abat-jour vert – et souffla la sienne. La maison était si tranquille qu'en tendant l'oreille, elle percevrait peut-être la respiration du capitaine dans son sommeil. Après tout, il n'était pas loin.

Elle l'imaginait dormant nu, son beau corps viril parfaitement détendu dans les draps. Mais ses pensées s'égaraient ! Elle avait mieux à faire que de laisser son esprit divaguer.

Les trois premiers tiroirs du bureau s'ouvrirent facilement. Le dernier, celui du bas, n'était pas non plus verrouillé. En revanche, il contenait une boîte métallique cadenassée. Jess la sortit à deux mains, mais elle ne pesait pas très lourd, ce qui était plutôt bon signe : elle ne perdrait pas son temps à forcer la serrure d'une boîte qui ne contenait que des bijoux ou des pièces d'or.

Elle s'intéressa au cadenas : du beau travail, signé par un certain Louis Girard, un artisan lyonnais.

Que cachez-vous donc dans cette boîte, capitaine ? Que renferme-t-elle de si précieux ?

Elle dénoua son châle, et choisit soigneusement ses outils. Puis elle ferma les yeux. Elle avait toujours adoré forcer les serrures, et elle en tirait une plus grande délectation les yeux clos : c'était à chaque fois un vrai bonheur de sentir, du bout des doigts, le mécanisme vous céder.

Peut-être Sebastian éprouvait-il les mêmes sensations lorsqu'il s'acharnait à la séduire : il guettait le moment où elle s'ouvrirait comme une serrure.

La pendule sonna la demie. Kedger, dressé sur ses pattes arrière, observait sa maîtresse au travail. La serrure émit un petit bruit, semblable au roucoulement étouffé d'un pigeon, preuve qu'elle n'allait plus tarder à céder.

C'était Lazare qui lui avait appris à forcer les serrures. Il en avait volé des dizaines, de tous modèles, pour qu'elle puisse se former. Du jour où elle était entrée à son service, il lui avait interdit de continuer à jouer les pickpockets. Il avait raison : il était plus profitable de dévaliser un coffre que de vider une poche. Et ce n'était pas plus dangereux puisque si vous vous faisiez prendre, vous étiez de toute façon condamné au gibet, dans l'un et l'autre cas.

La serrure capitula enfin. Jess relâcha sa respiration, soulagée.

La boîte contenait un grand nombre de billets de banque. Jess les sortit et les poussa de côté. C'était assez drôle, d'ignorer ainsi des billets de banque. Quand elle travaillait pour Lazare, elle se serait bien sûr empressée de les empocher. Et de retour à la maison, elle aurait passé le restant de la nuit à les compter et les recompter.

Sous les billets, elle trouva une pile de lettres. Pour l'essentiel, la correspondance de ses agents en Grèce et à Alexandrie. Comme les Whitby, il s'intéressait aux pays avec lesquels il commerçait : informations politiques, financières, état de la concurrence...

Sous les lettres, Jess découvrit un petit cahier à couverture bleue – de ces cahiers sur lesquels les écoliers consignaient leurs déclinaisons latines. Sauf que les textes qu'il renfermait étaient écrits en arabe. Mais de la main de Kennett. Fallait-il que ce soient des informations importantes, pour qu'il ait pris soin de les consigner en arabe ! Il avait dû s'imaginer que ce stratagème serait inviolable.

Jess ne lisait pas l'arabe. Mais elle pouvait le recopier. Elle prit des feuilles de papier, de l'encre, et se mit immédiatement au travail.

Kedger grimpa sur ses genoux, et la soutint dans sa tâche en lui caressant de temps à autre la main avec son museau.

Elle remplit six pleines pages d'inscriptions cursives. Lorsqu'elle eut fini de recopier le contenu du carnet, la pendule venait juste de sonner trois heures. Il était temps d'accélérer.

— Ne jamais abuser de l'hospitalité d'autrui, lui avait souvent répété Lazare.

Sous le carnet, elle trouva d'autres lettres. Dont une de son agent marseillais, en France, qui lui mentionnait des mouvements de troupes. Les lettres suivantes évoquaient certains négoces aventureux dans les Balkans. Mais il n'y avait là rien dont Jess pût faire usage.

Il restait cependant une dernière lettre. Rédigée en italien...

La vente des plans et des cartes s'est conclue sans aucune difficulté.

Des plans ? La lettre était signée d'un certain Giovanni Reggio. Jess le connaissait. C'était un homme courtaud, malpropre, qui empestait l'ail. Mais il avait su se rendre indispensable pour commercer avec la France depuis la Méditerranée. Le père de Jess avait souvent fait appel à ses services.

Votre marchandise est arrivée sans encombre à Paris. LeClerque paiera la somme indiquée à votre courtier américain dès cette semaine. Je me suis montré, comme toujours, d'une discrétion parfaite. Mais mon correspondant parisien s'inquiète de savoir quand arrivera le prochain bateau en provenance de Londres. J'aimerais attirer votre attention sur la modestie de ma commission...

Des cartes et des plans. Jess convertit mentalement les francs en livres : la vente s'était effectuée pour un montant de huit cents livres. Autrement dit, une petite fortune.

La lettre tomba sur ses genoux, comme si elle était trop lourde pour qu'elle la garde dans sa main. Elle resta un moment sans bouger, à la contempler.

Certes, elle n'avait pas ménagé ses efforts pour dénicher cette preuve. Mais jusqu'ici, elle avait pris cela comme un jeu. En réalité, elle était convaincue qu'elle ne trouverait rien.

— Ce n'est pas une preuve. Ce n'est qu'un bout de papier, murmura-t-elle. Un vulgaire bout de papier.

Elle s'était imaginé Cinq comme un être parfaitement froid. Pas du tout comme le capitaine. S'était-elle donc trompée à ce point ?

Kedger frotta son museau contre sa main.

— Cette lettre peut vouloir signifier des tas de choses, soupira-t-elle. Elle n'est pas plus accablante que les documents qu'ils détiennent contre papa.

Cependant, elle savait ce qu'il lui restait à faire : donner cette lettre aux autorités. De cette façon, ils seraient obligés de relâcher son père. C'est Sebastian qui serait pendu à sa place.

Malheureusement cette perspective, loin de la réjouir, la rendait malade.

La pendule sonna la demie. Jess se dépêcha de remettre tout en ordre dans la boîte, puis elle la referma soigneusement, la rangea à sa place et souffla les chandelles. Sauf une, qu'elle prit avec elle pour remonter dans sa chambre.

Son lit était placé près de la fenêtre. Il aimait, en tournant simplement la tête sur son oreiller, apercevoir le ciel et se perdre dans la contemplation des étoiles, comme il en avait l'habitude durant ses jeunes années en mer, lorsqu'il était de garde sur le pont.

Parfois, il se surprenait même à calculer la latitude de la maison en se repérant à l'étoile Polaire.

Ce soir, il s'était endormi bercé par la pluie. Mais il avait le sommeil léger. Un bruit de pas, aussi ténu soit-il, suffisait à le réveiller.

Il devina aussitôt qu'il s'agissait de Jess.

Elle dépassa la porte de Quentin sans s'arrêter. Tant mieux. Il ne serait pas obligé de boxer son cousin. En revanche, elle s'immobilisa devant sa porte. Non, devant la porte d'en face. Zut ! Elle n'était pas venue partager son lit. Son intention était de s'introduire dans son bureau. Il ne lui fallut pas plus de trente secondes pour forcer la serrure. Décidément, cette jeune femme était pleine de ressources.

Une fois qu'elle se fut enfermée dans la pièce, Sebastian eut beau tendre l'oreille, il n'entendit plus rien du tout.

Il croisa les mains sous sa nuque, le regard tourné vers le ciel, combattant une irrésistible envie d'aller la retrouver. Ainsi, elle n'avait pas dormi plus d'une heure ou deux.

Sebastian s'accorda quelques assoupissements, mais il demeurait en alerte, attendant qu'elle ait terminé. La porte du bureau finit par se rouvrir, pour se refermer aussitôt, tout aussi discrètement. Puis il entendit la jeune femme s'éloigner. Elle repartait vers sa chambre.

Il bondit de son lit, mais en ne faisant lui-même pas plus de bruit qu'un cambrioleur. Après s'être drapé dans un peignoir, il ouvrit sa porte.

Jess était encore dans le couloir. Elle portait une robe de nuit blanche, à manches longues. Ses cheveux formaient deux nattes jumelles, qui retombaient sur ses seins. Elle l'avait entendu, car elle se retourna. Deux rangées de dents acérées brillèrent à ses pieds.

— Mademoiselle Whitby et son garde du corps, ironisa-t-il. Vous n'avez donc pas sommeil ?

Mais, croisant son regard, il perdit soudain toute envie de rire.

— Qu'y a-t-il ?

— Je ne voulais pas vous réveiller, répondit-elle. J'étais descendue dans la cuisine chercher… chercher du thé.

C'était un pauvre mensonge d'amateur, et elle était la première à en avoir conscience.

— Vous étiez dans mon bureau.

Elle avait le regard de quelqu'un qui vient de recevoir un coup à l'estomac.

— Je voudrais monter me recoucher.

— Qu'avez-vous trouvé dans mon bureau ?

De toute évidence, elle avait découvert quelque chose qui l'avait choquée. Mais quoi ?

Elle tourna les talons, continuant son chemin. Mais il la rattrapa et la retint en plaquant une main sur son épaule. Le furet émit un grognement menaçant.

— Dites-moi ce que vous avez trouvé.

— Rien, dit-elle, se passant une main sur le visage. Rien du tout.

La chandelle tremblait dans son autre main, projetant sur le mur des ombres mouvantes, comme s'ils étaient en mer.

Sebastian pensait avoir gagné un peu de sa confiance – cela lui avait pris du temps –, mais de toute évidence, il avait reperdu d'un coup le terrain patiemment conquis. S'il la relâchait, elle s'enfuirait comme une gazelle effrayée. Et s'il ne la relâchait pas, son maudit furet s'en prendrait encore à son pied.

La porte voisine s'ouvrit. Quentin, coiffé d'un bonnet de nuit, passa la tête dans le couloir.

— C'est toi, Bastian ? Que se passe-t-il ?

— Rien. Jess cherchait quelque chose. Je m'occupe d'elle.

— Mademoiselle Whitby ?

— Retourne te coucher, Quentin.

Il ne donnait que très rarement des ordres à son cousin, ne voulant pas lui rappeler sans cesse qu'il n'était pas chez lui et n'était pas en position de commander. C'était déjà assez pénible pour Quentin de devoir vivre à ses crochets. Mais cette nuit, il avait autre chose à faire que de se préoccuper de sa susceptibilité.

— Sebastian ? s'entêta cependant Quentin. Je suis sûr que tout cela est parfaitement décent, mais tu avoueras que ça a des allures de parfaite inconvenance. Et je...

Quentin, réalisant qu'il était lui-même en chemise de nuit, fit prestement retraite dans sa chambre pour ne pas montrer davantage ses mollets maigrelets.

— Tu devrais réveiller Eunice, poursuivit-il, abrité derrière sa porte. Je suppose que tu n'écouteras pas mon conseil, mais enfin, Eunice est la voix de la raison dans cette maison, et...

— S'il vous plaît, Quentin, intervint Jess. Vous n'avez pas à vous inquiéter. Et il est inutile de réveiller toute la maisonnée, croyez-moi.

— Permettez-moi d'insister, mademoiselle Whitby. Vous...

Le furet prit soudain son élan en direction de la porte de Quentin. Celui-ci claqua le battant juste à temps pour l'empêcher de lui sauter à la gorge.

— Je ne sais pas ce qui lui prend, murmura Jess, navrée. Il n'aime pas Quentin.

Sebastian devina que son cousin devait les écouter, une oreille contre le battant.

— Je vais vous reconduire jusqu'à votre chambre. Non ! Ne protestez pas. Sinon, je réveille effectivement

Eunice, et nous parlerons tous les trois de votre visite dans mon bureau.

Il la poussa devant elle, remontant le couloir en direction de l'escalier. Le furet longeait le mur, à leur rythme.

— Je n'ai pas envie de me recoucher tout de suite, marmonna Jess.

Elle était très pâle.

— Je me moque de vos envies. Grimpez les marches.

Il la suivait, les yeux rivés sur le balancement de ses hanches. Sa chemise de nuit était si fine qu'il pouvait distinguer le galbe de ses jambes.

Il désirait cette femme depuis qu'il l'avait rencontrée. Il la désirait jour et nuit.

Le furet avait gravi les marches en éclaireur. Il se retourna sur le palier, pour les surveiller à la manière d'un chaperon, avant de poursuivre son chemin.

La jeune femme s'arrêta devant sa porte, et appuya une main sur le chambranle. Comme si elle se préparait à une discussion pénible.

— Je ne...

— Non, pas ce soir, la coupa Sebastian. Vous finirez par me faire confiance. Quoi que vous ayez pu lire, ou voir, vous cesserez un jour de croire seulement vos yeux.

Et, inclinant la tête pour lui faire signe d'entrer chez elle, il ajouta :

— Je ne partirai pas tant que je n'aurai pas entendu la clé tourner dans la serrure. Et, de grâce, dormez. Cela vous fera le plus grand bien.

Mais elle ne dormit pas. Elle contempla longuement le plafond, jusqu'à pouvoir en mémoriser le moindre détail, avant de conclure que non, elle n'arriverait pas à s'endormir. Elle se releva donc, prit un papier et de l'encre, et se lança dans une curieuse comptabilité : elle voulait tout à coup dresser la liste de tout ce qu'elle avait volé.

Sa dernière rapine lui avait rapporté une douzaine de figurines de jade. Elle les avait sur elle lorsqu'elle était tombée. Probablement se trouvaient-elles toujours sur le toit.

Elle nota : *Douze figurines de jade, une maison blanche sur Slyte Street.* Elle n'avait aucune idée de ce que ces figurines pouvaient valoir, mais le capitaine serait sans doute capable de lui donner une estimation. Et elle demanderait à Doyle de se renseigner pour savoir qui habitait cette maison, une dizaine d'années en arrière.

Je ne vais pas croire une simple lettre. Et encore moins une lettre écrite par ce gredin de Reggio.

Trois jours avant les figurines de jade, elle avait dérobé des billets de banque et des pièces d'or dans une maison de Mercer Street. *Billets et guinées. Mercer Street.*

Il devait y avoir une trentaine de guinées. Et les billets ? Elle mâchouilla sa plume, avant de les évaluer à une centaine de livres.

Disons... cent cinquante, pour être sûre de ne pas se tromper. Sans compter les intérêts. Si elle voulait rembourser ses dettes – car d'une certaine manière il s'agissait de dettes –, elle devrait ajouter les intérêts. Heureusement, les Whitby possédaient beaucoup d'argent.

17

Garnet Street

Sebastian la trouva sur la plate-forme de déchargement. Elle observait, d'un œil morose, des employés sortir de l'entrepôt des sacs de riz qu'ils plaçaient dans des charrettes garées en file indienne le long du bâtiment. Un vent glacial soufflait sur la ville, et pourtant ils travaillaient en manches de chemise.

Jess était sans doute là pour superviser l'inventaire, mais elle affichait un air absent, comme si elle se demandait ce qu'elle faisait ici. C'était aussi ce que semblait se demander le régisseur en charge de l'opération.

Elle avait repris quelques couleurs. Et le bleu, sur sa joue, avait pratiquement disparu. Elle aurait guéri plus vite encore si elle n'avait pas passé ses nuits à crapahuter dans la maison. Ce matin, elle était sortie avant l'aube. Probablement pour éviter de le croiser.

— Vous avez raté le petit déjeuner, lui dit-il.

— J'ai acheté un gâteau en route, répliqua-t-elle. Plus exactement, j'ai acheté une douzaine de gâteaux. Un pour moi, les autres pour mes « gardes du corps » dépêchés par les services secrets. Et j'ai chargé un commis de leur servir du café. C'est une vraie petite armée qui suit maintenant mes déplacements. D'ailleurs, dans mon livre de comptes, j'ai inscrit les gâteaux sous l'appellation « fournitures militaires ».

Elle voulait plaisanter, mais ses prunelles trahissaient le désarroi.

À quoi donc pensez-vous, Jess ? Qu'avez-vous trouvé dans mon bureau, qui vous mette dans cet état ?

— Cargaison intéressante ?

Elle avisa les sacs de riz, comme si elle les découvrait seulement.

— Pas spécialement. C'est du riz de Caroline du Nord. Mais je l'ai vendu un bon prix aux frères Bennett. Maintenant qu'ils m'ont payée, je me dépêche de le leur livrer, avant que les rats ne s'y attaquent. Je déteste conserver de la nourriture dans mes entrepôts.

Son entrepôt était plus propre, et mieux rangé, que la cuisine de Sebastian. Peut-être devrait-il embaucher une femme pour diriger le sien, le jour où il en ouvrirait un à Londres.

Deux hommes chargés d'une grosse caisse sortirent du bâtiment. La jeune femme s'adossa au mur pour leur faciliter le passage. Elle n'avait toujours pas regardé directement Sebastian.

— Je vous ai espionnée, hier, avoua-t-il. Lorsque vous parliez à votre père. Il y a un réduit, contigu au salon de Meeks Street, qui permet de tout voir et de tout entendre.

— Je sais. Je suis au courant qu'ils nous épient. Je connais des acteurs, sur Drury Lane, qui attirent moins de monde pour les écouter.

Le défilé des sacs de riz se poursuivait.

— Marchons un peu, proposa-t-elle. Ma présence rend MacLeish nerveux.

Ils longèrent l'entrepôt un moment.

— Une fois, dit-elle, rompant le silence, un gars s'est fait mordre par un cobra. Il était caché dans une balle de coton indien. Il a fallu une trentaine d'hommes pour en venir à bout.

Et vous avez peur que je sois comme ce cobra, devina Sebastian. Un danger caché.

— Le pauvre garçon qui s'était fait mordre survécut. Mais il perdit un pied. MacLeish le forma pour qu'il puisse se reconvertir dans l'administration. Il est en Suède, à présent. Je savais, pour le miroir sans tain de Meeks Street. Pourquoi m'en avoir parlé ?

— Pour que nous sachions à quoi nous en tenir, l'un et l'autre. Je ne veux pas de mensonges entre nous.

— C'est peut-être un peu tard pour cela ?

— Je ne vous espionnerai plus.

Elle lui décocha un regard sceptique, avant de détourner la tête.

— Qu'avez-vous trouvé de si intéressant dans mon bureau ?

Dites-le-moi, Jess. Cessez de faire la tête et dites-le-moi.

Comme elle ne répondait pas, il insista :

— Je m'y suis rendu, ce matin. J'ai bien vérifié : il n'y a rien, dans cette pièce, que je n'aurais refusé de vous montrer si vous me l'aviez demandé. Rien du tout.

Une minute s'écoula. Elle ne répondait toujours pas.

— Si j'étais Cinq, reprit-il, et si je craignais que vous n'ayez découvert quelque chose d'important, croyez bien que vous n'auriez pas pu sortir vivante de la maison. Alors, vous comprendrez qu'il est un peu tard pour vous montrer prudente. Qu'avez-vous trouvé, Jess ?

Elle lui renvoya son argument :

— À supposer que j'aie trouvé quelque chose, ce que je ne prétends pas, je serais folle de vous le dire.

Maintenant, si vous voulez bien m'excuser, j'ai du travail qui m'attend. Vous aussi, je présume.

Elle accéléra l'allure. Pas assez, cependant, pour le semer – c'était l'avantage d'être plus grand qu'elle. Sebastian la rattrapa au pied de l'escalier qui menait aux bureaux.

— Vous avez besoin de mon aide, Jess. Travaillons ensemble. Il ne vous est pas nécessaire d'avoir confiance en moi pour m'utiliser.

— Vous ne manquez pas d'éloquence, capitaine. Je parierais que Cinq partage cette qualité avec vous.

Sebastian jugea qu'il était temps de lui révéler ce qu'elle devrait de toute façon apprendre un jour ou l'autre.

— L'un de mes bateaux, le *Neptune Dancer,* a coulé il y a deux ans, avec tout son équipage à bord. Ces hommes qui travaillaient pour moi sont morts parce que Cinq avait révélé leur plan de navigation aux Français. Et le capitaine était l'un de mes meilleurs amis.

Il vit une ombre passer dans le regard de la jeune femme. Tous les marins et armateurs connaissaient des gens qui n'étaient jamais revenus. Elle devait penser aux hommes que la Whitby avait perdus en mer. Et notamment à ce garçon, Ned, qu'elle aurait sans doute épousé.

— Je suis désolée, dit-elle. Sincèrement désolée.

— Voilà pourquoi je ne peux pas être Cinq.

Elle baissa les yeux.

— Le monde est si souvent imprévisible. Vous pourriez quand même être le traître, et avoir coulé votre bateau par erreur. La seule chose dont je suis sûre, c'est que mon père est innocent.

— Alors, démasquez le traître. Démasquez Cinq, et je le détruirai.

— C'est précisément ce à quoi je m'emploie ! répliqua-t-elle, avant d'ajouter, une boule dans la gorge : Ainsi, vous croyez que mon père a tué votre ami. Chaque fois que vous me regardez, vous pensez à cela. Je m'étonne que vous ayez encore envie de me toucher.

— Quand je vous regarde, je ne vois rien d'autre que vous, Jess. Vous n'êtes pas votre père. C'est une coïncidence que vous soyez sa fille.

Elle fronça les sourcils.

— Je suis la fille de Josiah Whitby. Par le cœur et par le sang.

— Jess...

— Et c'est l'homme le plus estimable que j'aie jamais rencontré. Il préférerait mourir plutôt que de trahir l'Angleterre.

Sebastian voulut poser une main sur son épaule, mais elle intercepta son poignet.

— Non, dit-elle sèchement. Ne me touchez pas. Pas ici.

— Et pourquoi donc ?

— Ouvrez les yeux, capitaine. Il y a une bonne douzaine d'hommes qui peuvent nous voir.

Sebastian jeta un regard autour de lui. Elle avait raison. Personne ne les épiait ouvertement, bien sûr, mais plusieurs employés les avaient dans leur champ de vision.

— Si je peux diriger cette entreprise à ma guise, et sans chaperon, c'est parce que je demeure visible partout, à tout instant. Une dizaine de témoins pourraient jurer en permanence que ma conduite n'a rien de scandaleux. Et si je suis la patronne, ici, c'est parce que les employés me voient moins comme une femme que comme l'incarnation de la Whitby Trading.

Même les femmes les plus intelligentes pouvaient se leurrer, songea Sebastian. Il était prêt à parier qu'il n'y avait pas un employé qui n'ait songé à retrousser les jupes de la patronne et à la posséder derrière une pile de caisses. C'étaient des hommes, après tout. Pas des eunuques. Mais son père, Pitney et MacLeish la protégeaient.

C'était tout Jess : un mélange de pragmatisme, d'intelligence, et de grande naïveté. Sebastian était convaincu qu'il réussirait à la séduire.

Elle gravit l'escalier, laissant derrière elle un sillage parfumé. Son odeur était particulière, aujourd'hui. Sebastian reconnut les effluves du safran – sans doute acheté en contrebande dans le sud de la France. Il commençait à connaître à peu près tout d'elle. Il savait comment elle conduisait ses affaires, combien elle mettait de sucres dans son thé… et à quoi elle ressemblait nue.

— J'ai envie d'une tasse de thé, lui lança-t-elle depuis le palier. Venez dans mon bureau, que je vous fasse goûter au thé noir que nous faisons venir de Sibérie. Il devrait même rester un gâteau. Il sera dit que c'était ma matinée d'hospitalité.

Il monta l'escalier à sa suite.

— Une fois que nous connaîtrons les dates des informations dérobées au ministère de la Guerre, vous serez capable de les comparer aux mouvements de bateaux dans la Manche ?

— Oui. Je pourrais le faire pour une trentaine de dates différentes, et pour n'importe quel objet qui flotterait sur la Tamise.

— Alors, vous démasquerez Cinq.

— J'espère bien. Je n'ai pas le choix.

— Je vais vous aider, assura Sebastian en la suivant dans le couloir. Vous verrez ainsi que vous pouvez me faire confiance.

Elle se retourna… et se retrouva dans ses bras. Personne ne pouvait les voir, à cet endroit du couloir.

Il en profita pour l'embrasser. Elle esquissa un bref mouvement de recul, mais ne le repoussa pas. Ses lèvres sentaient le miel, et le thé de Chine. Dieu, comme il était content qu'elle ne le repousse pas ! Au début, elle parut choquée – l'effet de surprise, sans doute – mais elle était de toute évidence consentante.

— Ce n'est pas suffisant pour me convaincre, murmura-t-elle quand il relâcha ses lèvres.

— Alors, c'est que je m'y suis mal pris. Recommençons.

Son membre palpitait de désir. Heureusement, Sebastian savait qu'il finirait par la posséder.

Il avait derrière lui des années d'expérience de séducteur. Il savait donc comment contrôler son désir. Et il voulait en profiter pour attiser celui de Jess.

— Je préférerais que vous vous arrêtiez là, répondit-elle.

Mais elle-même ne bougeait pas.

Sebastian souffla à son oreille des mots tendres, lui mordilla le lobe, piqua son visage de petits baisers mouillés… tout cela de manière à l'empêcher de se concentrer sur autre chose que l'instant présent.

Quand il la sentit frissonner dans ses bras, il comprit qu'elle capitulait. Il caressa ses tétons à travers le tissu de la robe. Tout doucement. Du bout des doigts. Elle ne chercha pas à se dégager. Au contraire, elle s'abandonna contre lui.

Jess. *Sa* Jessie. C'était la première fois qu'il goûtait vraiment à elle, mais ce n'était qu'un début. Bientôt, il la comblerait encore et encore de plaisir.

Il s'empara à nouveau de ses lèvres, fasciné par les vibrations que procurait à la jeune femme chacune de ses caresses, comme un écho de ce que lui-même ressentait. Il ne se lasserait jamais de son corps.

Mais ce n'était ni le bon moment, ni le bon endroit pour cela. Il voulait juste la provoquer un peu, afin qu'elle sache qu'il existait d'autres choses que le commerce des épices ou les maraudes sur les toits de la ville. Il laissa descendre ses lèvres à la base de son cou et lui suçota la peau.

— Le reste plus tard, dit-il en redressant la tête.

Elle frotta ses lèvres contre le rebord de son veston, comme si elle voulait garder l'empreinte des sensations qu'il lui avait fait connaître. Puis elle relâcha sa respiration, et ils se séparèrent.

Mais il savait qu'elle se souviendrait de ces quelques minutes lorsqu'elle travaillerait à son bureau, tout à l'heure ; lorsqu'ils dîneraient ensemble ce soir, et encore au moment de se coucher seule dans ses draps. Elle ne pourrait pas s'empêcher d'y repenser.

Elle leva les yeux vers lui.

— Ce fut une erreur, dit-elle. Une erreur, et rien d'autre.

Sebastian lui prit la main.

— Non, ce n'était pas une erreur. C'était délibéré. De part et d'autre.

Et de sa main libre, il replaça une mèche de cheveux derrière l'oreille de la jeune femme.

Il faisait le négoce d'œuvres d'art à travers le monde méditerranéen. Statues de la Grèce antique, madones byzantines, figurines égyptiennes... Et pas uniquement pour l'argent : parce qu'il y prenait plaisir. Le temps d'une traversée, il pouvait se repaître du spectacle des chefs-d'œuvre entassés dans sa cabine. Caresser Jess, c'était goûter au même genre de beauté. Sauf que celle-ci était chaude et vivante.

— J'ai aimé, avoua-t-il. Et vous aussi.

— Sortez d'ici, répliqua-t-elle.

Mais elle ne chercha pas à l'arrêter quand il lui caressa les cheveux.

— Nous continuerons une autre fois.

— Jamais de la vie.

— Ne rentrez pas trop tard, ce soir, pour avoir le temps de vous changer avant la petite conférence de l'association historique, lui rappela Sebastian. Ça ira ? Vous vous sentez capable de marcher ?

Elle lui décocha un regard noir et tourna les talons.

Sebastian la regarda gagner son bureau. Tous les employés de la grande salle étaient penchés consciencieusement sur leurs dossiers.

18

Ludmill Street, Whitechapel

Jess connaissait une douzaine de personnes parlant l'arabe, mais seulement deux capables de le lire. Dont son père. Mais elle se voyait mal lui apporter ces papiers à Meeks Street.

L'autre personne était le révérend. Ça tombait bien : elle voulait justement le voir.

Ludmill Street n'était pas un quartier reluisant. La rue était juste assez large pour laisser passage à une charrette, et des immondices s'entassaient sur les pavés disjoints. Toutes les maisons étaient habitées, pour ne pas dire surpeuplées, et le linge pendait à des fils tirés d'une fenêtre à l'autre, formant au-dessus de la chaussée une sorte de dais qui empêchait le soleil de filtrer. Quelques clients hébétés étaient assis devant la porte d'une taverne dont la publicité disait : *Gin. Ivre pour un penny. Ivre mort pour trois pence.*

Les enfants vivaient dehors, et les plus petits se déplaçaient à quatre pattes au milieu des chiens. Jess avait pris soin de se munir d'une pierre, pour la lancer à la tête d'un de ces chiens s'il lui prenait l'envie de la mordre. Et bien sûr, elle n'avait pas emporté de bourse avec elle, sinon les gamins auraient tenté de la lui dérober.

À présent, elle se sentait une étrangère ici. C'était bien différent lorsqu'elle était petite fille. Tout l'East End était alors son terrain de jeu, et il n'y avait pas une ruelle, aussi sordide soit-elle, où elle n'avait pas le sentiment d'être chez elle. Tout le monde la connaissait, et elle aurait pu appeler n'importe qui par son prénom.

Les services secrets l'avaient évidemment prise en chasse. Ses anges gardiens, qu'elle repérait de temps à autre, manquaient de discrétion. Probablement se feraient-ils détrousser.

La soupe populaire était ouverte. Jess s'y dirigea, adoptant la démarche d'une catin de Covent Garden épuisée par une nuit de travail.

— Mauvaise nuit, chérie ? lui demanda la femme qui tenait le comptoir.

Jess haussa les épaules.

— C'est incroyable, ce que demandent parfois les bonshommes.

— Ça, tu peux le dire !

Le menu du jour se composait de soupe aux choux et de pain noir. Jess se laissa remplir un bol, et s'assit à côté des femmes déjà attablées. Elles furent bientôt rejointes par une petite famille : la mère, qui empestait le gin, avec un bébé et deux garçons.

— Vous allez manger ça ? lui demanda l'aîné des garçons.

Jess secoua la tête. Aussitôt, le gamin s'empara de son bol et le vida d'un trait, sans même prendre la peine de partager avec son petit frère.

Jess se détourna dans un soupir. Elle repensa à la lettre de Reggio qu'elle avait trouvée dans le bureau de Sebastian. Il ne peut pas être Cinq, se répétait-elle. Et cependant, elle ne devait pas complètement écarter cette hypothèse.

Un homme tel que le capitaine ne déroberait pas des informations confidentielles pour de l'argent. Il ne pouvait être mû que par des idées politiques, qui lui faisaient croire au nouveau régime ayant conquis le pouvoir en France. Sans doute avait-il été influencé par son oncle et sa tante. Eunice et Standish étaient des radicaux, à leur manière. Toutefois, Jess estimait qu'ils étaient parfaitement inoffensifs. Ce n'étaient que des idéalistes.

En revanche, Sebastian n'avait rien d'inoffensif.

Jess avait des amis, en France, sincèrement convaincus qu'il suffisait à Napoléon de tourner une manivelle pour que le soleil se lève. Il n'y avait pas de mal à croire cela, surtout lorsque vous étiez français. Mais pour un Anglais, c'était une autre histoire. Car Napoléon était l'ennemi déclaré de l'Angleterre.

— Vous avez fait quoi à vos mains ? lui demanda le gamin, qui devait avoir sept ou huit ans.

Il était intrigué par les minuscules cicatrices qu'il apercevait. Les traces de morsures de rats, lorsqu'elle était tombée du toit. En général, personne ne les remarquait. Ce gamin avait l'œil.

— Ah, dit-elle. C'est toute une histoire...

L'autre garçon, son petit frère, s'approcha pour écouter.

— J'avais à peu près votre âge, commença Jess. Je prenais l'air dans Saint James Park, quand j'aperçus une maman canard et son petit. Je me voyais déjà les rapporter à la maison pour le dîner. Alors, j'ai sorti le bout de pain que j'avais dans ma poche, et je les ai attirés avec...

Tandis qu'elle poursuivait son histoire, sous l'œil attentif des deux gamins, la mère mangeait sa soupe, qu'elle partageait avec son bébé.

— ... et la maman canard m'a attaquée, me mordant méchamment la main...

Le révérend se déplaçait de table en table, échangeant quelques mots avec chacun des convives. Comme il se rapprochait de Jess, elle se dépêcha de finir :

— Et voilà comment c'est moi qui faillis servir de dîner aux canards.

Ce qui fit rire les deux garçons, ainsi que leur mère et quelques autres convives qui avaient tendu l'oreille.

Le révérend tourna la tête, étonné d'entendre des rires.

— Jess ? Que fais-tu là ?

Il ne semblait pas particulièrement ravi de la voir.

— Quoi, révérend ? répliqua Jess, battant outrageusement des cils dans sa direction, reprenant sa pose de catin. C'est comme ça que vous m'accueillez ? Vous m'aviez dit un jour...

— Je préfère que nous parlions dans mon bureau, la coupa-t-il, lui prenant le bras.

Une fois dans son bureau, la porte bien fermée, le révérend Palmer se fâcha.

— Tu es folle de venir ici ! C'est trop dangereux.

Jess s'assit sur une chaise.

— C'est un peu ce que je me suis dit en arrivant dans le quartier, admit-elle.

— J'ai appris, pour ton père. Si je puis t'être utile... Enfin, je connais au moins une façon de t'être utile. Mais je doute que tu sois venue ici pour m'entendre prier.

La théière, sur son bureau, était remplie de thé froid, déjà mélangé à du lait et du sucre. Il en servit une tasse à Jess, qui s'empressa de la reposer sur le bureau. Le thé du révérend était réputé pour être imbuvable.

— Je demanderai à quelqu'un de confiance de t'escorter hors du quartier, dit-il. Quoique je doute que quiconque ose s'en prendre à une protégée d'Eunice

Ashton. Et du capitaine Kennett ! Mais explique-moi ce que tu es venue faire ici.

— J'ai besoin d'aide, expliqua Jess. Mais d'abord, je voulais vous informer que les versements du mardi vont changer d'expéditeur.

Le révérend haussa les sourcils.

— Oh, ne vous inquiétez de rien, enchaîna-t-elle. L'argent arrivera pareillement, mais désormais il ne sera plus versé directement par la Whitby, mais par une banque américaine. L'un de mes employés vous enverra une lettre pour vous expliquer tout cela en détail.

De cette manière, cette maison, et une dizaine d'autres dans l'Est londonien, continueraient de recevoir ses dons même si le gouvernement décidait de fermer la Whitby et de confisquer ses biens.

— Très bien. Mais tu m'as dit avoir besoin d'aide ? Je suis à ton service.

Jess releva ses jupes et sortit les papiers attachés à sa jarretière. Son geste ne choqua nullement le révérend. Du reste, elle ne savait pas ce qui pouvait le choquer en ce bas monde.

— C'est très confidentiel, précisa-t-elle. Je peux compter sur le secret du confessionnal ?

— Je te rappelle que l'Église anglicane ne connaît pas cette notion.

— Je voudrais que vous me traduisiez ces papiers, dit Jess, lui tendant les feuilles sur lesquelles elle avait recopié le carnet de Sebastian.

Le révérend chaussa ses lunettes et entreprit d'examiner les textes, tournant les pages l'une après l'autre. Plus il progressait dans sa lecture, plus il fronçait les sourcils.

Finalement, il releva la tête.

— Où as-tu eu cela ?

— Dans un tiroir de bureau que j'avais forcé, révéla Jess sans détour.

— Bon, les détails ne me regardent pas. Mais j'ai peur de ne pas pouvoir traduire ces textes.

— Ce n'est pas de l'arabe ?

— Euh... si.

— Qu'y a-t-il ? demanda Jess, interloquée.

— Eh bien, j'avais déjà entendu parler de ce texte à Cambridge. Il est assez célèbre, chez les étudiants en arabe. Il s'agit d'un... d'un très ancien manuel d'érotisme.

— Un manuel érotique ?

Jess éclata de rire. Quelle idiote elle faisait !

Le révérend Palmer ôta ses lunettes et, l'air sévère, les agita en direction de la jeune femme.

— Je ne sais pas où tu as trouvé cela, et de toute façon je suppose que tu ne voudras pas me le dire. Mais sache que ce n'est pas une lecture convenable pour toi.

— C'est de l'arabe, et comme je ne lis pas l'arabe, je n'avais aucune idée de ce que cela pouvait signifier. Quand je pense que je m'étais imaginé avoir déniché un secret d'importance ! Heureusement, ça ne m'arrive pas souvent de me tromper à ce point.

— Je l'espère pour toi. Tu as toujours été très intelligente. C'était d'ailleurs ce qui m'impressionnait, chez toi.

— Hélas, je ne me sens plus aussi performante, ces derniers temps, avoua Jess. Je n'arrive pas à trouver une solution pour faire libérer papa.

— Puis-je t'aider ?

— Peut-être. Au moins, je sais que vous ne me mentirez pas. Car tout le monde me ment, en ce moment. En fait... j'aimerais vous poser une question.

— Oui ?

— Que feriez-vous si vous aimiez quelqu'un, mais que vous redoutiez que ce quelqu'un puisse vous faire du mal ?

Elle n'avait pas prémédité de poser cette question aussi crûment.

— Si tu m'en disais davantage ?

— Eh bien... c'est très douloureux. Car... je tiens à lui.

Le révérend pliait et dépliait ses lunettes.

— Je suis désolé, Jessie. Je ne peux rien pour toi.

— Comment ça ? Je vous explique que je souffre et vous me répondez « Désolé, Jessie » ?

— Cet... ami, comment est-il ?

— Il me ressemble, pour tout dire. Mais il ne s'agit pas vraiment d'amitié entre nous, avoua-t-elle, effondrée en réalisant que sa situation paraissait totalement insoluble. Enfin, peu importe, ajouta-t-elle, la voix défaite. Je crois que ça n'aurait pas pu marcher, de toute façon.

— Je suis désolé. J'ai toujours espéré que tu finirais par trouver l'homme qui te conviendrait. J'aimerais tellement te savoir heureuse.

Elle croisa son regard, lui laissant voir brièvement son désarroi. C'était sans doute le seul homme au monde avec lequel elle consentirait à se dévoiler ainsi. Elle savait que le révérend ne la bercerait pas d'illusions. Il avait beaucoup bourlingué, et il en connaissait un rayon sur l'existence.

Elle détourna le regard et haussa les épaules.

— Peut-être est-il aussi pur que l'agneau qui vient de naître, après tout. Il ne cesse de me répéter d'avoir confiance en lui. Je suis sans doute trop suspicieuse.

— Tu dois suivre ton intuition.

— Malheureusement, je ne suis pas sûre que ce soit une bonne idée. Je suis trop... crédule.

— Tu finiras par voir clair dans ton cœur, Jessie, assura le révérend.

— Je devrais être capable de faire la différence entre un type bien et une crapule ! s'exclama-t-elle.

Et, se relevant, elle ajouta :

— Pourquoi ne me dites-vous jamais ce que je devrais faire ? C'est toujours à moi de m'en sortir.

— Qu'aurais-tu voulu que je te recommande ?

— Oh, par exemple : « Mets-toi au travail. Prouve son innocence. »

— Tu n'as pas besoin de moi pour te dire ça. Autre chose ?

Elle secoua la tête.

— Non. Appelez mon escorte, révérend. J'ai du travail qui m'attend.

Le révérend Palmer prit la tasse à laquelle elle n'avait pas touché, et reversa son contenu dans la théière.

— Te sens-tu en sécurité chez le capitaine Kennett ? C'est un sacré gaillard, pour autant que je sache.

— On peut le dire, acquiesça Jess.

Le révérend referma la théière d'un air songeur.

— Mais à ce qu'il paraît, c'est un homme de parole. Et d'honneur.

— Ce n'est pas aussi simple que cela.

— Avec toi, rien n'est jamais simple, n'est-ce pas ? la taquina Palmer. Je vais t'envoyer Mme Trimble. Je ne connais personne de sensé qui oserait s'attaquer à elle. Même moi, j'en ai peur.

Il lui ouvrit la porte, et ils replongèrent dans le bruit et l'agitation de la salle commune, avec les enfants qui se chamaillaient et les femmes qui parlaient fort.

— Que Dieu t'ait en Sa sainte garde, Jess.

— Quand je vois ces gens, je me dis que Dieu a mieux à faire que de s'occuper de moi.

Il ne lui restait plus qu'une solution pour libérer son père. Et elle ne pouvait pas se permettre de reculer, ni d'avoir peur.

Une tasse de thé russe – celle décorée de fleurs de jasmin – trônait à côté de sa main. Chaque fois qu'elle la reposait, la tasse laissait une marque sur le cuir du sous-main. Il y avait des dizaines de ces petits cercles.

La première fois qu'elle était montée sur un toit, elle s'était agrippée à une cheminée en geignant qu'elle ne pourrait jamais faire ça. Mais Lazare n'était pas quelqu'un à qui l'on pouvait dire non. Il lui avait décroché les doigts de la cheminée et l'avait envoyée rouler sur le toit, jusqu'à ce que sa chute soit stoppée par une lucarne.

Lorsqu'elle était remontée auprès de lui, elle n'avait plus du tout envie de geindre. Et Lazare avait eu raison, comme toujours : elle avait fini par ne plus avoir peur.

Je peux le faire, se répéta-t-elle. Elle coinça un petit morceau de sucre dans sa joue, but une énième gorgée de thé, puis elle écrivit :

Je consulterai la liste, pour m'assurer qu'elle correspond bien à ce qui était promis. Et j'examinerai les détails d'un cas précis. Un cas que j'aurai choisi moi-même.

Samovar russe. Thé russe. Et sucre de la Barbade – le sucre qu'adorait acheter sa mère lorsqu'elle avait un peu d'argent.

La journée de travail s'achevait. Les employés enfilaient leurs manteaux et leurs chapeaux, pour rentrer chez eux. Mais Jess avait demandé au coursier d'attendre. Il était assis sur un tabouret, et passait le temps en s'amusant avec une petite balle.

Elle continua sa lettre :

Vous produirez ce document avant la signature du contrat. Ce point sera à respecter absolument.

Pitney fermait les fenêtres, les unes après les autres. Il n'y avait aucune tâche, dans cette maison, à laquelle il ne s'était pas attelé un jour. On aurait juré que la Whitby était sa propriété.

Elle reprit du thé. Et retrempa sa plume dans l'encrier.

Je vous suggère d'apporter la liste à la réunion de ce soir, à Kennett House. La cérémonie, si vous y tenez, pourra se tenir demain. Les témoins sont prêts à signer.

Des mensonges. Un tissu de mensonges. Mais cela lui permettrait d'obtenir la fameuse liste – celle des documents dérobés, avec la date des vols.

Sebastian sera furieux quand il apprendra ce que j'ai fait, songea-t-elle. Papa aussi. Et Pitney. Mais le pire, ce sera le colonel. Reams ne me le pardonnera jamais.

Elle signa la lettre. Et la saupoudra de sable pour sécher l'encre.

Les dés étaient jetés.

19

Kennett House, Mayfair

Il était encore tôt, mais un brouhaha incessant de voix montait depuis le salon du rez-de-chaussée. Les historiens étaient apparemment des gens bavards.

Toutes les chandelles de la maison étaient allumées. Jess s'arrêta un instant sur le palier, pour vérifier le fermoir de son collier. Le hall était décoré d'armures anciennes, huit en tout, disposées à intervalles réguliers le long des murs comme des valets. Elles portaient des lances. Jess avait déjà assisté à des réunions savantes, à Paris et à Vienne – son père affectionnait ce genre de soirées –, mais elle n'avait encore jamais fréquenté des historiens qui se passionnaient pour des hallebardes datant de Mathusalem. Ensuite, elle rendrait une petite visite au domicile du colonel Reams. En passant par les toits, bien sûr.

Le capitaine l'attendait au bas des marches. Il garda les yeux rivés sur elle tout le temps qu'elle descendit l'escalier.

L'habit du soir lui allait à merveille. Son pantalon avait la couleur du sable du désert africain, et sa redingote la couleur de la nuit dans ce même désert : un noir superbe. Il avait noué sa cravate au plus près du cou, comme on le faisait à Paris, et il l'attendait avec une assurance tranquille.

— Bonsoir, mademoiselle Whitby, dit-il.

Elle n'était pas habituée, de sa part, à cette politesse un peu formelle, mais les circonstances – avec tous ces snobs qui paradaient autour d'eux – l'exigeaient.

Elle s'arrêta sur l'avant-dernière marche.

— Bonsoir, capitaine, répondit-elle sur le même ton.

Plus bas, elle ajouta avec une esquisse de sourire :

— Je n'aime pas beaucoup ces types qui nous surveillent, dans leur costume d'acier.

— Rassurez-vous, ils seront démontés dès demain matin. Votre robe vient-elle de Paris ?

— Oui, de chez Mme Claudette, rue de Rivoli.

— Un article de contrebande ?

— L'étoffe a été tissée à Lyon, confirma Jess. Mais puisque vous êtes vous-même un négociant averti, vous devriez plutôt vous intéresser à mon collier.

Le capitaine hocha la tête d'un air entendu.

— Des perles du golfe Persique. J'en ai vu une fois de semblables, à une réception chez le doge de Venise.

Tout en parlant, il caressait les perles du bout des doigts – et caressait par la même occasion la gorge de Jess.

— Mais elles n'étaient pas aussi fines que celles-ci, ajouta-t-il. J'avais eu déjà l'occasion de les admirer lorsque j'ai fouillé votre chambre, l'autre jour.

Jess reconnaissait bien là sa façon abrupte de plomber une conversation.

— J'aime beaucoup votre coiffure, reprit-il. Elle paraît très simple, mais sa complexité se dévoile à mesure qu'on l'examine. Au fond, elle est à votre image. Chaque fois que je pense vous avoir cernée, je découvre une nouvelle facette de votre personnalité.

— J'aurais pensé que vos instincts de négociant auraient été monopolisés par ce petit collier.

— Un petit collier d'une grande rareté. Et tout à fait au-dessus de mes moyens.

— Des miens aussi, en fait. Chaque fois que je l'accroche à mon cou, je frissonne en songeant à sa valeur. Mais vos moyens ne sont pas si limités que cela, capitaine. Vous dégagez de solides bénéfices en vendant des pierres brutes, il me semble. Trente pour cent de profit, c'est assez remarquable.

— Merci, Jess. Mais n'est-ce pas imprudent de me rappeler que vous avez épluché à mon insu mes livres de comptes ?

Il semblait sérieux – son ton, du moins, l'était – mais elle voyait bien, à ses yeux, qu'il s'amusait.

— Approchez-vous, murmura-t-il. Et baissez légèrement la tête. Voilà, comme cela.

Il traça, du bout de son index, le parcours d'une de ses mèches de cheveux.

— Voulez-vous bien cesser de jouer avec ma coiffure ? J'ai mis au moins un million d'épingles pour la faire tenir. Et si quelqu'un venait ?

— Il serait choqué, à n'en pas douter. Mais j'essaie juste de comprendre comment vous vous y êtes prise.

— C'est de la magie. Vous n'êtes pas supposé regarder d'aussi près, sinon le charme n'opérera plus.

Le problème, c'est que j'adore qu'il me touche, songea-t-elle. Je commence sérieusement à m'y habituer. Et j'ai bien peur qu'avant peu, je ne puisse plus m'en passer...

Elle posa une main sur son torse. Mais pas pour le repousser. Elle laissa ses doigts sur sa cravate, comme s'ils se trouvaient au milieu d'un désert et qu'il n'y avait personne pour les regarder. Ce qui n'était pas vraiment le cas. La maison était remplie d'invités. Sans parler de la famille du capitaine. Et de cette soubrette, un plateau à la main, qui les lorgnait du coin de l'œil.

Le colonel Reams était arrivé. Elle voyait sa silhouette se refléter dans le grand miroir du salon. Son uniforme apportait une touche de couleur vive – du rouge – au milieu de tous ces costumes noirs et de ces robes pâles. Dans quelques minutes, elle le rejoindrait pour lui débiter ses mensonges.

— Je crois que je vais aller goûter une pâtisserie, dit-elle, sachant qu'Eunice avait prévu un buffet dans la salle à manger. Si j'attends trop, il ne restera plus que des légumes crus.

— Je vous recommande les tartelettes aux abricots, murmura-t-il, laissant courir ses doigts le long de son bras, ce qui eut pour effet de la distraire de toute autre pensée.

C'était pervers de sa part.

Je n'ai pas le temps pour cela. Je dois aller duper le colonel.

Elle avait beau diriger une entreprise de négoce, elle détestait conclure un marché de mauvaise foi. C'était pourtant ce qu'elle s'apprêtait à faire avec Reams. Et elle ne trouvait aucune consolation de savoir que c'était un fieffé gredin, qui lui-même n'hésiterait pas à la tromper.

Trois hommes, accompagnés d'une femme toute menue, sortirent du salon en parlant de la Grèce ancienne. Puis Claudia surgit de nulle part.

— Ah, te voilà, Sebastian ! s'exclama-t-elle. On te réclame. Je crois que les armures ont été montées de travers, et Coyning-Marsh est au bord de la crise de nerfs. Eunice voudrait que tu arrondisses les angles.

— Je n'y connais strictement rien en armures.

— Mais tu sais démêler les situations tendues. D'autre part, je voudrais parler à Jess.

Il sourit.

— Très bien, j'y vais. Quant à vous…

Devant Claudia, il posa un doigt sur la joue de Jess, là où elle avait eu son bleu.

— Faites attention à vous, conclut-il. Je vous rejoindrai plus tard.

Et il s'éloigna là-dessus.

— Mon cousin a toujours aimé se donner en spectacle, commenta Claudia. Ce que vous ne pouvez pas vous permettre. Je ne saurais trop vous suggérer de vous montrer discrète en public.

Même face à Claudia, Jess était obligée de lever les yeux. Tous ces Ashton étaient des géants.

— Figurez-vous que je suis de votre avis. Je suis sûre que nous nous trouverions d'autres points communs, si nous parlions plus souvent ensemble.

— Mon frère m'a raconté vous avoir surprise dans le couloir, cette nuit, devant la porte de Sebastian. Ce n'était pas raisonnable.

— Je suis là aussi d'accord avec vous. Si nous allions dévorer quelques petits-fours avant que les invités ne se jettent dessus ? Je n'ai pas eu le temps de déjeuner, et ma journée a été épuisante. Je…

— Vous êtes parfaitement déplacée dans cette maison, mademoiselle Whitby. Et je vous demanderais volontiers de partir, mais je doute que vous m'écoutiez. Vous avez l'arrogance des parvenus. C'est regrettable.

C'était probablement ce qu'on appelait une « menace à peine voilée ». Claudia devait être experte en menaces à peine voilées.

— Là, je ne suis plus d'accord, voyez-vous. Notamment, pour ce qui est de me juger déplacée dans ce décor. Au contraire, je m'y sens comme un poisson dans l'eau.

Un autre groupe d'historiens traversait le hall en direction de la salle à manger. Un homme pauvrement vêtu, à l'accent germanique, entouré de deux dandys tout droit sortis de Brook Street. Ils parlaient d'éviscération. Drôle de sujet de conversation…

Jess se concentra sur Claudia.

— Vos perles sont un peu voyantes, ne put s'empêcher de dire celle-ci, uniquement par goût de la critique. Et pour ce qui est de votre robe…

Jess pinça le tissu de ses jupes.

— Le tissu s'appelle « couleur d'aube ». Il vient de chez les frères De Mile, à Lyon. Nous conservons quelques rouleaux de leur précieuse soie dans notre entrepôt, mais uniquement pour des clientes triées sur le volet. Vous devriez venir voir. Recommandez-vous de ma part aux employés, et demandez-leur de vous montrer le rouleau couleur bronze.

Une brune comme Claudia, avec des cheveux d'un noir d'ébène, n'aurait jamais dû porter une robe bleu foncé comme ce soir.

— Vous avez gardé votre âme de petite commerçante, ironisa Claudia. Comme c'est touchant.

La porte d'entrée s'était ouverte pendant qu'elles parlaient. D'autres amateurs d'histoire arrivaient. Trois femmes, à la mine un peu grise, suivies d'un homme venu seul. En le voyant traverser le hall, Jess le reconnut.

La seconde d'après, il était devant elle. Claudia s'écarta.

— Sebastian est dans le salon, dit-elle au nouveau venu. Je vais vous conduire à lui.

Comme il ne réagissait pas, elle ajouta :

— Peut-être devrais-je vous présenter…

— Bonsoir, Jess.

Claudia haussa les sourcils.

— Vous connaissez Mlle Whitby ? Oui, bien sûr. Je suppose que dans votre métier, vous êtes amené à rencontrer toutes sortes de gens et…

— Laissez-nous, la coupa Adrian Hawkhurst.

La rudesse de son ton réduisit Claudia au silence. Elle tourna les talons.

Elle avait beau savoir ce qu'il avait fait, Jess sentit son cœur s'alléger. Il va tout arranger, se dit-elle.

Son costume, cependant, la déroutait. À Saint-Pétersbourg, où elle l'avait connu alors qu'il officiait comme majordome de leur demeure, elle s'était convaincue qu'il était l'incarnation parfaite de l'élégance anglaise. Adrian avait toujours porté de beaux vêtements. Mais là... il était habillé à la dernière mode. Serait-il devenu snob ?

— Bonsoir, lui dit Jess.

Il ôta son chapeau et inclina la tête.

— Receviez-vous mes lettres ? lui demanda-t-elle.

— Oui. Je les ai même gardées. J'étais resté en contact avec Josiah, mais je pensais qu'il était préférable de te laisser tranquille.

Il se comportait toujours comme s'il était l'ami de son père. Il avait envoyé ses sbires l'arrêter à son bureau, et il le gardait prisonnier à Meeks Street, mais il s'exprimait comme si rien n'avait changé dans leur amitié. C'était à pleurer. Elle se laissa tomber sur une marche, et noua les bras autour de ses genoux.

Hurst s'assit à côté d'elle.

— Vous souvenez-vous ? dit-elle. À Saint-Pétersbourg, nous avions l'habitude de nous asseoir ainsi dans le grand escalier de marbre.

— Oui, je me souviens, acquiesça-t-il, posant son chapeau sur ses genoux.

— Vous vous moquiez de ma façon abrupte de parler. Vous disiez que ce n'était pas digne d'une lady. J'en rajoutais, pour vous faire enrager.

— Oui.

— Papa partait à une réception, avec l'une de ses maîtresses, et nous nous installions sur les marches pour parler de bals. Puis nous allions dans la cuisine, et Babushka nous servait des blinis arrosés de miel. Voilà une éternité que je n'en ai plus mangé.

— Il y a un endroit, à Soho, où on peut en trouver.

Elle croisa les mains dans son giron.

— C'est vrai ?

Et après un silence, elle reprit :

— Nous restions un bon moment dans la cuisine, à boire du thé et à jouer aux échecs. C'est vous qui m'avez appris les échecs. Papa n'avait pas eu la patience.

— Je voulais t'apprendre un jeu où tu ne pouvais pas tricher.

Hurst la connaissait mieux que quiconque. Il savait combien cela lui avait coûté, de jouer à la jeune fille respectable. Jess pouvait tout lui dire, il comprenait tout. Quand son père s'absentait pour ses voyages, elle était heureuse de pouvoir compter sur sa présence.

— Vous me laissiez gagner, ou j'étais vraiment forte ?

— Je te laissais gagner.

Jess eut soudain l'impression d'avoir affaire à deux hommes qui se combattaient l'un l'autre. Hurst, le majordome de la maison et son ami de toujours. Et Adrian Hawkhurst, l'espion. Elle accordait toute sa confiance à Hurst, mais celui-ci existait-il réellement ?

— Vous souvenez-vous de la fois où vous m'avez surprise à boire du brandy dans le bureau de papa ? Vous avez emporté la bouteille dans le salon, et vous m'avez autorisée à la finir. Je me suis assise sur vos genoux et je vous ai déclaré ma flamme. Et ensuite… j'ai vomi !

— Je m'en souviens, dit-il, tournant son chapeau dans ses mains. Tu ne le sais pas, mais tu es la seule femme à m'avoir jamais dit qu'elle m'aimait.

— Vous m'avez dit ce soir-là que vous aimiez une Française. Mais c'était sans doute un mensonge…

Après tout, quand la vie de quelqu'un est à ce point tissée de mensonges, comment se fier à ce qu'il vous raconte ?

Mais Jess avait toujours eu la faiblesse de croire Hurst.

— Je ne peux plus boire de brandy, depuis ce fameux soir. Je peux juger de la qualité d'une cargaison et l'acheter, mais je ne peux plus en boire une goutte.

— Je sais.

— Je suppose qu'il n'y a pas grand-chose que vous ignoriez de moi, n'est-ce pas ? murmura-t-elle, une boule dans la gorge. Papa ne m'avait pas confié que vous travailliez pour les Anglais. Sauf à la fin. Je ne m'en étais pas doutée un seul instant.

— Tu étais très jeune, à l'époque. Je dirigeais l'antenne russe des services secrets britanniques depuis votre cuisine. Il n'était pas rare que des espions se croisent dans votre entrée. Tu as quelque chose dans l'œil, on dirait.

Et il lui tendit un mouchoir.

C'était le même genre de mouchoir qu'autrefois. Hurst les achetait dans une boutique de Jermyn Street. Un modèle simple, mais parfaitement cousu, avec un galon plus large que l'ordinaire. Jess le pressa contre ses yeux pour s'empêcher de pleurer.

— Pour ce qui est du dernier jour… murmura-t-il, Josiah n'était pas censé recevoir une balle. D'ailleurs, rien de ce qui s'est passé ce jour-là n'était supposé arriver.

— Sauf que c'est arrivé, répliqua Jess, repliant soigneusement le mouchoir. À quel moment le Foreign Office a-t-il commencé de convoiter nos comptoirs en

Orient ? L'année dernière, n'est-ce pas ? C'est eux qui vous ont envoyé arrêter papa.

— Jessie...

— Ils avaient besoin de le détruire. Alors, ils ont trouvé quelqu'un pour falsifier nos comptes.

Il ne réagissait pas.

— Vous ne devez pas être un si bon espion que cela, puisqu'il vous a fallu un an pour faire tomber mon père. En revanche, vous étiez un excellent majordome.

Elle se releva, et lui jeta son mouchoir à la figure.

— Vous n'êtes qu'un salaud.

Et elle s'enfuit vers la salle à manger.

Mais l'avoir insulté ne l'aida pas à se sentir mieux.

20

Sebastian, à moitié embusqué derrière une armure, observait les invités depuis la porte du grand salon. Il était l'hôte de cette soirée, et il ne tenait pas à ce qu'elle tourne au désastre.

— Jess est assise sur les marches, vint le prévenir Claudia. Comme une bohémienne.

Mais Sebastian avait bien sûr repéré Jess et Adrian.

— Laisse-les parler ensemble, dit-il.

— Cela m'étonne d'Adrian. Pour justifier un tel tête-à-tête, il faut qu'ils aient eu une histoire ensemble.

— Ne t'en mêle pas.

— Ton meilleur ami, et ta petite protégée. Si tu tiens à elle, tu ferais mieux de les surveiller. Tu préfères vraiment que je n'intervienne pas ?

— Je veux que tu les laisses tranquilles, insista Sebastian.

Claudia avait la langue trop bien pendue – pour ne pas dire une langue de vipère. Mais il n'oubliait pas que, quelques années plus tôt, c'était elle qui avait appris à un gamin repêché sur les quais à se servir d'un couteau et d'une fourchette.

Quentin s'extirpa d'une discussion avec deux employés du ministère de la Guerre pour les rejoindre. Il marchait lentement, les mains croisées dans le dos.

— Je n'aime pas cela, dit-il. Que fait Adrian avec Mlle Whitby ? Elle est bouleversée, de toute évidence. Or, tant que Mlle Whitby loge sous notre toit, nous nous devons de la protéger.

— Je crois que Mlle Whitby sait se défendre, commenta Claudia, voyant que Jess se levait. Je n'ai jamais vu Adrian vexé comme cela.

— Au fait, que savons-nous de ce Hawkhurst ? Certes, il est de tes amis, Sebastian. Et il est reçu partout. Mais qui connaît sa famille ? D'ailleurs, a-t-il seulement de la famille ?

— On raconte qu'il serait un bâtard des Romanov. Jess l'a peut-être rencontré en Russie, suggéra Claudia. Regardez ! Elle le quitte en larmes. Je crois que je vais lui proposer un peu de réconfort féminin.

— Je ne te le conseille pas, la mit en garde Sebastian, qui craignait que Jess ne soit pas d'humeur à supporter Claudia.

— Nous verrons bien, répliqua celle-ci, et elle les quitta.

— J'irai lui parler, moi aussi, décida Quentin en jouant avec sa montre de gousset. Hawkhurst est typiquement le genre de gredin à vouloir faire son gibier d'une fille comme elle. Et j'ai peur que Jess ne soit pas capable de le percer à jour.

Il remit sa montre en place, sans même lui avoir jeté un regard, avant d'ajouter :

— J'ai entendu des choses au sujet de cet Adrian, vois-tu. Si j'étais toi, Sebastian, je ne lui ferais pas confiance. Mais bon, je sais que tu ne m'écouteras pas.

Sur ces mots, il partit en direction de la salle à manger.

Encore un Ashton qui suivait Jess à la trace, pour la harceler !

Les invités continuaient d'arriver, et le salon était désormais presque plein. Coyning-Marsh, Standish et trois professeurs d'Oxford examinaient un gant en mailles métalliques, qu'ils se passaient tour à tour avec force commentaires enthousiastes.

— Cela faisait longtemps que la maison n'avait pas été aussi animée, se félicita Eunice qui avait rejoint Adrian.

Si elle avait remarqué qu'il était un peu pâle, elle s'abstint de tout commentaire. En revanche, elle ajouta :

— Merci d'avoir eu assez de bon sens pour me confier Jess, Adrian. Quelle mouche vous a piqué d'arrêter son père ?

— Nous avions de bonnes raisons de l'arrêter. C'est d'ailleurs votre neveu qui m'a fourni les preuves les plus convaincantes. Et les renseignements militaires s'apprêtaient à lui tomber dessus. Je n'avais pas le choix. Mais si ça peut vous rassurer, je n'en ai tiré aucun plaisir.

— Je suppose qu'il ne vous est pas possible de le relâcher ?

— Non.

Sebastian se tenait près de la porte du salon, les bras croisés, à observer Jess. Un peu plus loin, Quentin donnait un cours d'héraldique à une ravissante jeune femme. Jess s'était postée devant une fenêtre, le regard tourné vers l'extérieur. Son attitude semblait distante.

— Croyez-vous que Josiah Whitby sera pendu ? s'enquit Eunice. J'avoue que je doute fort de sa culpabilité.

— Dans ce pays, nous pendons tous les jours des innocents, fit valoir Adrian avec une grimace désabusée. Pour l'instant, je m'efforce surtout de ne pas être obligé d'arrêter aussi sa fille. Heureusement pour moi, le ministère de la Guerre refuse de croire que c'est elle qui dirige la Whitby en l'absence de son père.

— Je vois.

Adrian saisit un verre de punch sur le plateau que portait une soubrette.

— Je ne sais pas pourquoi j'ai pris ce verre, dit-il, amusé. Les boissons, chez vous, sont généralement exécrables. Sans doute suis-je l'esclave de ma curiosité.

Et, contemplant son verre, il révéla :

— J'ai les renseignements militaires sur le dos, Eunice. C'est une course contre la montre.

— Je ne pense pas que vous connaissiez beaucoup l'échec.

— Non.

— Alors, vous réussirez encore cette fois. Vous êtes compétent dans votre partie. Si le pire devait arriver, comment comptez-vous la faire sortir d'Angleterre ?

Adrian but une gorgée de punch avant de répondre.

— Avec l'aide de Sebastian. Le *Flighty Dancer* est prêt à lever l'ancre. Si un imbécile du ministère de la Guerre décidait de faire arrêter Jess, j'aurais à peu près une heure pour réagir. C'est suffisant. D'autant que je ne pense pas que Sebastian songe à musarder.

Un fracas métallique – qui faisait irrésistiblement penser à une armure qui s'écroule – résonna depuis le hall, provoquant un murmure consterné. Aussitôt, Coyning-Marsh et les trois professeurs d'Oxford se précipitèrent.

— Mais il y a le problème du colonel Reams, précisa Adrian.

Il y avait plusieurs militaires dans la pièce, tous en uniforme, mais un seul colonel. Reams semblait parfaitement dans son élément à côté des armures médiévales. Elles étaient à son image : massives, brutales, totalement dépourvues de finesse.

Il s'était approché dans le dos de Jess et attendit, sans rien dire, jusqu'à ce qu'elle sente sa présence et se retourne. S'il réussit à la surprendre, elle n'en montra rien, se contentant de le saluer d'un hochement de tête.

— Je crois qu'il serait préférable de la faire sortir d'Angleterre dès maintenant, suggéra Eunice. Elle ne devrait pas être obligée d'affronter toute seule quelqu'un comme le colonel Reams.

— Elle n'est pas seule. Elle peut compter sur vous. Sur Sebastian. Sur moi. Et de plus en plus d'agents des services secrets ne songent qu'à la protéger.

— Pourquoi la gardez-vous en Angleterre, Adrian ? Si vous complotez d'utiliser cette ravissante enfant contre son père...

— Au contraire. Je veux me servir d'elle pour aider Josiah Whitby. Mais bien sûr, elle n'en croira jamais rien. Et pour autant que je sache, cette « ravissante enfant » a tué trois hommes – dont l'un alors qu'elle n'avait pas dix ans. Elle peut parfaitement se dépêtrer de Reams.

Le colonel posa une main sur le bras de Jess et lui désigna la direction du hall. La jeune femme secoua la tête avec énergie. Le colonel se pencha alors pour lui murmurer quelques mots à l'oreille.

Sebastian ne perdait rien de la scène, et son expression devenait plus menaçante à chaque seconde.

— Le colonel doit essayer de la faire chanter, supputa Eunice avec une grimace de dégoût. Ou il essaie de monnayer ses services. Reams pourrait-il obtenir la libération de son père ?

— Non. J'espère que Sebastian ne va pas le tuer au beau milieu de cette réception. Il y a des arrière-cours ou des ruelles sordides pour cela.

— Et si Reams était venu l'arrêter ? s'alarma soudain Eunice, avant de se rassurer elle-même : Non. Pas devant Bittern.

À l'autre bout du salon, le deuxième secrétaire du Foreign Office, lord Bittern, observait lui aussi Reams, un verre à la main.

— Quoi qu'il en soit, reprit Eunice, il serait mieux pour tout le monde que vous démasquiez le traître rapidement. Je ne voudrais pas que Jess se retrouve mariée de force à quelque potentat du Foreign Office. Et Sebastian serait obligé de s'exiler s'il tuait quelqu'un d'important.

Adrian, qui ne quittait pas Reams des yeux, hocha la tête.

— Je crois que je vais m'en mêler, avant que Sebastian ne commette l'irréparable. Je me demande si cette entrevue avec Reams n'était pas préméditée. C'est très astucieux. Il n'y a pas de conversation plus privée que celle qui se tient au milieu d'une foule. Sans doute une idée de Jess.

— En tout cas, elle n'a pas été surprise de voir le colonel ici.

— Le monde de l'espionnage a perdu une pièce maîtresse lorsque vous avez décidé de vous consacrer aux bonnes œuvres, Eunice… Ainsi donc, Jess a trouvé le moyen de s'entretenir discrètement avec Reams. Et que peut-il bien lui dire ? Savez-vous lire sur les lèvres ? Non ? Il faut beaucoup s'entraîner, mais je crois que je ne suis pas mauvais à ce petit jeu. Tiens, en ce moment par exemple, il lui dit : « Ce ne sera pas très compliqué. » Je me demande bien de quoi il veut parler. Et il ajoute… Ah, zut !

Des invités passèrent devant Adrian, lui bouchant momentanément la vue.

— Dépêchez-vous de dégager, braves gens, marmonna-t-il. Ah, ça y est. Reams dit : « … influence, pour faire libérer votre père ». Je peux aisément deviner ce que ça signifie. Et aussi : « Il suffira d'une licence spéciale… » Ah, là, ça ne me plaît plus du tout. Une licence spéciale ? Comploterait-il un mariage ? Je ne veux pas croire que Jess accepterait un projet aussi stupide.

— Je vais prévenir Sebastian, décida Eunice.

— Il n'y a pas de raison de se presser, fit valoir Jess, qui tenait cette leçon de son père : la précipitation était toujours mauvaise conseillère. Nous pouvons remettre cela à un autre jour, ajouta-t-elle.

— J'ai déjà pris toutes les dispositions, insista Reams, qui s'obligeait à parler bas pour ne pas attirer l'attention sur eux. Le révérend attend notre visite demain matin à la première heure. Tout est arrangé. J'aurai des amis sur place.

Vos amis seront là pour me forcer la main si je me montre récalcitrante, devina Jess.

— Je ne voudrais pas être déçue, lui opposa-t-elle, appliquant là une autre leçon qu'elle avait reçue, celle-ci d'Adrian : quand les deux parties mentent, il faut toujours laisser l'adversaire mentir davantage.

Hurst lui avait appris beaucoup de choses : comment plier un mouchoir, comment tirer au pistolet...

Il l'observait. Ainsi que Sebastian. Savoir qu'ils étaient là lui procurait un sentiment de sécurité. Ce qui ne manquait pas d'une certaine ironie.

— Oseriez-vous douter de ma parole ? fit Reams qui était devenu tout rouge, et qui bougeait les pieds comme s'il voulait écraser quelque chose avec ses bottes. Vous aurez la liste quand nous serons mariés.

— Je veux pouvoir y jeter un coup d'œil dès ce soir.

Les veines du cou du colonel palpitaient.

— Je vous donne ma parole d'officier et de gentleman que vous aurez cette foutue liste. Ne me provoquez pas.

Son langage, en tout cas, n'était guère celui d'un gentleman.

— Le mariage n'est pas un acte anodin, milord. C'est un contrat. J'ai besoin de savoir que vous honorerez votre partie du contrat.

— Vous tenez donc absolument à voir cette liste ? Très bien. Alors, vous allez la voir. Dites-moi une date, et je vous montrerai ce qui s'y rapporte.

Il avait la fameuse liste sur lui ! Il avait tout prévu, au cas où il ne réussirait pas à l'intimider.

— Montrez-moi le 4 mai de l'année dernière.

Il sortit une liasse de papiers de sa poche, et les consulta.

— Vous ne devriez pas connaître cette date. Le seul fait de la mentionner prouve votre implication.

Ses lèvres se retroussèrent, découvrant des dents jaunies, dans une grimace qui n'était pas vraiment un sourire, et il précisa :

— Vous avez de la chance que je ne veuille pas employer la manière forte.

Il bluffait, bien sûr. S'il avait pu porter la main sur elle, il n'aurait pas hésité. Mais les hommes qui bluffaient étaient les plus faciles à manipuler.

— Je ne devrais pas vous montrer cela, dit-il encore.

Le père de Jess lui avait appris à esquisser le mouvement de partir, lorsqu'elle traitait une affaire qui s'éternisait. En général, cela accélérait les choses.

Elle détourna le regard et serra son réticule dans ses mains.

— Voilà ! lâcha-t-il, lui brandissant la liste sous le nez.

Mais il l'éloigna avant qu'elle ait eu le temps de la lire.

Elle attendit, sans émettre le moindre commentaire, qu'il se décide à produire de nouveau la liste, et qu'elle puisse cette fois la déchiffrer. Ce qu'il finit par faire.

C'était bien le papier qu'elle cherchait : il recensait tous les documents secrets dérobés à la date indiquée. Et comme le colonel n'avait aucun moyen de deviner quelle date elle lui réclamerait, il ne pouvait pas s'agir d'un faux.

— Merci, dit-elle.

Mais elle préféra ne pas le regarder dans les yeux, de peur qu'il ne perce ses intentions.

— Je vous la donnerai demain. Ce sera mon premier cadeau de mariage.

Il mentait encore. Mais cela n'avait plus aucune importance. Jess lui déroberait cette liste, tout à l'heure chez lui, pendant qu'il dormirait. Le Seigneur avait été bien intentionné d'inventer les fenêtres. Car ainsi, les voleurs pouvaient plus facilement s'introduire dans les maisons.

— D'accord pour demain, répondit-elle.

Et c'était là aussi un mensonge.

— Il est toujours édifiant de regarder des amateurs à l'œuvre, commenta Adrian. Je parierais que ces papiers contiennent la liste des documents volés. Jess voulait cette liste, et elle a tout simplement demandé à Reams de la lui apporter. Aucun professionnel ne se serait risqué à une requête aussi directe !

Sebastian n'avait pas quitté la jeune femme des yeux. Il était admiratif.

— Elle est dans le commerce, ne l'oublie pas. Et elle est très forte pour négocier. Elle a dû discuter pied à pied avec Reams.

— Mais l'expression « licence spéciale » a été employée, rappela Adrian.

— Cela m'étonnerait que Jess aille jusqu'à se vendre pour obtenir cette liste.

Cependant, Sebastian n'était sûr de rien. Jess avait prouvé qu'elle était capable de se jeter dans une aventure sans se soucier de sa sécurité. Elle avait une notion toute personnelle de ce qui pouvait être considéré comme raisonnable.

— Si Reams met la main sur l'héritière Whitby, Josiah Whitby ne passera pas l'été, dit-il. Il faut qu'elle le sache.

— Ma Jess n'est pas idiote.

Sebastian se retint de répliquer vertement. Elle n'était pas *sa* Jess.

Reams était trapu et corpulent. La jeune femme paraissait toute délicate, face à lui. Mais cette impression ne rendait pas compte de la réalité. Jess était forgée dans l'acier le plus résistant.

Le colonel finit par replier la liste, qu'il rangea dans une poche de sa veste d'uniforme. Il était facile de deviner ce que Jess complotait.

— Il est trop tard pour que Reams rapporte la liste à son bureau. Il va l'emmener chez lui. Et elle viendra la lui voler cette nuit.

C'était un plan astucieux. Avec de bonnes chances de réussite. Mais elle risquerait encore de se rompre le cou.

— Je parie qu'il loge dans un grand immeuble ?

— Non, dans une petite maison sur South Audley Street. Mais le danger sera le même : deux étages, et un toit très pentu. J'ai déjà repéré les lieux.

— Alors, nous devrons nous emparer de la liste les premiers.

— Oui, avant qu'elle mette son projet à exécution, acquiesça Adrian. Excellente idée. Nous allons déjouer son plan par un autre de notre confection. Tiens, prends cela, ajouta-t-il, tendant son verre de punch à Sebastian. Nous savons maintenant que la liste est dans la poche de Reams. Nous allons nous séparer. Tu vas t'approcher de lui et tu renverseras – par pure maladresse, bien entendu ! – ce verre de punch sur son uniforme.

— Avec grand plaisir. J'attendrai ton signal pour procéder. Arriveras-tu par la droite ou par la gauche ?

— Par la gauche. Si tu peux trouver le moyen d'en renverser aussi un peu sur moi…

— Aucun problème.

Cinq, une coupe à la main, se déplaçait d'un groupe à l'autre, lâchant un mot aimable par-ci, corrigeant une erreur d'appréciation par-là. Il était surprenant de voir combien ces prétendus spécialistes connaissaient mal leur sujet.

La fille de l'armateur arborait à son cou une petite fortune en perles. Cette opulence était aussi pathétique que ridicule. Les parvenus se trahissaient toujours. Des porcs vêtus de soie : voilà ce qu'ils étaient. Rien d'autre ne les intéressait que l'argent, et c'était bien pour cela qu'ils étaient les pires ennemis de la Révolution. Les vrais défenseurs des pauvres se recrutaient toujours dans les classes dominantes.

J'ai des hommes prêts à la kidnapper, songea-t-il. Et une femme, dans cette maison, qui la surveille. Le bateau est prêt à lever l'ancre. Nous pouvons passer à l'action à tout moment. En moins d'une heure, elle se retrouvera embarquée pour la France.

Elle toisait avec dédain le colonel Reams – un homme qui aurait pu être son père ! Cette fille avait beau porter des perles inestimables à son cou, sa place n'était pas ici.

Mais elle apprendra à se montrer plus humble quand elle sera sous ma coupe. Et une fois son père pendu, celui qui possédera Jess possédera aussi sa fortune. Elle sera ma contribution à la Cause.

Sebastian traversait le salon, d'un air d'autorité, comme s'il se croyait toujours à bord d'un vaisseau dont il serait le capitaine. Le pire, c'est que tout le monde le prenait pour un chef. Les hommes essayaient d'attirer son attention au passage, pour quémander son avis sur telle ou telle question, mais il les ignorait superbement. Apparemment, il voulait récupérer sa petite protégée. Sans doute n'avait-il pas confiance dans le colonel.

Sebastian n'en aurait plus pour longtemps à commander. Dès que Napoléon marcherait sur Londres avec sa grande armée, ce bâtard perdrait tout.

À commencer par Kennett House – de son vrai nom Ashton House – que Cinq s'adjugerait en récompense de ses services.

— Je comptais la lui voler cette nuit, à son domicile, murmurait Jess en étudiant la liste.

Les noms, les dates... tout était indiqué. Et Hurst la lui offrait sur un plateau.

— Vous l'avez volée pour moi...

— Sebastian m'a aidé, précisa Adrian. Si tu permets... ajouta-t-il, lui reprenant la liste. C'est trop dangereux que tu la gardes sur toi pour l'instant. Je vais m'en charger. Mais tu pourras la revoir dès que tu en exprimeras le désir.

— Que va faire Reams quand il s'apercevra qu'il ne l'a plus ? demanda Sebastian.

— Il s'en est peut-être déjà aperçu, répliqua Adrian. J'aimerais bien voir sa tête !

— Soupçonnera-t-il Jess ?

— C'est probable. Il soupçonnera Jess qui, pour une fois, est innocente. Mais il me soupçonnera aussi. Et toi également. Ou même Standish. Mais il ne pourra accuser personne nommément. Pour une raison simple : cette liste n'aurait jamais dû quitter son bureau. Il a commis une faute en l'apportant ici ce soir.

Ils souriaient tous les deux, comme deux garçons contents de la mauvaise plaisanterie qu'ils venaient de faire. Et ils en avaient parfaitement le droit. Grâce à eux, Jess n'aurait pas à crapahuter sur les toits cette nuit.

Cependant, le plus dur restait à faire.

— Ne croyez pas que cela suffise pour que je vous pardonne, dit-elle à Adrian.

21

Spitalfields

Il existait diverses manières d'approcher Lazare. S'il ne vous avait pas fait appeler, le mieux, pour votre sécurité, était d'arriver seul, et à pied. Jess le savait. Heureusement, car c'était la première fois qu'elle venait le voir sans y avoir été invitée.

Elle avait quitté l'entrepôt Whitby dans une caisse vide – afin de berner les espions à ses trousses. Puis elle avait pris un fiacre jusqu'à Quaker Street. Ensuite, elle avait continué à pied.

Ces derniers temps, Lazare habitait Spitalfields[1]. Mais elle n'aurait pas su dire où exactement. Elle croisa un vendeur de pommes, qui ignorait le signe de reconnaissance. En revanche, elle eut plus de chance avec un mendiant soi-disant aveugle. Quand elle lui dit « Je cherche l'Homme mort » en formant un « L » avec son pouce et son index, il lui répondit « Bell Lane ». C'était tout près.

Spitalfields était toujours animé par une foule bigarrée de curieux et de marchands ambulants – Juifs,

1. Quartier de l'Est londonien, célèbre pour son grand marché couvert (*N.d.T.*).

Irlandais, Allemands, Italiens... – qui parlaient à peu près toutes les langues de la Terre. Jess portait à dessein des vêtements sombres, pour mieux se fondre dans la multitude. Et elle n'arborait aucun bijou – sinon le pendentif de sa mère. Personne n'aurait pu se douter qu'elle transportait dans sa poche une fortune en rubis.

Pour être honnête, elle n'était pas rassurée à l'idée de revoir Lazare. Mais il détenait la dernière pièce du puzzle, et elle n'avait pas d'autre choix que de l'interroger.

Elle dépassa une petite église, et tourna dans la rue à droite. Des arbres ornaient le jardin entourant l'église. Peut-être des chênes, mais elle n'aurait pu le jurer : il existait autant de différence entre les feuilles des arbres qu'entre les sortes de soies. Et si elle s'y connaissait en soies, elle devait avouer son ignorance pour ce qui était des arbres.

Son père l'avait gardée pendant des années hors d'Angleterre, pour que Lazare ne puisse pas remettre la main sur elle. Et encore aujourd'hui, Josiah continuait de payer Lazare – mais elle ignorait combien – pour qu'il la laisse tranquille. Et voilà qu'elle s'apprêtait à se jeter dans la gueule du loup...

Elle entendit des pas dans son dos. Elle était déjà repérée.

— Alors, comme ça, on veut voir l'Homme mort ? lui demanda une voix.

Jess se retourna. L'émissaire de Lazare ne devait pas avoir plus de douze ans. Il portait des vêtements trop grands pour sa taille, et il affichait une tête d'enfant de chœur. Mais son regard avait perdu toute trace d'innocence.

Elle refit le signe.

— L'Homme mort ne reçoit pas tous ceux qui demandent à le voir, lança le gamin d'une voix sarcastique.

Jess fit l'autre signe, le plus secret, qui consistait à croiser sa ligne de vie, sur sa paume gauche, avec l'index de sa main droite. Puis elle lui montra la petite scarification sur son pouce, en forme de « L ».

Le gamin ne parut pas impressionné pour autant.

— Je ne vous connais pas.

— Dis-lui que Jess Whitby souhaiterait le voir.

— Waouh ! Jess, la Main d'or !

Il partit en courant. Jess décida qu'elle devait cesser de s'inquiéter. Elle avait pénétré dans le territoire de Lazare : à partir de là, soit elle se trouvait sous sa protection, soit elle était son gibier de choix. Quoi qu'il en soit, cela la rendait intouchable. Quelqu'un viendrait bientôt la chercher pour la conduire au maître des lieux.

De toute façon, elle était certaine que Lazare ne la tuerait pas. Enfin, presque certaine…

Ce fut le gamin qui revint à sa rencontre.

— Par là, dit-il, l'entraînant dans une rue, puis dans une autre.

Les grandes maisons qui les bordaient avaient été cossues, autrefois. Aujourd'hui, elles étaient divisées en petits appartements minables, où des familles entières s'entassaient. Avant qu'elle ne rencontre Lazare, Jess avait connu elle aussi cette existence misérable, avec sa mère.

Deux solides gaillards étaient assis sur le perron de la plus grande maison, et jouaient aux dés en profitant des rayons du soleil. Jess les reconnut au premier coup d'œil. Deux brutes, qui la laissèrent gravir le perron sans poser de question.

Dans le salon, des tapis persans recouvraient la totalité du parquet. Les lampes, allumées, formaient des halos lumineux dans un brouillard de fumée de tabac. Une poignée d'hommes, de femmes et d'enfants étaient assoupis dans un coin, au milieu des reliefs d'un repas bien arrosé.

C'était là que Lazare tenait sa cour. Le butin de la nuit précédente – vaisselle en argent, chandeliers, montres, fourrures, bijoux… – était empilé sur une table, dans l'attente d'être réparti.

Cela faisait plus de trois siècles que Londres possédait son Lazare. Quand le vieux mourait, un autre prenait sa succession. Lazare était le prince des voleurs. Il régnait sur le Londres interlope. À huit ans, Jess lui avait vendu son âme.

Lazare l'avait vue entrer, bien sûr, même s'il ne regardait pas dans sa direction. Il était assis dans un grand fauteuil, et s'entretenait avec deux de ses sbires. Il avait dépassé la cinquantaine, à présent, mais ne le paraissait pas. Son accoutrement était simple – pantalon, chemise et veste de cuir –, pareil aux tenues des ouvriers.

Un gamin était assis en tailleur à ses pieds. Une jeune femme enceinte occupait le canapé, derrière, ses mains croisées sur son gros ventre. Black John se tenait juste à côté de Lazare, mais légèrement en retrait. Il était toujours aussi intimidant. Autrefois, Jess le considérait comme un allié. Mais c'était autrefois…

Son jeune guide s'était évaporé. Elle avança seule dans la pièce. Lazare n'avait toujours pas tourné les yeux vers elle.

Bon. Mais, après tout, s'attendait-elle à un accueil plus chaleureux ? Elle s'arma de courage, traversa la pièce et ne s'arrêta qu'à un mètre du fauteuil de Lazare.

Et là, très naturellement, elle s'agenouilla.

Sebastian, assis cavalièrement sur le dossier du canapé rouge, triturait sa montre. Il était obligé d'occuper ses mains, sinon il aurait giflé Horace Buchanan, employé aux écritures chez les Whitby et indicateur des services secrets britanniques.

— ... Je lui ai apporté des papiers à signer, mais elle m'a demandé de ressortir en laissant les papiers sur son bureau. Elle écrivait une lettre... et de toute évidence, elle ne voulait pas que je puisse voir de quoi il s'agissait.

— Vous n'avez donc pas pu lire ce qu'il y avait dessus ? demanda Adrian.

— Non, puisqu'elle m'a pratiquement poussé hors de son bureau, en me demandant d'aller porter un pli à MacLeish.

Buchanan était un homme dans la trentaine, vêtu avec une extrême élégance. Il s'offrait ces vêtements de prix en espionnant les Whitby.

Sebastian n'avait jamais fait confiance aux employés qui s'habillaient au-dessus de leur condition.

Doyle, présent également, se tenait devant la fenêtre et regardait Meeks Street.

— Quand je suis revenu à mon bureau, après un long moment – car bien sûr j'ai cherché MacLeish dans tout l'entrepôt, comme d'habitude –, Pitney était avec elle, poursuivit Buchanan. Il se faisait du thé. C'est l'un des rares à pouvoir pénétrer dans son bureau à toute heure. Au début, ils avaient l'air de parler calmement. Puis j'ai senti que le ton montait. À la fin, Pitney criait, et j'ai pu l'entendre lui dire : « Josiah te l'interdirait formellement. »

— Je me demande bien de quoi il était question, murmura Adrian.

— Je n'en sais rien, avoua Buchanan. Mais Pitney faisait la tête, après ça. Ce n'est pas normal, pour un homme, de recevoir des ordres d'une femme. Je ne comprends pas comment MacLeish et Pitney peuvent le supporter.

Sebastian rongeait son frein. Il trouverait bien une occasion, un jour, de réduire Buchanan en chair à pâté.

— Pitney est revenu dans son bureau quelques minutes plus tard, l'air piteux, et il lui a donné un paquet, qu'il avait sorti du coffre. Je n'ai pas pu voir ce que c'était : c'était emballé dans du papier. Mais je suppose que cela avait de la valeur, sinon Pitney ne l'aurait pas tiré du coffre.

— Et ensuite ? le pressa Adrian.

Buchanan arrangea le pli de son pantalon.

— Eh bien, elle a disparu. Mais ça, vous le savez déjà. Elle a pris son chapeau et elle est sortie, au beau milieu de la journée, sans prévenir personne. Je... euh, j'en ai profité pour venir déposer quelques papiers sur son bureau – des reçus et autres paperasses –, mais je n'ai trouvé aucun indice. À part... (Il sortit un papier de sa poche.)... ceci.

Adrian tendit la main.

— C'est la lettre qu'elle écrivait un peu plus tôt, expliqua Buchanan. Celle qu'elle ne voulait pas me montrer. Vous pouvez constater qu'elle est adressée à son père. D'ordinaire, elle confie toujours son courrier au coursier. Mais elle avait laissé cette lettre sur son bureau. J'ai jugé cela anormal, ajouta-t-il, dirigeant ses yeux bleus tour à tour sur Adrian et Sebastian. Et donc, je vous l'ai apportée.

Adrian tendait toujours la main, mais Buchanan serrait la lettre dans ses doigts, comme un trophée.

— Peut-être a-t-elle simplement oublié de la donner au coursier, soupira-t-il. Elle est partie si vite !

Adrian s'impatientait. L'autre se décida à lui donner la lettre.

— Vous l'avez ouverte, constata Adrian en examinant le sceau. Ce n'était pas nécessaire, Buchanan.

— J'ai pensé que c'était préférable. Si son contenu avait été parfaitement innocent, je ne serais pas venu vous importuner. Elle explique à son père qu'elle ne pourra pas venir lui rendre visite aujourd'hui. Mais celui qu'elle mentionne ne fait pas partie de nos clients. Je n'ai jamais entendu parler de ce monsieur.

— Merci, dit Adrian. Nous allons voir ça.

Doyle posa sa main sur l'épaule de Buchanan, avant de le pousser vers la porte.

— Nous nous chargerons du reste, dit-il. Retournez à votre travail. On doit vous y attendre.

— Je savais que vous aimeriez voir tout de suite cette lettre. Si quelque chose d'autre vous intéresse...

— Nous vous le ferons savoir. Pour l'instant, contentez-vous d'ouvrir l'œil.

Buchanan se retourna sur le seuil :

— C'est un nom français. J'ai trouvé ça significatif. Je suis sûr qu'elle reçoit du courrier de France.

— Vous avez sans doute raison, approuva Doyle. Faites attention aux marches, elles viennent juste d'être cirées.

Et il referma la porte sur Buchanan.

Sebastian se tourna alors vers Adrian :

— Est-il vraiment utile d'employer ce porc ?

— Les bons employés n'espionnent pas leur patron, fit valoir Adrian. Mais j'aimerais qu'il cesse d'ouvrir les correspondances privées. Ce n'est pas à lui de le faire.

— Je n'aime pas le savoir dans l'entourage de Jess.

— Je ne suis pas certain qu'elle se soit aperçue de son existence. Mais s'il prenait à Buchanan la fantaisie de l'importuner, elle l'écraserait comme une mouche. Je me demande ce qu'elle complote...

— Quelque chose d'insensé, probablement, marmonna Doyle. Elle a encore réussi à nous fausser compagnie. Je pensais pourtant avoir fait surveiller toutes les issues. Je n'aime pas cela.

Sebastian pas davantage.

— Et si elle avait quitté l'Angleterre ?

— Ce serait trop beau, fit Adrian. Mais j'en doute fort.

Et, décachetant la lettre, il ajouta :

— Bon, voyons ce qu'elle a écrit. Ah, je vois que son style s'est amélioré. Sa gouvernante aura réussi des prodiges. Quand j'étais leur majordome, en Russie, elle était capable d'écrire en quatre langues, mais c'était du charabia. Elle commence en français : « *Cher papa,* ce petit mot pour t'avertir que je ne pourrai pas venir te voir cet après-midi. Je dois rendre visite à notre vieil ami pour lui demander conseil. Il pourrait souhaiter que je reste, et tu sais combien *L'Homme mort* peut se montrer persuasif… »

Adrian s'interrompit. Il n'avait soudain plus de voix.

— L'Homme mort ? répéta Sebastian, lui prenant la lettre. Laisse-moi regarder.

— Bon sang, Jess, murmura Adrian. Pourquoi as-tu fait ça ?

— « *L'Homme mort* », lut Sebastian.

Et il déchiffra la suite :

— « Je viendrai te voir dès que possible. Jess. P.-S. : N'en veux pas à Pitney. » L'Homme mort. Ça ne peut quand même pas être ce à quoi je pense ?

— Précisément. Le diable emporte cette fille !

— Elle espère obtenir de l'aide de Lazare ? Mais c'est de la folie ! Il va la garder prisonnière, en réclamant une rançon.

Jess était peut-être née à Whitechapel, mais cela ne voulait pas dire pour autant qu'elle était capable d'affronter un homme tel que Lazare.

— C'est bien pire que cela, Bastian. Jess a travaillé pour Lazare.

— Comment cela ? C'est impossible ! Elle n'était qu'une enfant lorsqu'elle a quitté Londres.

— Lazare utilise beaucoup les enfants, expliqua Adrian en récupérant sa redingote posée sur un dossier de chaise. Il les prend très jeunes : ils sont d'autant plus facilement manipulables. Jess a commencé à travailler pour lui quand Josiah a disparu d'Angleterre. Il a refait surface quelques années plus tard, alors que tout le monde le croyait mort, il a récupéré Jess et l'a emmenée avec lui, hors du pays. Lazare a bien sûr exigé de l'argent pour la laisser partir. Mais au fond de lui, il n'a jamais pardonné ce qu'il considérait comme une désertion.

— Et elle va le retrouver !

— Oui. C'est ce qui s'appelle se jeter dans la gueule du loup.

Doyle sortit son pistolet de sa poche, pour l'inspecter. Adrian avait déjà enfilé sa redingote.

— Non, pas vous, leur dit Sebastian. C'est moi qui vais y aller.

Doyle secoua la tête.

— Vous n'y arriverez pas seul.

— Il serait impossible de combattre Lazare sur son terrain, quel que soit notre nombre. Je vais récupérer Jess en négociant.

Adrian eut une moue sceptique.

— Il refusera de la lâcher. Il considère que Jess lui appartient, corps et âme. Fais très attention à toi, Bastian.

22

Lazare rançonnait toutes les cargaisons arrivant à Londres : en échange de ce « tribut », ses hommes n'attentaient ni aux bateaux, ni à leurs équipages. Sebastian se rendit donc dans la taverne fréquentée par les marins du *Scarlet Dancer* et demanda à ses hommes de lui désigner leur contact, l'homme qui était chargé de les racketter au profit de Lazare. Par chance, celui-ci se trouvait justement dans la taverne. C'était un jeune homme mince, avec une tête de fouine. Les présentations furent vite expédiées : Sebastian lui expliqua, avec force détails, ce qu'il ferait à son anatomie si l'autre ne le conduisait pas immédiatement à Lazare.

Il ne fut pas surpris de sentir une lame glisser par-derrière sur son cou. Le jeune type avait bien sûr un complice dans la place. Sebastian réitéra sa demande, assortie des mêmes menaces, mais cette fois il jeta une liasse de billets de banque sur la table. Les deux lascars, satisfaits, lui donnèrent pour guide une fillette dépenaillée. Doux Jésus ! Jess avait-elle été aussi misérable et crasseuse que cette enfant ?

Sebastian la suivit à travers un dédale de ruelles, jusqu'au repaire de Lazare. Ou du moins, celui qu'il occupait pour le moment.

Comme elle était agenouillée, ses jambes n'avaient plus à la soutenir, et c'était tant mieux, car elle avait si peur qu'elle aurait sans doute chancelé. De toute façon, c'était la position de rigueur : lorsqu'on voulait formuler une requête à Lazare, on devait s'agenouiller devant lui.

Il continuait sa conversation, l'ignorant délibérément. Jess attendit patiemment. Sans doute réfléchissait-il à ce qu'il ferait d'elle...

Finalement, Lazare conclut son entretien, puis il échangea quelques mots avec Black John. Après quoi, il fit signe à la jeune femme enceinte, qui déposa devant lui un sac de noix.

Entre-temps, plusieurs hommes étaient entrés dans la pièce. Jess en reconnaissait quelques-uns, pour les avoir fréquentés autrefois. Tous étaient des voleurs au service de Lazare. Probablement étaient-ils curieux du sort que lui réserverait leur maître.

Celui-ci consacra encore quelques minutes à manger tranquillement des noix, dont il laissait tomber les coquilles par terre, avant de lâcher :

— Te souviens-tu du châtiment infligé aux déserteurs, Jess ?

— Oui, Lazare.

— Et quel est-il ?

— La mort.

Tout le monde attendait la suite. Lazare ouvrit une nouvelle noix, à mains nues.

Autrefois, Jess lui obéissait aveuglément, et elle aurait été prête à mourir pour lui - comme tout le monde dans cette pièce. Puis son père était revenu de France pour la récupérer. C'était il y a dix ans. Depuis, elle n'avait jamais revu Lazare.

— Serais-tu fatiguée de respirer ?

— Non, Lazare.

Elle avait assisté, une fois, à l'exécution d'un déserteur. Le supplice avait été atroce.

— Alors, explique-moi ce que tu fais ici.

— Vous le savez, Lazare. Vous savez ce qui est arrivé à mon père.

— Parce que tu crois que je me soucie du sort de Josiah Whitby ?

— Non, Lazare.

Il se leva et la contourna. Le bruit de ses bottes résonna sinistrement dans la pièce.

— Tu es devenue très mignonne, dit-il, se plantant dans son dos. Je ne m'en serais jamais douté. La dernière fois que je t'ai vue, tu avais une tête de guenon.

Jess ne pouvait rien répondre à cela. Elle avala sa salive et s'obligea à ne pas bouger.

— Il t'a fallu bien du temps pour revenir. Je suppose que tu étais trop occupée à faire fortune dans tous ces ports étrangers ?

Il posa une main sur sa nuque, et elle sentit son sang se glacer dans ses veines. Elle savait qu'il était capable de tuer des hommes ainsi, simplement en leur rompant la nuque. Elle l'avait même vu plusieurs fois à l'œuvre, car il aimait faire des exemples devant ses troupes.

D'ordinaire, il prenait plaisir à torturer moralement ses proies avant de les tuer, en les laissant le supplier de les épargner. Mais avec elle, elle était convaincue qu'il agirait vite. Et sans avertissement. Ce serait sa façon de lui témoigner sa pitié.

— Pourtant, tu revenais de temps à autre à Londres, n'est-ce pas ? dit-il, lui caressant maintenant la joue.

— Oui, murmura-t-elle.

La peur lui tordait le ventre.

— Redoutais-tu de venir me voir ?

— Je suis là, aujourd'hui.

— Oui. Mais ce n'est pas du courage, c'est de l'inconscience. Et de la stupidité. Tu n'étais pas stupide, autrefois. Alors comme ça, tu es devenue riche ?

— Très riche, acquiesça-t-elle. J'en suis moi-même la première étonnée.

Il se plaça devant elle.

— Jamais personne ne s'est détourné de moi. Tu es la seule.

— Je sais.

— Pourtant, tu étais l'une de mes préférées. D'une certaine manière, tu étais la meilleure.

Jess ne voyait pas quoi répondre à cela. Elle n'avait aucune excuse à lui fournir.

— Et maintenant, te voilà de retour. Tu as toujours aimé prendre des risques. Rien ne pouvait t'arrêter. J'étais sûr que tu finirais par te tuer, un jour ou l'autre.

— J'ai eu de la chance, jusqu'ici.

Elle osa lever les yeux vers lui. Ses lèvres esquissaient ce qui pouvait ressembler à un sourire.

— Finalement, dit-il, tu n'as pas tant changé que cela. Tu as toujours plus de jambes que de cervelle.

Et, poussant la pointe de sa botte contre le genou de la jeune femme, il ajouta :

— Allez, relève-toi, Jess. Si j'avais voulu te briser la nuque, je l'aurais fait il y a longtemps.

Il lui tourna le dos, pour retourner s'asseoir dans son fauteuil. Jess se releva péniblement, des crampes dans les jambes.

— Qu'est-il arrivé exactement à Josiah ? demanda-t-il. Je veux connaître tous les détails.

Jess s'approcha pour lui narrer l'histoire. Elle parlait à voix feutrée, afin que personne d'autre ne puisse entendre, excepté Black John. Elle raconta Meeks Street, Cinq, le rôle des services secrets, ce qu'elle avait pu découvrir, et ce qu'elle pensait deviner. Elle savait que Lazare serait intéressé par son récit.

Il avait toujours aimé être au courant de tout. Il collectionnait les secrets comme d'autres collectionnaient les œuvres d'art.

Quand elle eut fini, il lui posa quelques questions, auxquelles elle répondit, puis elle attendit d'être fixée sur son sort.

Lazare jouait avec une noix dans sa main.

— Pourquoi es-tu venue me voir, Jessamyn ?

— Je suis venue… commença-t-elle, mais une boule dans la gorge l'obligea à s'interrompre pour déglutir.

— Oui ? la pressa-t-il.

— Je suis venue vous acheter un service, Lazare. J'ai besoin de consulter les registres où vous consignez les mouvements de cargaisons.

Lazare prélevait une dîme sur chaque navire qui jetait l'ancre dans le port de Londres. Et tout était écrit.

— J'ai apporté de quoi vous payer, précisa-t-elle.

Elle fouilla dans sa poche et en sortit un paquet qu'elle tendit à Black John. Celui-ci ouvrit le paquet, vérifia son contenu, puis le remit à son chef.

Lazare posa le collier de rubis sur sa paume. Malgré la pénombre de la pièce, les pierres brillaient de tous leurs feux. Un tel collier était digne d'une reine.

— C'est magnifique, fit-il, admirant le collier. Vraiment magnifique. Voilà une rétribution acceptable pour sauver la vie de ton père. J'accepte le marché.

Jess ferma brièvement les yeux. Elle avait gagné. Le prix était élevé, mais elle avait obtenu ce qu'elle était venue chercher : la liste de tous les bateaux, quelle que soit leur taille, qui avaient fait escale ces derniers mois à Londres ou en étaient partis. Certains d'entre eux avaient échappé à la vigilance des douanes. Mais pas à celle des hommes de Lazare.

Elle avait gagné, mais elle était épuisée. L'énergie qui lui avait permis de tenir jusqu'ici la désertait soudain, comme si tout son sang refluait de ses veines. Elle crut qu'elle allait défaillir.

Lazare se leva de nouveau, et posa une main sur son épaule.

— Pour ma part, j'accepte le contrat, répéta-t-il. Mais ton épreuve n'est pas terminée. Tu dois maintenant affronter tes frères.

Et il la fit pivoter vers le reste de l'assemblée. Un murmure parcourut la salle. Jess s'attendait à tout sauf à cela.

— Tuons-la, dit une voix.

— Tuons-la.

Entendant cela, Sebastian poussa son guide de côté et se rua dans la salle dont les portes étaient grandes ouvertes.

Il arrivait juste à temps. Jess était debout au milieu de la pièce, son visage resplendissant dans la pénombre. Lazare se tenait derrière elle, à environ un mètre de distance. Des dizaines de gredins étaient agglutinés le long des murs. C'était le cercle rapproché de la bande de Lazare, « l'aristocratie » des bas quartiers londoniens.

La « Fraternité », comme ils aimaient s'appeler, tenait procès. Et généralement, tout procès en son sein se terminait par la mort de l'accusé.

Au moment où Sebastian pénétrait dans la pièce, un lascar se détacha du lot pour lancer :

— Elle a rompu le serment. Elle doit mourir.

— Ferme-la, Badger, répliqua un autre.

— Laissez-le parler ! objecta un troisième.

L'assemblée menaçait de tourner au tumulte, mais Lazare intervint :

— Dis ce que tu as à dire, Badger.

Celui-ci jeta un regard noir à Jess, avant de se retourner vers ses comparses :

— Elle nous a trahis, expliqua-t-il. Et maintenant, elle revient avec ses beaux vêtements et ses jolies paroles, en se croyant supérieure à nous. Elle n'a plus de respect pour nous. Elle croit que son argent peut tout acheter.

— Jess n'est pas une traîtresse ! contesta quelqu'un.

— Elle nous a tourné le dos, insista Badger. Et tout le monde connaît la sanction pour ceux qui désertent nos rangs.

Le débat fit rage. Sebastian écoutait attentivement. Deux ou trois types à la mine patibulaire firent écho à Badger. Mais Jess comptait une douzaine de soutiens. Et les plus anciens se taisaient : ils guettaient la réaction de Lazare.

— Nous tranchons la gorge des traîtres, s'entêta Badger, dégainant une lame. C'est le règlement !

Sebastian vit Jess reculer d'un pas. Mais non en direction de Lazare. Elle devait se douter qu'elle n'avait aucun secours à attendre de ce côté-là.

— Elle a prêté serment comme nous autres, continuait Badger. Et elle connaît ce qu'il en coûte quand on renie sa parole.

Comment arrêter ce simulacre de procès ? Jess risquait d'y laisser la vie avant que le soleil se couche.

Cependant, Sebastian jugea plus prudent de ne pas dégainer ses poignards. Du moins, pas tout de suite. Il joua des coudes pour se frayer un chemin et se rapprocher du centre de la pièce.

Lazare l'avait repéré. Ses yeux sardoniques, aussi froids que le marbre, croisèrent ceux de Sebastian. Ils avaient déjà traité ensemble – pour des filles que tante Eunice voulait sauver du trottoir. Sebastian était donc bien placé pour savoir que l'Homme mort était un redoutable négociateur.

Lazare haussa un sourcil à son intention. Il avait bien sûr deviné pourquoi Sebastian était là. Celui-ci hocha la tête en retour.

Badger continuait de haranguer ses comparses :

— C'est moi qui vais trucider cette garce, dit-il avant de pivoter vers Jess. Je vais te faire la peau, chienne.

— Tout doux, Badger, rétorqua-t-elle. Je ne suis pas venue danser avec toi.

Sa boutade déclencha une explosion de rires. Elle était capable de retourner l'assistance en sa faveur, et cela suffirait peut-être à lui sauver la vie. Sauf, bien sûr, si Badger se précipitait sur elle avec sa lame. Mais il fallait aussi compter avec l'avis de Lazare : voulait-il supprimer ou non la jeune femme ? Tout cela faisait beaucoup d'hypothèses…

À présent, Jess raillait Badger en argot cockney. Les spectateurs appréciaient. Mais les employés de la Whitby Trading n'auraient sans doute pas reconnu leur patronne.

Pour l'instant, le sort de la jeune femme n'était toujours pas scellé. Les partisans de sa grâce s'opposaient vivement à ceux de sa mise à mort. C'était d'ailleurs assez comique de voir cette clique de malandrins débattre pour savoir si Jess était ou non coupable du crime dont on l'accusait. Lazare semblait n'écouter que d'une oreille, comme si tout cela l'ennuyait un peu.

Si elle lâchait, si elle montrait sa peur, ils se jetteraient sur elle comme une meute de chiens enragés. Mais elle tenait bon, et tant que Lazare ne levait pas le petit doigt, la foule n'osait pas céder à ses instincts bestiaux. Mais Sebastian devait faire cesser cette farce avant qu'ils ne la tuent.

Il s'avança délibérément au beau milieu de la pièce, là où Jess faisait face à Badger. Il y eut un murmure stupéfait, puis tout le monde se tut. Jess, qui ne s'était pas aperçue de sa présence jusqu'alors, blêmit.

— Moi, je dis qu'elle doit vivre, lança-t-il de ce ton de commandement dont il usait sur le pont de son bateau.

Un autre murmure parcourut l'assistance, puis ce fut de nouveau le silence.

— C'est qui, ce type ? grommela Badger. Et qu'est-ce qu'il fait là ?

Quelques-uns connaissaient Sebastian, si bien que son nom se répandit bientôt dans toute l'assistance.

— Vous êtes fou, vous allez vous faire tuer, lui chuchota Jess.

— Messieurs, intervint Lazare. Je vous présente le capitaine Sebastian Kennett, qui est venu nous rendre une petite visite.

— Kennett ? L'armateur ? fit Badger, l'air mauvais. Nous n'aimons pas que les riches viennent fourrer leur nez dans... (Il agita sa lame en direction de Sebastian.)... ce qui ne les regarde pas.

Sebastian ne broncha pas. Il avait vu, dans les yeux de Badger, que ce n'était que du bluff. Qu'il arrêterait sa lame à temps. Badger ne pouvait pas se permettre de tuer quelqu'un, dans cette pièce, sans l'assentiment de Lazare.

Un murmure appréciateur traversa l'assistance. Ce concile de vide-goussets et d'assassins savait reconnaître un adversaire méritant. Sebastian comprit qu'il s'était déjà acquis au moins la moitié de la salle.

Mais Badger ne voulait pas capituler aussi vite.

— Vous n'êtes rien, ici. Vous n'avez aucun droit. Vous...

— Jess est à moi, le coupa-t-il, assez fort pour que tout le monde l'entende. Et j'ai tous les droits de récupérer ma femme.

Badger fronça les sourcils. Il sentait que la situation lui échappait.

— Je ne suis pas… commença Jess.

— Si, trancha Sebastian.

Et elle avala le reste de sa phrase.

À présent, tout le monde guettait la réaction de Lazare. Mais, à la surprise générale, il demeurait impassible.

Jess, oubliant un instant Badger, se tourna elle aussi dans sa direction.

Ce fut son erreur. Et surtout celle de Badger. Il voulut en profiter pour donner une gifle à la jeune femme.

Sebastian arrêta la gifle d'un geste vif de la main. Badger, fou de rage, se mit en position de combat, son poignard brandi à bout de bras.

Sebastian savait, en franchissant la porte de cette salle, qu'il aurait à se battre. C'était inévitable. Mais l'espèce de garde du corps qui restait dans l'ombre de Lazare, un grand gaillard à la mine sombre vêtu de noir, gagna sa reconnaissance éternelle en entraînant Jess à l'écart – malgré les protestations de celle-ci.

Badger n'avait aucun scrupule à s'en prendre à un homme désarmé. Il chargea, convaincu de son avantage. Sebastian fit un saut de côté et lui planta son poing en plein plexus. Badger s'écroula, le souffle coupé, et Sebastian lui décocha un coup de pied dans l'entrejambe.

Un silence de mort s'était abattu dans la salle, seulement troublé par les gémissements de douleur de Badger, qui laissa échapper son poignard.

Sebastian, connaissant son public, frappa de nouveau son adversaire, bien que celui-ci fût à terre. De toute façon, Badger ne méritait aucune clémence. Cette ordure avait voulu porter la main sur Jess.

— Tu n'as pas été gentil avec ma dame, Badger.

Aucune réponse de la carcasse gisant au sol.

Sebastian ramassa le poignard et le pointa sur sa gorge – assez fort pour qu'une goutte de sang perle au bout de sa lame.

— Je n'aime pas qu'on ne soit pas gentil avec ma dame.

Personne n'aurait protesté s'il avait tranché la gorge de Badger. Mais il suffisait à Sebastian d'avoir gagné la partie. Il tint la pose quelques secondes de plus, avant de se redresser et de jeter le poignard au loin.

C'était le genre de geste qu'adoraient les Anglais. Et cela valait beaucoup mieux qu'une mise à mort. Ces gredins tenaient une bonne histoire, qu'ils pourraient se raconter pendant longtemps.

Lazare s'approcha de Badger, le repoussa du pied et continua son chemin sans rien dire. Un nouveau murmure parcourut la salle. Jess avait sauvé sa tête. Pour le moment, du moins.

— Suivez-moi dans mon bureau, capitaine Kennett, dit Lazare.

23

La bagarre n'avait pas duré cinq minutes. Badger gisait au sol comme un fruit trop mûr écrasé au pied d'un arbre, tandis que le capitaine, impavide, rajustait sa cravate. Tout le monde avait aimé le spectacle. Rien de tel qu'une bonne bagarre pour vous mettre de bonne humeur. Et de ce point de vue-là, on s'amusait toujours chez Lazare.

Quand celui-ci invita le capitaine à discuter dans son bureau, elle fut soulagée d'être autorisée à les suivre, et de ne plus sentir tous ces regards braqués sur elle. En fait, elle savait depuis le début que Lazare ne lui ferait pas de mal. Mais une fois encore, il avait parfaitement joué avec ses nerfs.

La pièce que Lazare appelait son bureau, et dans laquelle il traitait ses affaires les plus privées, avait été autrefois un charmant petit salon. Mais le papier peint se décollait des murs, des fissures craquelaient le plafond, et une odeur d'oignons frits flottait dans l'air. Des cordes munies de grappins – pour escalader les murs – étaient enroulées dans un coin. Une bouteille de vin et des verres trônaient sur la table. Un livre ouvert et plusieurs journaux encombraient l'assise d'un fauteuil.

— Mettez-vous à l'aise, capitaine, dit Lazare. Et toi aussi, Jess.

Lui-même se débarrassa de sa veste en cuir. La jeune femme enceinte était lovée dans un fauteuil. Son jouet du moment. Généralement, Lazare les renvoyait chez elles lorsqu'elles tombaient enceintes. Celle-ci n'avait pas encore eu cette chance. Mais Jess ne pouvait rien pour elle.

Black John s'adossa à un mur, se fondant presque dans le décor. Lazare s'assit face à la cheminée et croisa ses bottes sur la margelle de l'âtre. Autrefois, Jess était capable de deviner ses pensées. Mais plus maintenant. Elle attendit, debout.

Finalement, il se tourna vers elle.

— Bienvenue à la maison, Jess.

En d'autres termes, il lui signifiait qu'elle devrait rester ici. Il avait dû en décider ainsi dès l'instant où elle avait franchi la porte de cette maison.

— Oui, Lazare, répondit-elle machinalement, réfléchissant à un moyen de se sortir de ce guêpier.

— Inutile de t'asseoir, Jess, intervint le capitaine. Tu ne restes pas ici.

Personne n'arrivait à la cheville du capitaine. Personne. Lazare était en position de l'écraser comme une mouche, et cependant Sebastian se comportait toujours comme s'il commandait son bateau avec cinquante hommes sous ses ordres. Jess n'avait jamais vu quelqu'un se conduire avec autant d'insolence devant Lazare. C'était à croire qu'il désirait se faire tuer.

— Ah ? fit Lazare, glacial. Vous l'avez décidé tout seul, capitaine ?

Kennett prit le second fauteuil face à la cheminée.

— Nous avons à parler, tous les deux. Faites sortir toutes ces oreilles indiscrètes.

— Mes gens n'ont pas d'oreilles, sauf si je leur demande d'en avoir, répliqua Lazare. Vous avez eu de la chance d'épargner Badger. Il est peut-être idiot, mais je n'aurais pas toléré que vous l'égorgiez devant moi.

— Vous l'avez laissé menacer Jess avec un poignard.

— Elle s'en est très bien tirée, il me semble ? Mes gens ont pu constater qu'elle avait toujours du cran, et qu'elle avait encore sa place ici. Désormais, ils sont prêts à fêter son retour parmi nous. Fluffy ! J'ai un invité. Sers-nous donc à boire.

La fille se releva, ouvrit la bouteille, remplit des verres et plaça le tout sur un plateau. Puis, le plateau appuyé sur son ventre proéminent, elle s'approcha d'abord de Sebastian, qui prit un verre, puis de Lazare. Mais elle n'offrit rien à Jess – il était clair que celle-ci n'était pas une « invitée ».

— Je me demande si vous n'avez pas commis une erreur en venant ici, capitaine, reprit Lazare. Cela m'étonne de votre part. Vous avez pourtant la réputation de quelqu'un d'avisé.

Et, sortant de sa poche le collier de rubis pour en comparer la couleur avec celle du bordeaux, il ajouta :

— Vous ne goûtez pas à votre vin ? Il est excellent.

Le capitaine n'avait pas envie de jouer.

— Parlons de Jess, dit-il, les lèvres serrées.

Lazare but une gorgée de vin avant de répondre.

— Si vous voulez absolument une femme, je peux vous donner Fluffy. J'en ai presque terminé avec elle. Savez-vous comment je récolte ces filles ? Elles ont toutes fait quelque chose qui leur vaudrait la pendaison. Toutes sans exception. Avez-vous envie d'entendre l'histoire de Fluffy ?

Il fit signe à la fille de revenir vers eux. Elle s'exécuta à contrecœur.

— J'avais quinze ans… commença-t-elle, du ton de quelqu'un qui serait obligé de se confesser pour la centième fois.

Jess détestait voir Lazare se conduire aussi cruellement. Au fond de lui, il n'était pas vraiment ainsi. Mais il voulait voir jusqu'où il pouvait épuiser la patience du capitaine.

Il ne fut pas déçu.

— Je n'ai pas envie de perdre de temps avec ça, gronda-t-il, coupant la fille. Venons-en au fait.

— Très bien, répondit Lazare. Tais-toi, dit-il à la fille. Avez-vous possédé des femmes en Orient, capitaine ? On raconte qu'on peut en acheter de toutes sortes, selon ses goûts.

— J'ai entendu dire la même chose à propos de Londres, répliqua Sebastian, qui termina son verre d'un trait. Qu'allez-vous faire de Jess ?

Lazare sourit.

— Ce qu'il me plaira.

Ils se toisèrent, tels deux oiseaux de proie chassant sur le même territoire. Jess se faisait l'impression d'être une petite souris.

— Elle vit chez moi, désormais, lâcha Sebastian.

— Allons, capitaine. Jess m'appartenait avant qu'elle n'ait du poil entre les cuisses.

Il fit un signe de la main – le signe d'autrefois – et elle accourut à côté de lui. Une réaction instinctive. Ou la force des vieilles habitudes.

— À qui appartiens-tu, Jess ? demanda-t-il.

— J'appartiens à Lazare, répliqua-t-elle sans réfléchir.

Là encore, la force de l'habitude. Au début, Lazare lui posait cette question une bonne cinquantaine de fois par jour. À force de lui répondre toujours la même chose, elle avait fini par y croire.

Lazare ne la regardait même pas. Il concentrait toute son attention sur Sebastian.

— Savez-vous que mes gens sont prêts à tuer pour moi ? Même les jeunes femmes comme Jess. N'est-ce pas, Jess ?

— Oui, Lazare.

— Elle m'appartient, reprit Lazare. Et personne d'autre que moi ne peut la revendiquer.

Sebastian, cependant, ne paraissait nullement impressionné.

— Je n'ai pas besoin d'être secourue, capitaine, dit-elle. Vous pouvez repartir...

Zut. Elle comprit qu'elle avait irrité Lazare.

— Jess... commença-t-il d'une voix doucereuse, saurais-tu mieux que moi comment traiter avec le capitaine ?

Elle secoua la tête, s'en voulant de sa stupidité.

— Je n'ai pas entendu ta réponse, Jess.

— Non, Lazare.

— C'est bien ce que je pensais.

Il reporta son attention sur Kennett :

— J'ai mis des années à faire son éducation, capitaine. Mais cela valait le coup. C'était l'une de mes meilleures élèves. Je n'ai jamais retrouvé quelqu'un comme elle.

Lazare lui avait tout appris, en effet. Comment forcer une serrure. Comment escalader une façade d'immeuble. Comment planifier un cambriolage...

— Moi, je l'ai mise dans mon lit, rétorqua le capitaine. Elle est à moi, désormais.

Damnation ! Sebastian espérait-il qu'elle mentirait à Lazare ? C'était impossible. Il pouvait lire dans ses pensées comme dans un livre ouvert.

— Jess ? s'enquit Lazare, réclamant confirmation.

Le capitaine la détaillait du regard, tel un homme qui l'aurait culbutée de toutes les façons possibles. Jess se souvenait de s'être réveillée sur sa couchette, entièrement nue, avec la pluie qui tambourinait sur le pont. Elle avait eu envie de lui...

Elle se sentit rougir comme une collégienne.

— Ah, je vois, fit Lazare, éclatant de rire. Elle a bien grandi, ma foi.

Puis, redevenant sérieux, il ajouta :

— Mais elle croit que vous êtes le traître, Kennett. Si elle réchauffe votre lit, c'est pour mieux découvrir le moyen de vous faire tomber.

— Je sais, mais ça me plaît, répondit Sebastian.

Il mentait effrontément. Or, personne ne mentait jamais à Lazare.

Celui-ci termina son verre, et le tendit à bout de bras. Fluffy se précipita juste à temps pour le récupérer avant qu'il ne tombe par terre.

— Je me moque éperdument du sort de Josiah Whitby, dit-il. Mais Cinq est venu sur mon territoire recruter des Irlandais, dans le but de kidnapper Jess. Et ça, ça ne m'a pas plu. Où étiez-vous quand Cinq a failli s'emparer d'elle ?

— Je la protégeais.

— Vous vous débrouillez bien mal, capitaine. Sinon, ma pauvre Jess ne serait pas venue jusqu'ici réclamer mon aide. Moi au moins, je sais protéger ce qui m'appartient.

— En la gardant ici ? répliqua le capitaine. Elle n'a plus douze ans. Rendez-lui sa liberté.

Il y eut un silence, puis le capitaine enchaîna :

— Si vous ne me tuez pas, je reviendrai la chercher. Si vous me tuez, vous ne pourrez plus garder Jess très longtemps. Elle voudra s'émanciper. Regardez-la.

Ce qu'ils firent tous les deux. Jess, perplexe, ignorait quelle expression adopter.

— Approche-toi, lui ordonna Lazare.

Elle réalisa qu'elle s'était insensiblement déplacée vers le capitaine. Elle revint se planter face à Lazare. Il n'avait pas beaucoup changé, malgré les années. Son visage accusait juste quelques rides de plus.

— Que vais-je faire de toi ? lui demanda-t-il.

— Je ne sais pas, Lazare.

— Puisque tu m'appartiens, je trouverais logique que tu restes ici.

Jess ne savait pas quoi répondre à cela. Du reste, elle aurait été bien incapable de dire un mot : sa gorge était obstruée par une boule. Et elle entendait son sang cogner à ses tempes.

— Il y a dix ans de cela, j'ai tenté de t'arracher à Josiah. Tu te souviens ? Il a été plus rapide que moi, et il a réussi à te sortir d'Angleterre. Mais j'ai envoyé plusieurs fois des hommes à tes trousses.

— Oui. À Athènes. À Oslo. Et encore à Saint-Pétersbourg. Ils ont bien failli m'avoir, à Athènes.

— Mais tu es incroyablement difficile à kidnapper.

— Je faisais de mon mieux.

— Et tu n'as toujours pas peur de moi...

Se tournant vers le capitaine, il ajouta :

— Si son père ne l'avait pas récupérée, j'en aurais fait la meilleure voleuse d'Europe.

Il médita cela quelques instants, avant de reprendre :

— Je pourrais encore, d'ailleurs. Mais il faudrait que je recommence son entraînement. Et je ne sais pas si j'en aurais le courage.

— Vous avez le pouvoir de la garder ou de lui rendre sa liberté. C'est un bien grand pouvoir.

— Ne me tentez pas, Kennett. Il y a seulement une heure, je ne pensais pas la revoir un jour. Mais encore moins devoir la rendre une nouvelle fois à Josiah !

Il y eut un silence.

— Vendez-la-moi, proposa Kennett, d'un ton si calme qu'elle crut ne pas avoir bien entendu. Nous devrions pouvoir nous accorder sur un prix.

— Vendre Jess Whitby ? s'esclaffa Lazare. Voilà une drôle d'idée.

Il se releva, regardant tour à tour Jess et Sebastian.

Kennett se releva également. Mais lui n'avait d'attention que pour Lazare. Ils avaient l'air de s'amuser, tous les deux. Jess ne voyait pas ce qu'il y avait de drôle.

— Vendre la fille de Josiah à un capitaine de navire, murmura Lazare. Voilà assurément qui ferait enrager ce vieux gredin. D'autant que je pourrais exiger dix mille livres.

— Facilement.

— Voire le double. Auriez-vous un shilling sur vous, capitaine ?

Sebastian fouilla dans ses poches. Il sortit une pièce d'un shilling, flambant neuve, et la lança en l'air.

Jess la regarda tournoyer, fascinée.

Lazare rattrapa la pièce au vol.

— Marché conclu. Elle est à vous, capitaine. Jess ?

— Oui, Lazare.

— À qui appartiens-tu, Jess ?

— Je… euh, j'appartiens…

— Tu t'appartiens, Jess. Tu n'es plus à moi. C'est fini. Débarrassez-moi d'elle, Kennett.

Sebastian lui prit le bras pour l'entraîner vers la porte.

Mais Jess freina des quatre fers. Elle tenait à s'expliquer.

— Lazare, commença-t-elle, je ne suis pas partie de mon plein gré à l'époque.

Son « départ » était survenu quelques jours après sa mauvaise chute. Son père avait engagé des hommes pour la kidnapper. Elle était sous opium, à cause de son bras et de ses côtes cassées.

— Quand je me suis réveillée, révéla-t-elle, nous étions en mer depuis deux jours. La première année… j'ai tenté de revenir.

— Mais plus par la suite.

— Non, plus par la suite.

Il la dévisagea pensivement.

— Vous feriez mieux de l'emmener avant que je ne change d'avis, Kennett.

Le capitaine poussa Jess vers la porte.

— Encore une chose, l'arrêta Lazare.

— Oui ?

— Emmenez cette fille avec vous. Fluffy. Et confiez-la à votre tante. Je suis fatigué de la voir.

24

Kennett House, Mayfair

Beaucoup de filles fondaient en larmes devant Eunice. Fluffy – Flora, de son vrai nom – ne fit pas exception à la règle : elle éclata en sanglots dès qu'elle la vit. Comment savaient-elles d'emblée qu'elle incarnait leur salut ?

Durant tout le trajet de retour en voiture, le capitaine n'avait cessé d'écumer silencieusement. À l'instant où Flora disparut à l'étage, soutenue d'un côté par une soubrette et de l'autre par Eunice, il entraîna Jess dans la bibliothèque.

C'était une pièce attrayante, mais terriblement encombrée. Les rares étagères qui n'étaient pas occupées par des livres croulaient sous les poteries, qui s'étalaient aussi par terre. Jess n'avait même pas pris la peine de fouiller ici, à la recherche de papiers indiscrets : il aurait fallu des années pour inventorier tous les recoins. Et elle ne voyait pas le capitaine cacher ses secrets dans une pièce où Standish passait la moitié de son temps, à tout déplacer.

Sebastian la plaqua contre le seul panneau de mur libre, et s'empara aussitôt de ses lèvres.

— Capitaine…

— Tiens-toi tranquille.

C'était merveilleux. Il embrassait beaucoup mieux que Ned. Vraiment beaucoup mieux. Mais c'était logique : il avait beaucoup plus d'expérience. Jess découvrait, dans ses bras, qu'un baiser pouvait se révéler autrement plus complexe qu'elle ne l'avait imaginé.

Sebastian ne pouvait pas être Cinq. C'était impossible.

— Tu sais, dit-elle, je pense...

— Pour l'amour du Ciel, cesse de penser !

Des frissons lui parcouraient tout le corps. Elle ne voyait qu'une façon de les combattre : se presser davantage contre lui. Et c'est sans doute ce qu'il attendait.

Elle noua les bras à son cou et lui rendit ses baisers. Dans le même temps, du bout des bottes, Sebastian lui écarta les pieds. Comme s'il voulait la préparer à le recevoir. Puis il fit glisser une main le long de son ventre, jusqu'à son entrejambe. C'était une caresse un peu choquante – une marque de possession plutôt qu'une caresse, d'ailleurs. Et cependant, Jess n'eut aucune envie de le repousser.

— Je ne... commença-t-elle.

Sa main, à présent, lui caressait l'entrejambe, et Jess sentit ses veines s'embraser. Elle ne tarda pas à gémir de plaisir, s'abandonnant à ses assauts.

Mais il s'arrêta soudain, la laissant pantelante.

— Je devrais me modérer, dit-il, lui caressant les cheveux. Tu n'y connais rien, n'est-ce pas ? Tu es innocente. Je ne voudrais surtout pas te faire de mal.

— Je ne suis plus vierge, répliqua-t-elle, se sentant rougir.

— Nous irons lentement, je te le promets. Aussi lentement que l'herbe qui pousse.

Jess n'était pas certaine de souhaiter autant de lenteur.

Elle lui caressa la joue – une barbe naissante ombrait sa peau – puis elle promena son pouce sur ses lèvres, incroyablement douces au toucher.

Il lui prit la main, embrassa sa paume, puis ses cheveux. La sensation était étrange. Personne ne lui avait encore embrassé les cheveux.

— J'aime ta chevelure, dit-il.

— J'aime la tienne, moi aussi.

Il lui rappelait ces gamins grecs qui plongeaient dans la mer pour remonter des éponges : il avait les mêmes boucles d'un noir de jais.

À présent, ses lèvres titillaient le lobe de son oreille.

Aucun homme ne lui avait encore donné l'envie de fermer les yeux et de s'abandonner totalement. Pas même Ned. Mais là... elle était prête à lâcher prise, à tout oublier.

Et il y avait tant de choses qu'elle désirait oublier...

Cependant, ce serait céder à la facilité. Elle trouva l'énergie de le repousser – légèrement.

— Très bien, Jess, dit-il. Sache que je ne t'oblige à rien.

Mais il ne la relâcha pas.

— Pourquoi t'es-tu rendue là-bas ? demanda-t-il. Désirais-tu en finir avec la vie ?

— C'était un risque calculé.

— De la pure folie, oui !

— Ne me donne pas de leçons de prudence. Venir me réclamer à Lazare... !

Pourtant, il avait réussi. Il avait su trouver les mots pour convaincre Lazare.

Elle n'avait encore jamais rencontré un homme comme lui. Et elle avait terriblement envie de faire l'amour avec lui.

— Si tu continues à me regarder ainsi, nous pourrions peut-être poursuivre ce que nous avons commencé ? suggéra-t-il, reprenant ses caresses.

— Non, je préférerais arrêter, répondit-elle.

Ce qui était bien sûr un gros mensonge.

— Nous pourrions nous contenter de nous embrasser, murmura-t-il à son oreille d'une voix sensuelle. Certains trouvent cela très agréable.

— Je n'ai pas envie de trouver cela agréable.

— Et pourtant, c'est le cas. Vrai ou faux ?

Jess sentait le feu courir dans ses veines. Sebastian avait dû séduire des centaines de femmes avant elle : ses lèvres étaient magiques.

— Je ne veux pas finir dans ton lit, Sebastian.

— Nous pouvons faire bien des choses hors d'un lit.

— Je ne désire pas davantage ces choses.

— Tu ne sais même pas de quoi je veux parler. Ne sois donc pas si nerveuse. Quand nous « finirons » au lit, comme tu dis, tu le voudras autant que moi. Je n'ai jamais rien pris de force à une femme. Même pas un baiser. Détends-toi, pour l'amour du Ciel.

— Je n'ai pas envie de me détendre.

La vérité, c'est qu'elle brûlait d'envie de lui déboutonner sa chemise et de poser la joue sur son torse, pour respirer son odeur.

— Je parie que tu es curieuse de savoir ce qui va se passer maintenant ? la taquina-t-il alors qu'il avait repris ses caresses.

— Pas du tout, mentit-elle. Et je ne sais pas pourquoi je te laisse faire cela. D'ordinaire, je sais mieux manifester ma volonté. Je suppose que ma visite chez Lazare m'a épuisée nerveusement.

Il sourit.

— Quiconque a affronté la mort, désire ensuite faire l'amour. J'ai découvert cette vérité voici déjà plusieurs années. Et je suis sûr qu'elle est aussi valable pour les femmes.

— Je suis contente que Lazare ne t'ait pas tué.

— Et moi, je suis content qu'il ne nous ait tués ni l'un ni l'autre, répliqua le capitaine, souriant de nouveau.

Un bruit leur parvint depuis le hall. Quelqu'un dévala l'escalier précipitamment.

— Cela aurait été dommage, en effet, admit-elle, posant une main sur sa chemise. Sais-tu que tu es la personne la plus vivante que j'aie jamais rencontrée ? Je ne saurais comment expliquer cela exactement. Mais tout à l'heure, quand je pensais que tu allais mourir, je te regardais et j'avais l'impression qu'un feu brûlait en toi.

Il y eut un silence. Leurs regards se croisèrent, puis le capitaine s'empara de nouveau de ses lèvres, comme s'il avait lu dans ses yeux ce qu'elle attendait.

Elle lui rendit son baiser avec une fougue qui la surprit elle-même. D'ici quelques minutes, ils monteraient à l'étage et ils feraient l'amour…

— Ah, vous voilà ! s'exclama Standish, depuis la porte.

Il semblait ravi de les avoir trouvés.

Sebastian s'écarta à regret de la jeune femme.

— Oui ?

— Sebastian, tu devrais faire plus attention à ces poteries. Celle à ta gauche est un exemplaire très rare d'art minoen. Eunice voudrait que tu ailles chercher la sage-femme. C'est pour… Ah, j'ai oublié son nom.

— Oh, mon Dieu, murmura Sebastian.

— Flora ! Voilà, je m'en souviens. Elle va accoucher.

25

Hungerford Market

Doyle se tenait exactement à l'endroit où Jess s'attendait à le trouver pour leur rendez-vous : au milieu du pont, une canne à pêche à la main, sa ligne plongeant dans l'eau. La jeune femme s'arrêta près de lui et posa son panier à ses pieds.

— Beau temps pour donner à manger aux canards, mademoiselle, dit-il poliment, soulevant son chapeau pour la saluer.

Elle lui sourit, appuya ses coudes sur la rambarde en pierre et regarda l'eau.

— Bonjour, monsieur Doyle. Comment va la pêche ?

— Bah, je n'ai pas vraiment besoin de poissons. J'ai passé un accord avec eux : je n'accroche rien à mon hameçon, et ils ne mordent pas dedans.

Il fronçait les sourcils.

— Vous êtes suivie, dit-il. Par quatre types des services secrets.

— Je sais. Ils n'essaient même pas de se cacher.

Des canards nageaient sur l'eau. Quand ils virent la jeune femme, ils s'approchèrent. Puisqu'elle avait amené du pain, elle entreprit de le leur lancer.

— Les services secrets vous suivent depuis le tout début, reprit Doyle. Adrian voulait s'assurer de votre sécurité.

Jess médita l'information.

— Dois-je comprendre que vous faites partie du lot, Doyle ?

Il hocha la tête.

— J'avais mission de vous protéger, mais aussi de vous livrer toutes les informations que vous me réclameriez. Et éventuellement de vous donner des conseils, à supposer que vous vouliez bien les suivre.

Curieusement, elle ne ressentait rien. Ni colère, ni sentiment de trahison.

Doyle faisait donc partie des services secrets. Et Adrian l'avait dépêché auprès d'elle pour la protéger.

Cela ne changeait rien sur le fond. Doyle restait Doyle. Si quelque monstre aquatique surgissait brusquement de l'eau, il lâcherait sa canne à pêche pour le combattre. Adrian ne l'avait pas choisi au hasard : il lui avait envoyé le meilleur de ses hommes.

Mais cette histoire ne manquait pas d'ironie. Quand elle avait demandé à Doyle de lui fournir certains renseignements, celui-ci avait dû répercuter sa requête aux services secrets, pour obtenir la réponse.

— Depuis combien de temps travaillez pour eux, monsieur Doyle ?

— Depuis toujours.

Jess jeta son dernier morceau de pain aux canards.

— Je ne m'en serais pas doutée. Je n'ai jamais eu un soupçon vous concernant.

— Eh bien, merci, c'est la preuve que je ne suis pas trop mauvais. À Meeks Street, on m'appelle l'Ombre de l'Ombre. J'ai acquis une certaine réputation, ma foi.

Jess ne put s'empêcher de sourire.

Doyle se tourna vers elle. Son regard était presque tendre.

— J'ai une fille de votre âge, Jess. Elle se trouve actuellement en Espagne, où elle travaille à rendre la vie difficile aux Français. J'espère que quelqu'un la protège. J'ai fait ça autant pour votre père que pour Adrian.

Son père, bien sûr, aurait approuvé. Jess ne pouvait décemment en vouloir à Doyle.

— Je commence à être fatiguée de tous ces gens qui veulent me protéger, et qui pensent qu'il est préférable de me mentir pour y parvenir. Bon, j'espère que vous n'attendez plus que je vous paie ? Ce serait bien le comble !

Il sourit.

— Bien sûr que non, mademoiselle.

Sebastian suivait Jess depuis la maison. Il la vit parler à Doyle sur le pont, puis repartir avec son panier et descendre Brantel Street. On aurait juré avoir affaire à quelque soubrette qui partait faire le marché.

Hungerford Market se dressait face à la Tamise. Beaucoup de commerçants arrivaient par le fleuve des campagnes environnantes, et montaient leurs marchandises par les escaliers ménagés sur les berges. C'était un marché de produits frais : fruits, légumes, œufs, volailles et poissons pour l'essentiel.

Jess marchanda des maquereaux, du haddock et des huîtres. Quand elle eut payé, la marchande enveloppa les poissons dans du papier.

Elle partait pour un autre étal lorsqu'elle aperçut le capitaine :

— Tiens, bonjour Sebastian. Pourquoi me suis-tu ?

— J'aime te suivre, tout simplement. Es-tu vraiment obligée de faire les courses ? Ce ne sont pas les filles de cuisine qui manquent pour ce genre de corvée. Tu as prévu d'acheter quoi, ensuite ?

— Des oignons.

Il lui prit le panier des mains.

Le sol était jonché des plumes des oies qu'on plumait ici et là. Sebastian acheta des amandes à un vendeur de fruits secs, et les croqua en marchant. Puis il repéra une marchande d'oranges et sourit, songeant qu'il s'agissait probablement de celles apportées à Londres par le *Flighty Dancer*. Il en acheta quelques-unes, qui allèrent rejoindre le poisson et les huîtres dans le panier.

— Des oranges ? s'étonna Jess. Au cas où tu ne le saurais pas, tu en as déjà dans ton garde-manger. Mais je suppose que tu ignores ce que contient ton garde-manger...

Reprenant le panier, elle héla l'un des gamins qui quadrillaient le marché dans l'espoir de se faire un peu d'argent de poche.

— Porte ça à Kennett House, lui dit-elle. Tu connais le chemin ?

Le garçon hocha la tête, et fila avec le panier. Jess se fraya un chemin au milieu des étals.

— Tu aimes faire ça ? demanda-t-il.

— Quoi ? Acheter du poisson ? Mais oui. Je détesterais vivre dans une maison où je n'aurais même pas le droit de me montrer en cuisine.

Elle avait des cernes sous les yeux. Ils avaient tous passé une nuit blanche : le bébé de Flora, un garçon, était né avec les premières lueurs de l'aube. C'était un beau bébé, bien en chair.

Une fillette, assise sur le trottoir, vendait des violettes en lisière du marché. Sebastian lui jeta un demi-shilling, prit un bouquet et l'offrit à Jess. La jeune femme tourna et retourna les violettes dans sa main, comme si elle ne savait pas quoi en faire.

— Tu n'étais pas obligé de lui donner un demi-shilling, lâcha-t-elle. La matrone qui l'envoie vendre ses fleurs récupérera de toute façon la pièce à son profit.

— Tu étais supposée dire « Merci beaucoup, Sebastian », et les presser sous ton nez avec un sourire. Quelqu'un t'avait-il déjà offert des violettes, avant moi ?

Ils avaient quitté le marché, et longeaient à présent le fleuve. Elle huma les fleurs, mais ne sourit pas.

— Non, dit-elle. Personne ne m'avait encore jamais offert de violettes.

Il repensa à cette fleur séchée qu'il avait trouvée en fouillant ses affaires, dans sa chambre. Une marguerite. Son premier amour avait dû lui offrir des fleurs des champs.

— Je n'ai jamais non plus vendu de fleurs comme cette gamine, reprit-elle. Détrousser les poches me rapportait bien plus.

— Par où allons-nous ?

— Je ne sais pas pour toi, mais moi, je vais à mon bureau. J'ai un bateau qui part pour Boston mercredi prochain, et je dois remplir sa cale. Pour l'instant, je n'ai rien.

La Tamise avait des reflets de vert et d'argent. Un bateau glissait lentement à sa surface. C'était une belle journée ensoleillée. Très calme.

— Que comptes-tu acheter ?

— Du thé, probablement. J'essaierai de le négocier un bon prix, pour le revendre avec un gros bénéfice à Boston. Mais mon père est bien meilleur négociateur que moi. S'il avait acheté ces poissons à ma place, nous les aurions eus pour un demi-shilling.

Ils longeaient un parapet de pierre. Un escalier, encadré par deux lions assis, en pierre également, descendait jusqu'au fleuve. Jess paraissait pensive, les yeux levés vers le ciel où des hirondelles exécutaient des voltiges. Sebastian la poussa doucement vers le parapet, jusqu'à ce qu'elle s'assoie.

— Comment s'appellent ces oiseaux ? Ce ne sont pas des moineaux ?

— Non, ce sont des hirondelles, Jess.

Elle tenait toujours les violettes à la main, et paraissait tout intimidée.

Sebastian avait gardé deux oranges, qu'il avait glissées dans ses poches. Il lui en tendit une, qu'elle pela avec ses ongles, avant de mordre dedans.

— C'est incroyable, dit-elle. J'ai trois mille six cents choses à faire aujourd'hui, et je suis déjà en retard sur tout. Je me demande bien ce que je fais, assise ici, à manger des oranges avec toi...

Sebastian la trouvait magnifique. Il aurait fallu qu'il soit fait du même matériau que les lions à côté d'eux, pour ne pas être émoustillé par la vue de la jeune femme. Elle avait pris tant de plaisir à dévorer son orange ! Et maintenant, elle tenait une violette entre ses doigts, pour l'examiner de plus près. Elle semblait s'émerveiller de toutes les nuances de teinte que possédait la fleur. S'ils s'étaient trouvés dans un champ, au milieu de nulle part, et avaient eu tout le temps pour eux, Sebastian lui aurait montré toutes les nuances de plaisir que son corps pouvait receler, à l'image de cette violette.

— Explique-moi pourquoi tu es allée voir Lazare.

Son visage se referma soudain.

— Qu'attendais-tu de lui ? insista Sebastian. Pourquoi étais-tu prête à risquer ta vie en lui rendant visite ?

Elle haussa les épaules.

— Lazare tient registre de tous les mouvements de bateaux dans le port de Londres. Leurs noms, ceux de leurs capitaines, les dates d'entrée et de sortie : tout est consigné sur une liste.

Sebastian savait que la moindre embarcation faisant halte dans les eaux londoniennes devait payer son écot à Lazare. Mais il était surpris d'apprendre que celui-ci archivait ce volet de son activité.

— Il tient vraiment cette liste à jour ?

— Oui. Et depuis des années. C'est le meilleur moyen qu'il ait trouvé pour être certain que tout ce qu'il doit toucher va bien dans sa poche. Il est méfiant de nature, et il sait que personne n'est honnête.

C'était la dernière pièce du puzzle. Lazare connaissait mieux que quiconque – mieux que les douanes, et que les services secrets – tous les mouvements de bateaux sur la Tamise. Voilà pourquoi Jess n'avait pas hésité à prendre ces risques.

— Fais-lui parvenir un message, dit-il. Demande-lui d'envoyer sa liste à l'Amirauté dès demain. Avec cela, tu devrais pouvoir démasquer Cinq.

— En tout cas, je l'espère.

— Tu commences à me faire confiance, n'est-ce pas ?

— Oui, et c'est bien ce qui m'ennuie.

À quelques rues de là, un joueur d'orgue de Barbarie répétait inlassablement les mêmes notes discordantes. Jess détourna le regard.

— J'ai l'impression de trahir mon père, soupira-t-elle.

Et, prenant les violettes une par une, elle les jeta dans le fleuve.

— Enfin, conclut-elle, je serai bientôt fixée.

Ils restèrent un moment assis, à regarder les bateaux passer, sans échanger un mot. Vers l'aval, près de la Tour de Londres, un grand brick venait de lever l'ancre.

C'est Jess qui se décida la première à briser le silence.

— Si tu n'étais pas venu, Lazare aurait trouvé un moyen de me garder sous sa coupe. J'aimerais croire qu'il y aurait renoncé, mais... (Elle haussa les épaules.) Il sait se montrer persuasif. Et mon ancienne vie ne m'a pas laissé que des mauvais souvenirs. Je crois que je n'aurais pas eu l'énergie de le fuir une deuxième fois. Au fond, je te dois ma liberté.

— Je serais de toute façon venu te sortir de là, Jess. Mais tu ne m'as jamais raconté pourquoi tu t'étais vendue à lui, quand tu étais petite ?

— Tes questions, parfois, me déroutent, répondit-elle, se frottant les joues. C'était il y a très longtemps. Et je préférerais parler d'autre chose.

— Puisque tu te sens redevable à mon égard, honore ta dette en me racontant ton histoire.

Elle esquissa un petit sourire ironique. Son visage était incroyablement expressif.

— Tu essaies encore de me forcer la main, Sebastian.

— Non. Je voudrais juste savoir.

— C'est une histoire sordide. Je ne suis pas certaine que tu aies vraiment envie de l'entendre.

— Si je ne voulais pas l'entendre, je ne te poserais pas la question.

— Bon, très bien... si tu y tiens absolument...

Une mouette plongea, pour s'emparer d'une violette qui dérivait à la surface du fleuve. La seconde d'après, elle lâcha la fleur comme si elle semblait déçue, ce qui fit sourire Jess. Puis celle-ci se lança :

— J'étais très jeune. Huit ans, c'est bien peu. Mon père était parti en France, où il s'était fait arrêter par les révolutionnaires. Nous n'en savions rien, à l'époque. Nous constations simplement qu'il ne revenait pas. Et l'argent commençait à se faire rare. Avec ma mère, nous avons été obligées d'emménager dans l'est de la ville. Un proxénète a voulu l'obliger à travailler pour lui, et je l'ai tué.

Sebastian avait beau essayer d'assembler les morceaux, ça ne collait pas. Dans son esprit, cette jeune femme gracieuse ne s'accordait pas avec l'univers des proxénètes et du meurtre.

— En fait, c'est en voulant m'arracher le couteau que je brandissais qu'il m'est tombé dessus, et la lame s'est enfoncée dans son cœur. J'avais du sang partout sur moi. Et je savais qu'il avait des amis dans le quartier. Ils voudraient le venger, et ils nous tueraient toutes les deux.

Ses mains tremblaient légèrement. Cependant, elle poursuivit :

— J'avais eu l'occasion de rencontrer une fois Lazare. J'avais commencé à détrousser les poches pour nous faire un peu d'argent, et Lazare l'avait appris. Il voulait que je travaille pour lui. Tous les enfants du quartier que je connaissais rêvaient de cela : travailler pour Lazare. Mais moi, je n'avais pas envie qu'il collecte à son profit ce que j'aurais pu voler.

À huit ans, elle voulait déjà se dresser contre Lazare. Sebastian l'admirait.

— Après avoir tué Lumpy – c'était le nom du proxénète –, j'ai compris que je n'avais plus le choix. Je suis allée trouver Lazare. Lui seul pouvait me permettre d'échapper aux amis de Lumpy. Il m'a tendu un shilling. Avec cette pièce, il prétendait m'acheter. M'acheter tout entière, jusqu'à mon âme.

— As-tu tué pour lui ?

— Non. Il ne m'a jamais obligée à cela.

Elle remarqua un petit bout de peau d'orange dans ses jupes, le ramassa et le lança dans le fleuve.

— J'ai acheté des saucisses avec, murmura-t-elle, plongée dans ses souvenirs. Je veux parler du shilling qu'il m'avait donné. J'avais tellement faim !

Sebastian aurait volontiers taillé Lazare en pièces. Avec un couteau bien affûté. Et il aurait jeté ses restes aux poissons.

— À partir de ce moment-là, comme je ne m'opposais plus à Lazare, nos relations s'apaisèrent. Elles étaient même assez bonnes. J'occupais une place particulière, dans sa cour. Je pouvais me déplacer partout. Faire ce qui me plaisait. Ce n'était pas désagréable, comme existence.

Cela, Sebastian pouvait se le représenter. Une fois qu'elle était passée dans le camp de Lazare, son quotidien avait dû beaucoup s'améliorer.

— Mais ce fut quand même un peu dur, au début, reprit-elle. Je n'étais pas habituée à dépendre ainsi de quelqu'un.

— Je devine ce que tu as dû subir, dit-il.

Elle se tourna vers lui.

— Ce n'est pas ce que tu crois. Nos rapports étaient vraiment particuliers. Il veillait sur moi. La fois où je ne suis pas rentrée parce que j'étais tombée d'un toit, il a envoyé ses hommes à ma recherche. Ensuite, il a obligé un médecin à soigner mon bras. Et il m'a veillée plusieurs soirs d'affilée.

N'empêche, songea Sebastian. C'était Lazare qui l'avait envoyée sur les toits.

— Je suis restée avec lui trois ans. Je lui aurais volontiers sacrifié ma vie.

C'était un miracle qu'elle ait finalement survécu.

Des promeneurs passèrent devant eux. Jess s'abîma quelques instants dans la contemplation des motifs imprimés de sa robe, avant de lâcher :

— J'ai une faveur à te demander. Je voudrais te donner un shilling, en échange de celui que tu as donné à Lazare. Je sais que cela va te sembler stupide, mais j'aimerais pouvoir me racheter. Appelle cela de la superstition, si tu préfères.

Comme il ne répondait pas, elle leva les yeux vers lui.

— Crois-tu que tu m'appartiennes, simplement à cause de cette pièce ? répliqua-t-il finalement.

Et, tendant la main, il lui caressa la joue. Puis ses doigts s'aventurèrent plus bas, le long de son cou, jusqu'à sa gorge.

— Si tu m'appartiens, je peux me permettre ce geste, ajouta-t-il.

Elle avait suivi le mouvement de sa main avec un regard incrédule.

— Enfin, Sebastian ! Nous sommes en pleine rue !

— Si tu m'appartiens, tu n'as pas voix au chapitre.

Ses doigts, à présent, s'immisçaient dans son bustier.

Il était curieux de voir comment elle réagirait.

Elle se contenta de repousser sa main.

— Arrête ça, s'il te plaît. Les gens peuvent nous voir.

— Personne ne nous regarde, assura Sebastian, qui se souciait d'ailleurs comme d'une guigne qu'on les observe.

— Nous ne sommes pas à Paris. À part les pigeons, personne, ici, ne flirte à découvert.

Sebastian ne put résister à l'envie de l'embrasser. Elle témoigna, comme souvent, d'un mélange fascinant d'innocence et de pragmatisme. Le premier frisson de surprise passé, elle s'accrocha à lui, et devint de plus en plus consentante. Jusqu'à lui rendre son baiser.

— Dans moins d'une heure, ceci sera rapporté sur le bureau d'Adrian, dit-elle quand leurs lèvres se séparèrent.

— Au moins, le compte rendu sera plus intéressant que ce qu'il lit habituellement. Mais je voudrais savoir une chose, Jess. M'as-tu laissé t'embrasser parce que je t'avais achetée pour un shilling ?

Elle plaqua une main sur sa joue, là où il avait commencé par la caresser. Elle paraissait tout à coup vulnérable, comme si elle était plus familiarisée avec la violence des hommes qu'avec leurs sentiments.

— Oublie ce maudit shilling, murmura-t-elle.

Un sentiment de triomphe s'empara de Sebastian. Elle se considère à moi, songea-t-il. Ni achetée, ni volée. Simplement à moi. Et pour la fin des temps.

— On ne possède que les objets, rétorqua-t-il. Et pour ma part, je n'ai jamais fait l'amour avec un objet.

Elle avait raison. Londres n'était pas Paris, et il n'était pas banal, ici, de voir des couples s'embrasser en pleine rue. Quelques passants leur décochèrent des regards courroucés, d'autres pouffèrent. Mais Sebastian ne pouvait pas se rassasier de ses lèvres.

Au bout d'un moment, ils s'écartèrent pour reprendre leur souffle.

— Quand même, Sebastian, dit-elle. Tu aurais pu choisir un meilleur endroit.

Il voyait, à ses yeux, qu'elle résistait de moins en moins à l'idée de tomber amoureuse de lui. Mais se rendait-elle compte qu'il était trop tard pour espérer faire machine arrière ? Pour ce qui le concernait, il était trop tard depuis longtemps déjà.

— Au contraire. C'est l'endroit idéal, assura-t-il, une main sur les hanches de la jeune femme.

Les tissus de ses robes étaient de grande qualité. Mais c'était un peu à l'image de sa personnalité : on ne pouvait en constater la finesse qu'à condition d'y regarder de près.

— Et la vue est magnifique, ajouta-t-il.

— C'est vrai. J'aime beaucoup ce coin.

Sebastian l'attira dans ses bras. Le monde s'étendait à l'infini autour d'eux, mais il en détenait la partie la plus précieuse entre ses mains.

— À qui appartiens-tu, Jess ? demanda-t-il.

— Je n'appartiens qu'à moi.

— Parfait. C'est un bon début. As-tu un shilling sur toi ?

— Oui.

— Alors, donne-le-moi.

Elle fouilla dans la poche de sa robe et sortit une pièce d'un shilling, qu'elle lui tendit.

— Eh bien voilà, dit-il, prenant la pièce. Tu as racheté ton âme. Mais je ne saurais trop te conseiller d'en faire un meilleur usage la prochaine fois.

Et il glissa le shilling dans sa poche.

— Ne le dépense pas en saucisses, répliqua-t-elle en pouffant.

26

Kennett House

Le bébé de Flora se portait bien. Mais il commençait d'avoir très faim. Les domestiques lui avaient donné un peu de lait de chèvre. Eunice refusait de faire venir une nourrice : elle préférait confier le bébé à sa mère. Malheureusement, Flora restait couchée, sans s'occuper de son fils qu'elle laissait dans son berceau.

Eunice, en désespoir de cause, se tourna vers Jess, estimant que celle-ci pourrait débloquer la situation. Dès que Jess rentra du bureau, un peu avant midi, elle l'envoya donc au chevet de Flora.

La jeune femme prit la chaise à côté du lit.

— Vous avez fui Lazare, lui dit Flora sans autre préambule. Personne ne l'avait jamais fait.

C'était la première fois que Flora s'exprimait de son propre chef. Jusqu'à présent, elle n'avait fait que répondre, souvent de manière lapidaire, à des questions.

— C'est une histoire compliquée, répondit Jess qui, à l'inverse, ne se sentait pas d'humeur très bavarde.

Sebastian – et beaucoup d'autres – attendaient qu'elle trouve un indice dans la liste de Lazare. Mais si elle échouait ?

Flora se redressa pour s'asseoir dans son lit, le dos calé contre ses oreillers. Elle était légèrement plus âgée que Jess ne l'avait d'abord imaginé. Probablement entre vingt-six et vingt-huit ans. Eunice lui avait donné une chemise de nuit de coton blanc, trop grande pour elle, boutonnée sur le devant. Ses cheveux étaient tirés en arrière, et sa fatigue se lisait sur ses traits. Mais elle était quand même très belle. Lazare avait toujours choisi avec soin les filles qu'il mettait dans son lit.

— Lazare parlait beaucoup de vous. Il disait que vous étiez la meilleure.

— Mais quand j'étais avec lui, il parlait d'un garçon qui m'avait précédée et qui s'appelait Hawker. À l'entendre, Hawker avait été capable de tous les prodiges. Même de marcher sur l'eau.

Flora triturait la couverture.

— Ils sont gentils avec moi, ici. Mais ils ne comprennent pas. J'ai fait des choses... enfin, vous devez savoir ce que j'ai été obligée de faire.

— Personne n'en saura rien, si vous n'en parlez pas.

— Je... J'ai moi-même parfois du mal à comprendre comment j'en suis arrivée là.

— Essayez de ne plus y penser. La page est tournée. Vous ne retournerez jamais d'où vous venez.

— Vous, vous me comprenez, soupira Flora. Vous êtes la seule à me comprendre.

— Profitez de votre chance. Vous n'avez rien à perdre. C'est le moment ou jamais d'aller de l'avant.

Flora parut méditer cet avis. Sans doute réfléchissait-elle aussi à son avenir.

Une soubrette entra, un plateau à la main. C'était du poisson bouilli. Jess comprit qu'il était l'heure qu'elle descende déjeuner.

Quand elle passa devant le berceau, le bébé agita ses petites mains.

— Il faudra prendre rapidement des dispositions, si vous ne voulez pas de lui, dit-elle à Flora. Inutile de le faire souffrir.

Et elle sortit sur ces mots.

L'argument porta. Flora allaita finalement son bébé, et ils s'endormirent ensemble ce soir-là.

27

Garnet Street

— Respectez l'ordre des boîtes, ordonna Jess. Je sais comment tout est classé. Je ne voudrais pas perdre mon temps, demain, à sans cesse chercher des papiers. Emportez aussi ce qu'il y a sur mon bureau.

L'après-midi touchait à sa fin. À cette heure-ci, demain, elle saurait quels navires avaient convoyé les secrets du gouvernement de l'autre côté de la Manche. Le lendemain, son père serait libéré. Du moins voulait-elle se raccrocher à cet espoir.

— Mettez le tout dans une charrette que vous ferez garder cette nuit, enchaîna-t-elle. La livraison est prévue à l'Amirauté pour demain matin. Ils nous auront réservé une pièce.

L'entrepôt de la Whitby Trading était désert. Il ne restait plus que Jess, Pitney, et les trois coursiers chargés de descendre les dossiers. Les autres employés étaient tous rentrés chez eux.

— C'est trop dangereux, Jess, intervint Pitney. Tu devrais en référer à Josiah.

— Inutile. Je sais déjà ce qu'il me dirait. Et je ne veux pas agir contre ses ordres.

La cage de Kedger était vide. Mais sa gamelle était pleine. Jess avait posé des documents sur la cage, qu'elle ajouta au reste.

— Prenez aussi tout ce qui se trouve dans les tiroirs de mon bureau, dit-elle. Je pourrais en avoir besoin.

— Jess, ils auraient de quoi te pendre rien qu'avec le contenu de tes livres de comptes. Tu leur fais beaucoup trop confiance.

— Peut-être. Mais il est trop tard pour reculer.

— Il n'est pas trop tard pour quitter l'Angleterre, insista-t-il.

Pitney avait toujours été courageux, mais l'arrestation de Josiah avait sapé son moral. Il redeviendrait lui-même dès que son père serait de retour.

Elle jeta un dernier regard à la pièce.

— Demain, je connaîtrai l'identité de Cinq. Je suis sûre d'y parvenir.

— Réfléchis quand même bien à ce que tu fais, s'entêta Pitney. Il y a sans doute une autre solution.

C'était tout le problème, avec la vie : parfois, il n'existait pas d'autre solution.

28

Il était près de neuf heures du matin quand Sebastian sonna à la porte du 7, Meeks Street. Doyle vint lui ouvrir et le conduisit dans la pièce où Josiah Whitby était retenu prisonnier.

Whitby était occupé à sa correspondance. Trois lettres, couvertes d'une écriture rectiligne, séchaient sur le côté de la table. Un agent des services secrets les lirait évidemment avant qu'elles ne soient confiées à la poste – de même que toutes les lettres qu'il recevait étaient soigneusement épluchées. Le *Times* était plié près de lui, une pomme posée dessus.

Il portait un gilet de brocart, en soie crème rehaussée de rayures écarlates. Un vêtement hors de prix, mais qu'il avait les moyens de s'offrir.

— Tiens, dit-il sans lever les yeux de son travail. Une nouvelle tête.

Sebastian prit son temps pour traverser la pièce. Parvenu devant le bureau, il plaqua ses deux mains sur la table de chêne et se pencha vers Whitby :

— Quel genre de père êtes-vous ? demanda-t-il sèchement.

— Pas un bon père, j'en ai peur, répondit Whitby. J'en déduis que vous êtes un ami de Jess ?

Sebastian refrénait son envie de lui décocher un coup de poing en pleine figure. Whitby avait laissé Jess grandir dans les faubourgs les plus miteux de Londres. À cause de lui, elle était devenue la proie d'hommes tels que Lazare.

— Elle vit chez moi.

— Ah ! Alors, vous êtes Kennett, fit Whitby. Asseyez-vous, je vous en prie. Comment va ma Jessie ?

— Elle se faufile de nuit dans la maison pour fouiller dans mes papiers. Peut-être agit-elle sur vos ordres ?

— Pas le moins du monde, assura Whitby, très calme.

Sebastian bouillait intérieurement.

— Je me demande si je ne devrais pas vous rompre le cou…

— D'ici à quelques semaines, le bourreau pourrait bien vous donner satisfaction, rétorqua Whitby, qui l'examinait de ses yeux scrutateurs. La Kennett Shipping est une belle petite entreprise, ajouta-t-il.

— La Whitby Trading n'est pas mal non plus. Grâce en partie à Jess, d'ailleurs. Je me trompe ?

— Non. Vous avez parfaitement raison. Très peu d'hommes sont capables de le croire. Mais asseyez-vous donc, et parlez-moi d'elle.

— Quand elle ne fouille pas dans mes papiers, elle s'intéresse au contenu de mon coffre-fort. Vous avez fait d'elle une sacrée voleuse.

— Je n'y suis pour rien.

— Tiens donc ! Où étiez-vous lorsque Jess apprenait à forcer les serrures ?

— Ici et là, répliqua Whitby avec une moue.

Se reculant, il ouvrit l'un des tiroirs du bureau pour en tirer une pipe en argile.

— J'ai beaucoup entendu parler de votre tante Eunice, reprit-il. Je l'ai même rencontrée une fois.

Mais probablement ne s'en souvient-elle pas. Je sais que Jess est en sécurité avec elle.

D'un autre tiroir, il sortit une poche à tabac qu'il ouvrit avec son pouce.

— Que représente Jess, pour vous ? s'enquit-il soudain, le regard assombri. Pitney m'a raconté que vous étiez venu la réclamer à Lazare. Et que vous la lui aviez rachetée.

— Effectivement.

C'était d'ailleurs ce qu'il était venu annoncer à Whitby. Pour voir sa réaction.

Whitby entreprit de bourrer sa pipe. Des grains de tabac tombèrent sur la lettre qu'il rédigeait. On devinait, à présent, qu'il n'était pas aussi calme qu'il voulait le montrer.

— À votre place, Kennett, je me méfierais. Ma Jess a des griffes. Et elle pense que vous êtes le traître.

— Elle a déjà plusieurs fois risqué sa vie dans l'espoir de prouver que ce n'est pas vous. J'espère qu'elle ne l'aura pas fait en vain.

Whitby se releva. Il affichait la carrure de quelqu'un qui n'avait pas toujours porté des gilets de brocart. Il s'approcha du feu pour prendre un tison afin d'allumer sa pipe.

— Peut-être risque-t-elle aussi sa vie pour prouver que ce n'est pas *vous,* pointa-t-il. Y avez-vous seulement pensé, Kennett ? Nous sommes deux à la laisser affronter le danger. Mais moi, je suis enfermé ici. Quelle est votre excuse ?

Sebastian sentit sa colère retomber.

— Je n'ai pas envie de la menotter et de l'attacher à un mur. Ce serait pourtant la seule solution.

Whitby se dirigea vers un guéridon où trônait une carafe, et il se servit un verre.

— Je vois que vous commencez à la connaître, dit-il, amusé, puis il fit la grimace. Ils me donnent un porto très médiocre, ici. Je vous en aurais bien offert, mais je doute que vous consentiez à trinquer avec moi.

— Exact.

Un petit bruit de mastication provint de sous le bureau.

— Elle vous a apporté son animal ?

— Oui. Jess estimait que j'avais besoin de compagnie. Son furet me vole des crayons ou des bouts de papier, qu'il réduit en charpie.

Whitby revint vers son bureau.

— Maintenant, Kennett, expliquez-moi la vraie raison de votre présence ici.

— Le *Neptune Dancer*. Ce bateau m'appartenait. Et j'avais des amis à son bord.

Whitby soupira.

— Je sais qu'il a été coulé. Et c'est probablement l'œuvre du traître. Mais je suis désolé, Kennett, je n'ai rien à voir avec cette histoire.

— J'ai pu retracer le parcours d'une certaine somme – deux cents livres, ce n'est pas rien – consignée dans vos livres de comptes. Cet argent avait transité par un intermédiaire italien, basé à Naples, mais il provenait de la police secrète française. Vous avez touché de l'argent des Français, Whitby. Vous ne pouvez pas le nier.

— L'évidence plaide contre moi. Sauf que c'est faux.

Sebastian secoua la tête.

— Vous êtes aussi noir que le péché, Whitby.

Celui-ci tira sur sa pipe d'un air pensif.

— Je crois que j'aurais préféré la visite de Jess plutôt que la vôtre, lâcha-t-il finalement. Mais bon, ce n'était peut-être pas plus mal de faire connaissance.

— Je peux en dire autant de mon côté.

Whitby tira de nouveau sur sa pipe, avant de reprendre :

— Je me demande quand même ce que vous faites avec ma fille, si vous êtes convaincu que je suis coupable.

— Jess n'a rien à voir avec tout cela.

— Pourtant, elle se trouve prise dans la toile d'araignée.

— Je n'en veux qu'à Cinq.

— Je vous souhaite de le trouver. Peut-être s'avérera-t-il le gredin que vous croyez. Mais peut-être aussi n'est-il qu'un brave homme, qui se bat pour une cause qu'il estime juste.

— Je me moque de savoir ce qui l'anime. L'équipage du *Neptune Dancer* est mort à cause de lui. Si tout se passe bien, d'ici ce soir Jess aura découvert l'identité du traître. Si c'est vous, la vengeance ne manquera pas de piquant : votre arrêt de mort aura été signé par votre propre fille.

Il se releva.

— Et elle devra vivre avec le poids de votre mort sur la conscience, conclut-il.

— Kennett… ma fille dépend désormais de votre responsabilité. À supposer que d'autres preuves s'accumulent contre moi, je compte sur vous pour la faire sortir d'Angleterre. Assurez-vous de sa sécurité.

Sebastian hocha la tête.

— Mais ne l'épousez pas, enchaîna Whitby. Ne l'obligez pas à vivre avec un homme qui aurait fait pendre son père. Elle mérite mieux.

Jess aurait surtout mérité d'avoir un autre père. Sebastian partit en claquant la porte.

29

Kennett House, Mayfair

Jess s'était installée dans le jardin, couchée sur une couverture au milieu de la pelouse. C'est Eunice qui l'avait envoyée là. Elle devait prendre un peu de repos avant la délicate mission qui l'attendait.

Le soleil filtrait à travers le feuillage des arbres, projetant des taches de lumière sur l'herbe. Jess cueillit une petite plante.

— Du trèfle, dit-elle, reconnaissant le symbole des cartes à jouer.

— Il va bientôt fleurir, commenta Claudia qui était venue se planter à côté d'elle.

— Ah bon, cela fleurit ?

— Oui. Des petites fleurs mauves, très jolies. Vous êtes décidément d'une ignorance déplorable.

— C'est surtout que je n'ai pas beaucoup vécu en Angleterre, fit valoir Jess.

— Vous allez brunir, si vous restez au soleil.

— Vous me rappelez ma gouvernante. Elle me disait la même chose. J'ai bruni au Caire, et je n'ai jamais complètement perdu mon hâle. Mais je m'en moquais à quatorze ans, et je m'en moque tout autant à vingt et un.

— Vous montrez vos chevilles.

Sa robe de mousseline était pratiquement relevée jusqu'aux genoux.

— Je crois que je montre beaucoup plus que mes chevilles.

— Faites attention à ne pas attirer l'attention des hommes de cette maison... Ah, je vois que Quentin me fait signe à la fenêtre. Je vais rentrer.

Et elle s'éclipsa. Claudia était imprévisible. Elle restait plantée dix minutes à côté de vous, l'air de vouloir vous dire quelque chose, puis elle repartait sans avoir rien lâché.

Jess cueillit une plante à petites fleurs bleues, dont les feuilles avaient un aspect velouté. Leur parfum évoquait celui de la menthe.

— C'est du marrube, dit une voix dans son dos.

Sebastian.

Elle ne se retourna pas.

— On en fait des tisanes contre la toux, précisa-t-il en s'asseyant à côté d'elle.

Jess faisait tournoyer le brin de marrube entre ses doigts.

— Si tu regardes bien, tu verras que la tige est carrée.

Pourquoi existait-il des plantes à tiges carrées ? Pour les empaqueter plus facilement ?

— Tu peux la manger, si tu veux, ajouta-t-il encore.

Elle roula sur le dos et mordilla la tige, en regardant le ciel. Cela avait un peu goût de bonbon. Sebastian se rapprocha, jusqu'à se retrouver au-dessus d'elle. Il souriait, mais son regard brillait d'une intensité particulière. Comme s'il s'apprêtait à l'embrasser une nouvelle fois.

Elle avait passé une bonne partie de la nuit précédente à se retourner dans son lit, sans pouvoir dormir. Elle se demandait si Sebastian ne se déciderait finalement pas à monter l'escalier des combles, pour venir lui faire l'amour dans sa petite chambre.

Mais il ne s'était pas montré.

La vérité, c'est qu'elle avait de plus en plus envie de coucher avec lui. Sans en éprouver le moindre sentiment de culpabilité, d'ailleurs.

— J'ai fini par te retrouver, dit-il. Dommage que nous ne soyons pas en mer. L'avantage, sur un bateau, c'est qu'on ne cherche jamais les gens très longtemps.

— C'est pratique, en effet.

Le capitaine s'était débarrassé de sa cravate. Sa chemise déboutonnée révélait un peu de son torse hâlé. Son visage ressemblait à ces falaises du désert égyptien, sculptées par le vent jusqu'à ce qu'il ne reste plus que la roche la plus dure. Il avait dû connaître des moments difficiles pour acquérir un tel visage. Parfois, en le regardant, Jess était prise d'une brusque envie d'embrasser ses traits anguleux, juste pour lui montrer que le monde n'était pas totalement dénué de tendresse.

— Tu as l'air fatiguée, dit-il. Pourquoi n'irais-tu pas faire une sieste dans ta chambre ? Adrian ne sera pas prêt avant plusieurs heures.

— Je crois que je vais plutôt aller passer le temps dans mon bureau. J'ai du travail qui m'attend. Le *Northern Star* appareille demain pour Lisbonne.

— La marée ne montera pas plus vite parce que tu t'agiteras. Détends-toi un peu. Tu as la chance de pouvoir t'appuyer sur des collaborateurs compétents. Pitney sait tenir la boutique.

— Quand même. Je préférerais être là.

Des nuages traversaient le ciel. Mais en fixant le regard droit au-dessus d'elle, Jess avait l'impression que le ciel ne bougeait pas, et que seule la Terre se déplaçait, les entraînant dans son mouvement.

Sebastian lui caressa le front du bout des doigts. Elle aurait dû lui dire d'arrêter, dans la mesure où n'importe qui, dans la maison, pouvait les apercevoir d'une fenêtre, mais elle n'en eut pas le cœur.

— Tu as décidé de faire toujours cela dehors, désormais ? C'est comme les baisers d'hier : tu choisis vraiment des endroits bizarres.

Il se pencha à son oreille pour lui murmurer :

— Quiconque est amoureux, s'il ignore
« Où doit le mener cet amour,
« Est comme celui qui prend le large
« Sans savoir sa destination.

— C'est un poème ?

— De John Donne.

— Je n'ai jamais eu l'occasion de lire beaucoup de poésie. Si j'interprète bien celui-ci, tu as d'autres idées en tête que simplement m'embrasser. C'est bien cela ?

— Tu as tout compris.

— Je m'en doutais.

Elle bâilla. Elle ferait bien de boire du thé avant d'attaquer, tout à l'heure, l'examen des documents confiés par Lazare.

— Tu te souviens, l'autre nuit, quand je regardais dans ton bureau ? demanda-t-elle.

C'était une façon polie d'évoquer sa petite expédition au cours de laquelle elle avait forcé la serrure de sa porte.

— Oui, je m'en souviens, dit-il.

Il n'avait pas l'air fâché. Tant mieux.

— J'ai trouvé une lettre signée de Giovanni Reggio. Tu vois de quoi je veux parler ?

— Ah oui. C'était à propos de cartes de Florence et de plans de fortifications en Toscane. Des papiers qui datent du XVIe siècle, et qui pourraient être de la main de Léonard de Vinci. Je les ai confiés à un revendeur parisien. Mais explique-moi, Jess, pourquoi tu me parles de cartes de Florence, alors que j'ai envie de t'embrasser les sourcils ?

— Parce que cette lettre ne précisait pas qu'il s'agissait de cartes du XVIe siècle. En revanche, il était clair qu'elles valaient un bon prix. La somme libellée en francs n'était pas négligeable.

Il éclata de rire. Un rire de pirate.

— Et tu en as déduit que j'étais bien le traître ?

Elle secoua la tête.

— Je ne sais toujours pas qui est Cinq. Mais ce n'est pas toi.

— Parfait. Nous avons au moins progressé.

Il lui caressa les sourcils avec l'extrémité du pouce.

— J'ai d'étranges sourcils. Ils sont toujours plus ou moins froncés, comme si j'étais perpétuellement en colère.

— Moi, je les trouve très bien, assura Sebastian.

Un désir brûlant couvait dans ses prunelles d'obsidienne.

Jess ferma les yeux, pour mieux s'abandonner à cette caresse relaxante.

Elle s'endormit sans même s'en rendre compte.

Deux heures plus tard, Sebastian la réveilla, pour lui annoncer que le moment était venu de partir pour l'Amirauté. Elle comprit qu'il était resté tout ce temps à son côté, à la regarder dormir.

30

— La première date remonte au mois de mars d'il y a cinq ans, expliqua Adrian, qui se tenait devant la baie vitrée. Et la plus récente n'est vieille que de quinze jours. Par laquelle allons-nous commencer ?

Jess ignorait qui avait été prié de libérer son bureau de l'Amirauté pour lui laisser la place, mais c'était assurément quelqu'un d'important. La pièce était immense, et offrait une vue imprenable sur le terrain de parade. Un globe de la dimension d'une roue de charrette trônait dans un coin.

Et deux marins en uniforme gardaient l'entrée.

La jeune femme déroula le premier almanach. Tout y était consigné : la hauteur des marées, les conditions météorologiques, les vents et les phases de la lune. Et cela pour chaque jour de chaque année. Il suffirait de lui nommer tel ou tel bateau, et elle pourrait dire la distance qu'il avait parcourue tel jour, dans un sens ou l'autre de la traversée de la Manche.

— Commençons par la date la plus ancienne, et nous descendrons le calendrier jusqu'à aujourd'hui.

— Je savais que tu répondrais cela, commenta Sebastian.

Il commença à classer les registres dans l'ordre chronologique. Il y avait ceux de la Kennett Shiping, ceux de la Whitby Trading, et des autres compagnies maritimes. Il y avait même les registres de la Lloyd's, le célèbre assureur de tous les armateurs.

Une brochette d'agents de l'Intelligence Service étaient disposés à leur prêter main-forte, pour passer au crible tous ces papiers. Ils étaient une bonne vingtaine autour de la table. Quant à Trevor, il s'était installé derrière Jess, un calepin à la main, prêt à prendre des notes.

La jeune femme était assise au centre de la table, sur un fauteuil de cuir grenat – le meilleur de la pièce – que lui avait réservé Adrian.

— Je suis très honoré de faire votre connaissance, mademoiselle Whitby, intervint le représentant de l'Amirauté, un jeune homme aux airs pompeux. Nous pouvons commencer quand vous voulez.

Tous les regards étaient à présent rivés sur elle.

Elle devait réussir. Elle n'avait pas le choix.

Jess posa les mains sur la table et balaya du regard tous ses interlocuteurs, avant de faire un signe au représentant de l'Amirauté.

— Le 25 mars, déclara celui-ci, un mémorandum sur les mouvements de nos troupes disparut du ministère de la Guerre. On en retrouva la trace à Boulogne le 3 avril suivant.

— Voyons qui a pris la mer à ce moment-là, dit Jess.

Les documents furent répartis en piles à peu près égales entre la vingtaine d'agents. Chacun entreprit de feuilleter de son côté, pour trouver d'éventuelles informations correspondant à la période indiquée.

— Le *Pretty Henrietta*, appartenant à l'armateur George Van Diehl, a levé l'ancre le 26 mars pour Bristol, annonça quelqu'un à gauche de Jess.

— Le *Parrot* a aussi levé l'ancre le 26 mars, dit un autre. Mais c'était une péniche transportant du charbon.

— On peut la mettre hors de cause, décida Jess.

— Le *Nancy Lee,* un cargo de soixante-dix tonneaux, est également parti pour Bristol le 26 mars, enchaîna un troisième à l'autre bout de la table. Son propriétaire est… je n'arrive pas à lire…

— Michael Sands, répondit Jess, qui le connaissait. C'est aussi lui le capitaine.

Elle-même cherchait dans les registres de la Whitby Trading :

— Je n'ai rien à cette époque, sauf le *Northern Spirit,* qui a levé l'ancre pour Lisbonne le 1er avril. Cela me semble un peu tard. Mais gardons-le quand même pour l'instant. Ah, et j'en ai un autre : le *Northern Destiny,* parti le 27 mars.

Sebastian, de son côté, épluchait les mouvements de ses propres bateaux.

— J'ai *l'Island Dancer,* parti le 26 mars pour Cagliari. Ce qui veut dire que début avril, il avait déjà largement dépassé les côtes françaises. Mais il aurait pu faire escale dans une baie, et attendre quelques jours. C'est tout pour mars. Le bateau suivant, le *Belle Dancer,* n'a appareillé que le 7 avril.

— Le *Red Tempest,* de la Red Star Line, a fait voile pour Boston le 1er avril, annonça un autre agent.

Trevor prenait tout en notes.

— Le *Haughty Girl,* appartenant à Gregory & Fitch, est parti lui aussi le 1er avril pour Boston, renchérit l'un de ses collègues.

Jess pouvait aussi compter sur ses souvenirs pour rayer certains navires de la liste.

— Ce ne peut pas être le *Pretty Henrietta,* dit-elle. Je sais que son capitaine s'était arrêté le 5 avril à Bristol, pour embarquer une cargaison de couteaux de Sheffield.

Le représentant de l'Amirauté n'avait toujours pas ouvert ses dossiers. Jess se tourna vers lui :

— Et pour ce qui est des navires de guerre ?

Son interlocuteur eut une moue dédaigneuse.

— Les navires de Sa Majesté n'ont pas pour habitude de convoyer des documents volés. Ils…

— Oh, vous seriez étonné de savoir ce que transportent certains vaisseaux de guerre, le coupa Jess. Mettez-vous au travail, vous aussi, ou laissez-nous.

Il consentit à ouvrir ses registres.

Un peu plus de neuf heures plus tard, Jess refermait le registre de la Whitby pour le mois d'août. Ses yeux la piquaient, ses paupières étaient lourdes. La jeune femme plongea quelques instants son visage dans ses mains.

— Nous finirons demain, proposa Sebastian.

— Oui, approuva Adrian. Arrêtons-nous pour ce soir.

— Voulez-vous encore du thé ? suggéra le représentant de l'Amirauté.

— Non, je n'ai pas besoin de thé, répliqua Jess.

Elle se releva, avec le sentiment d'avoir mal partout, avant d'ajouter :

— C'est inutile d'aller plus loin. Vous le savez autant que moi.

Les agents de l'Intelligence Service se levèrent à son imitation. Adrian lui ouvrit la porte, sans dire un mot. Mais Sebastian fut le seul à la suivre dehors.

Ils traversèrent le bâtiment endormi et sortirent dans la rue. La nuit était tombée, mais Sebastian avait demandé à un cocher de fiacre de l'attendre. Il ouvrit la portière et aida Jess à monter dedans.

À quelques mètres de leur voiture, une charrette à l'enseigne de la Whitby Trading était garée le long du trottoir. Le cheval et son cocher s'étaient assoupis, mais un passager, engoncé dans une couverture, veillait l'œil grand ouvert.

C'était Pitney. Elle s'était doutée qu'il viendrait. Si quelqu'un lui avait posé la question, il aurait répondu qu'il attendait de récupérer les registres de la Whitby Trading. Mais Jess savait qu'il était là pour une autre raison.

— Arrêtons-nous à sa hauteur, dit-elle à Sebastian. Je veux lui parler.

Elle ouvrit la portière du fiacre.

— Pitney… j'en ai terminé ici.

Pitney ne posa aucune question. Il avait compris en voyant son visage.

— J'ai trouvé… commença Jess, une boule douloureuse dans la gorge, qui avait convoyé les secrets. Je… verrai mon père demain.

— Jess…

— Je voudrais rentrer à présent, le coupa-t-elle.

Pitney secoua la tête, incrédule. Son monde s'effondrait. Il était l'ami de Josiah depuis plus de trente ans.

— Jess…

— Laissez-la tranquille pour ce soir, intervint Sebastian.

Et il referma la portière du fiacre, qui s'ébranla aussitôt.

Le doute n'était plus permis. Les papiers dérobés au gouvernement avaient traversé la Manche sur les bateaux de la Whitby Trading. La comparaison entre les différents documents l'attestait formellement.

L'habitacle du fiacre était décoré d'un motif à fleurs de lys. Les chevaux traversèrent St. James Park, puis s'engagèrent dans les rues silencieuses de Mayfair. Plus personne n'était dehors à cette heure tardive – sauf un chat qui traversa la chaussée devant eux –, et les réverbères n'éclairaient que le vide.

À un moment, Sebastian l'enlaça à la taille et la serra contre lui. Elle laissa aussitôt couler ses larmes, sanglotant contre sa redingote.

L'attelage s'immobilisa devant Kennett House. Elle se moucha, et tenta de se recomposer une attitude avant de descendre. Mais elle avait du mal à s'arrêter de pleurer.

— Je... Je suis désolée, bredouilla-t-elle. Je déménagerai de chez toi demain.

— Non, reste. Tu n'as pas d'autre endroit où aller, Jess. Il faut que nous parlions, tous les deux.

— Je n'ai pas envie de parler. Laisse-moi monter me coucher. Je suis épuisée.

Aussi bien physiquement que moralement, du reste. Toutes les merveilleuses émotions de ces dernières semaines – ce sentiment de tomber inexorablement amoureuse de lui – l'avaient menée à une impasse.

— Écoute-moi. Ton père...

— S'il te plaît, laisse-moi. Je crois que je vais de nouveau fondre en larmes, et je préférerais ne pas le faire devant toi.

— D'accord. Va te coucher. Nous parlerons plus tard.

Elle le laissa l'aider à descendre de voiture. Entretemps, la porte s'était ouverte, et quelqu'un les attendait. Eunice. Comment savait-elle se trouver toujours au bon endroit, au bon moment ?

Elle gravit le perron. Eunice ne prononça pas un mot. Mais elle la serra très fort dans ses bras.

31

Kennett House, Mayfair

L'horizon s'éclaircit quelque peu quand elle se fut reposée un moment. Sur le fond, rien n'avait changé, bien sûr. Mais la perspective était déjà différente.

Elle s'attarda quelque temps au lit, à contempler le plafond de sa chambre. Elle était capable de faire sortir son père d'Angleterre. Techniquement, cela ne posait aucun problème. Un petit sloop suédois, l'*Isla Lindgreen,* sans nom de propriétaire, était ancré dans la Tamise, prêt à lever l'ancre au premier signal. Il lui suffirait de rallier l'un des nombreux ports étrangers où la Whitby Trading avait établi des comptoirs, et le tour serait joué.

Oui, elle l'aiderait à s'enfuir. Elle ne lui pardonnerait pas – personne ne pourrait jamais pardonner ce qu'il avait fait – mais elle ne le laisserait pas mourir. Elle le ferait conduire en lieu sûr, et ensuite elle ne le reverrait plus jamais.

Le ciel, par la fenêtre, commençait de se teinter de lueurs grisâtres. L'aube s'annonçait, mais il était encore si tôt que les domestiques n'étaient même pas levés. C'était l'heure si particulière de la nuit, qui n'appartenait qu'aux voleurs et aux femmes de peu de vertu. Comme elle était les deux, il n'était pas étonnant qu'elle fût déjà réveillée.

En épargnant le gibet à Cinq, elle se rendrait elle-même coupable de trahison. C'est du moins ainsi que Sebastian l'interpréterait. Il avait de bonnes raisons de vouloir se venger de Cinq, aussi lui en voudrait-il amèrement.

Mais elle préférait ne pas y penser pour l'instant. De toute façon, elle-même quitterait bientôt l'Angleterre. Plus rien ne la retenait ici, désormais.

Un oiseau, dehors, lança quelques trilles, avant de redevenir silencieux. Sans doute s'était-il rendormi. Il était décidément trop tôt.

La journée qui s'annonçait serait longue. Mais tout ne serait pas forcément pénible. Et elle entendait justement commencer par le meilleur.

Elle se glissa hors de sa chambre, descendit l'escalier sur la pointe des pieds et se faufila jusqu'à la chambre de Sebastian, dont elle entrouvrit la porte.

— C'est moi, chuchota-t-elle. Inutile de me lancer un poignard à la figure.

— Je vais essayer de me retenir, répondit-il, depuis son lit.

Il dormait nu. Elle s'approcha du lit, ôta sa chemise de nuit qu'elle laissa tomber par terre, et se glissa sous les draps à son côté.

Peau contre peau. La sensation était nouvelle – et saisissante : un peu comme de plonger d'un coup dans la mer. Jess espéra qu'il lui laisserait le temps de s'acclimater.

Mais non. Il se redressa sur un coude et lui caressa le dos. Il riait.

— Peux-tu me dire ce que tu fais là ?

Il y avait juste assez de lumière pour qu'elle pût le voir. Les poils de son torse se terminaient par un fin sillon qui descendait le long de son ventre. Mais il s'évasait de nouveau ensuite. Cependant, à sa grande surprise, elle n'osa pas regarder plus bas. Sa timidité la surprenait la première. Elle avait pensé que le plus dur serait de franchir sa porte.

— Eh bien, tu le vois, je t'ai rejoint dans ton lit. Pour le reste, c'est à toi de décider.

Il s'assit, dos calé contre ses oreillers, et entreprit de dénouer la natte de la jeune femme. Soit il aimait vraiment ses cheveux, soit il voulait se donner le temps de réfléchir.

— Ainsi, tu as fini par venir.

— Tu disais que ce moment serait inévitable. Maintenant, j'attends de voir la suite.

En aidant Cinq à s'enfuir, elle lui volerait sa vengeance. Elle devait profiter de sa dernière chance avant de le trahir. C'était ce matin ou jamais.

— Si tu peux oublier quelques minutes qui je suis... reprit-elle.

Mais elle n'eut pas le loisir de terminer sa phrase : il avait posé ses doigts sur ses lèvres.

— Ne dis pas de bêtises, Jess. Je...

Ce fut à son tour de le réduire au silence en plaquant une main sur sa bouche :

— S'il te plaît, non. Si nous en parlons, je sens que je vais encore pleurer. Ou nous allons nous disputer. Et ce n'est pas de cela dont j'ai envie maintenant.

Il embrassa sa main.

— D'accord. Nous en parlerons après.

Il n'y aurait pas d'après. Mais elle ne voulait pas y songer.

— Alors ? Tu as décidé ?

— Jess, je viens tout juste de me réveiller. Décidé quoi ?

— Si tu vas me faire ou non l'amour.

Il lui embrassa de nouveau la main.

— Oh, ça, je l'ai décidé il y a longtemps.

Sebastian entendit un attelage traverser la petite place. Puis tout redevint silencieux.

Jess était allongée à côté de lui dans les premières lueurs de l'aube, ne portant sur elle que le petit médaillon accroché à son cou, dont elle ne se séparait jamais.

Tout cela semblait parfaitement naturel. Comme s'ils étaient mariés depuis des années et qu'elle s'était absentée juste quelques minutes, pour surveiller le sommeil des enfants. De toutes les femmes de la Création, aucune ne convenait mieux à Sebastian que celle-ci.

Elle l'aimait. Il pouvait le lire dans ses yeux. De même qu'il pouvait lire qu'elle méditait quelque nouveau projet hasardeux. Probablement tenterait-elle de faire évader son père. Sebastian se promit d'avoir une discussion avec elle, pour la faire renoncer. Adrian était convaincu de parvenir à ce que Whitby soit déporté en Australie. Son père échapperait donc à la pendaison. Quand Jess le saurait, elle serait déjà moins désespérée.

Mais, dans l'immédiat, elle n'était pas disposée à l'écouter. Elle avait du chagrin, et elle était venue se réfugier auprès de lui.

Non sans raison. Faire l'amour était un excellent palliatif aux peines de l'âme.

— Ce que nous allons faire, dit-il, ressemble à un long voyage.

Il lui embrassa les doigts de la main, un par un, puis il rampa vers le pied du lit, l'invitant à l'imiter.

— Vois-tu ce square ? demanda-t-il, pointant le petit carré de verdure qui ornait le centre de la place.

— Oui...

— Imagine que c'est une île, et que nous sommes perdus au milieu de l'océan. Nous finirons par l'atteindre, mais cela prendra du temps.

Tout en parlant, il lui massait tendrement les épaules.

— En attendant, ajouta-t-il en désignant le lit, nous sommes coincés sur ce radeau.

Elle sourit.

— C'est plutôt confortable, pour un radeau.

— N'est-ce pas ? Concentre-toi sur ce radeau. Il n'existe plus rien d'autre que lui, et l'océan qui nous entoure. Ni passé, ni futur. Rien que notre amour.

Elle hocha la tête.

— Si seulement c'était vrai…

— Allonge-toi, à présent. Sur le ventre.

Elle s'exécuta, quoique un peu déroutée. Quand il s'accroupit sur ses reins, elle ne put retenir un sursaut de surprise.

Tout cela était manifestement nouveau pour elle. Son premier amant, ce fameux Ned, avait dû se montrer très tendre avec elle, mais il ne devait pas avoir une grande expérience.

Sebastian lui caressa les fesses, avant de leur donner de gentilles petites tapes.

Elle avait tourné la tête de côté, pour tenter de voir ce qu'il tramait.

— Je pensais qu'il se passerait… autre chose, risqua-t-elle.

— C'est pour plus tard. Nous ne sommes pas pressés. Souviens-toi que nous n'atteindrons pas l'île avant un ou deux jours.

Il continua un moment à s'occuper de ses fesses, puis il lui massa le dos. Elle ferma les yeux et laissa échapper un petit gémissement de plaisir.

— Je me sens fondre, murmura-t-elle.

Sebastian la fit se retourner, et lui malaxa de nouveau les épaules.

Elle soupira, les paupières toujours closes.

— C'est délicieux, dit-elle. Je n'aurais jamais imaginé que cela pouvait être aussi agréable. Mais tu es sûr que je ne devrais pas faire quelque chose ? Ça ne me paraît pas équitable.

— Tu n'aimes pas la passivité, n'est-ce pas ? devina Sebastian.

Elle ne répondit pas.

Sebastian dut faire appel à toute sa volonté pour ne pas précipiter les choses. Elle était si belle... et il lui tardait de la posséder...

Jess appréciait les caresses de Sebastian. Il lui embrassait les genoux, à présent. Et à sa grande surprise, elle aimait cela. Tous les couples faisaient-ils de même au lit ? Elle ignorait que faire l'amour prenait autant de temps.

Puis il s'attaqua à sa poitrine. Et elle eut tout à coup le sentiment de s'embraser.

Il lui dévorait les seins, comme s'il s'agissait de melons bien mûrs dont il sucerait le jus pour rassasier son appétit d'affamé. De temps en temps, il lui mordillait même les tétons.

— Je... J'ai envie... haleta-t-elle, brûlant du désir de le sentir en elle.

Et elle écarta les cuisses.

Il redressa la tête et lui sourit.

— Tu ne fais jamais les choses à moitié, n'est-ce pas ? Quand tu t'abandonnes, c'est totalement. Sans la moindre réserve.

— Je... Tu ne pourrais pas aller un peu plus vite ?

— Pourquoi se presser ? Souviens-toi que nous dérivons au milieu de l'océan, répliqua-t-il, jouant avec ses mèches. J'adore tes cheveux. Ils ont la couleur des cordes sur les bateaux lorsqu'elles sèchent au soleil. C'est une belle couleur, car elle est synonyme de beau temps.

Et, s'emparant de deux mèches, il entreprit de les nouer.

— Regarde, dit-il. Voilà un nœud plat. C'est le premier qu'on apprend à faire sur un bateau.

Il faisait des nœuds de marin avec ses cheveux ! Cet homme était fou.

— J'aimerais autant que tu me fasses une démonstration un autre jour.

Il abandonna ses cheveux, pour laisser sa main descendre – très, très lentement – le long de son ventre. Elle s'arqua instinctivement sous cette caresse. Elle voyait bien, à son regard, qu'il la désirait autant qu'elle le désirait, et cependant il s'entêtait à prendre son temps.

— La jouissance ne dure que quelques secondes, expliqua-t-il, répondant à sa question muette. Mais le plaisir des caresses peut durer toute une nuit.

Les doigts du capitaine approchaient à présent de l'ouverture de ses cuisses. La respiration de Jess s'accéléra. Elle sentait qu'elle perdait tout contrôle.

Mais elle n'était pas seule dans ce cas. Sebastian aussi était prisonnier de leur désir mutuel.

Cependant, il gardait la maîtrise de ses gestes, ce qui lui conférait un pouvoir absolu – le gredin !

Ses doigts, maintenant, caressaient sa féminité. Avec un art consommé de la sensualité et de la lenteur. Jess aurait voulu lui arracher les yeux. D'un autre côté, elle en aurait été bien incapable : elle se tordait de plaisir sur les draps.

— Vois-tu, Jess, c'est ainsi que je t'avais rêvée. Nue, offerte à moi, ton corps m'implorant de le posséder. Et c'est aussi bon à vivre que dans mon rêve.

Quand Sebastian la pénétra enfin, elle l'accueillit avec bonheur. Son plaisir décolla au premier coup de reins, et il ne cessa ensuite de monter, jusqu'à l'explosion finale.

— Reste avec moi, dit-il.

Couché sur les draps, Sebastian regardait Jess remettre sa chemise de nuit, avec la même grâce naturelle qu'elle avait déployée pour l'ôter.

— Reste, insista-t-il.

— Les domestiques sont levés, à présent. Je ne veux pas causer de scandale dans la maison de ta tante.

— Nous avons à parler, Jess. Il…

— Non, le coupa-t-elle, déjà à la porte. Laisse-moi faire ce que j'ai à faire. Nous parlerons plus tard.

Sebastian se doutait qu'elle voulait voir son père au plus vite. L'épreuve serait difficile. Pourtant, après une brève conversation avec Adrian hier soir, Sebastian était convaincu qu'ils pourraient épargner la pendaison à Whitby. Il passerait le restant de ses jours dans un bagne de la Nouvelle-Galles du Sud – un châtiment déjà pénible, pour un homme de son âge.

La grâce de son père serait son cadeau de mariage. Sebastian était prêt, pour elle, à renoncer à sa vengeance.

— Épouse-moi, Jess, dit-il.

Elle se figea, la main sur la poignée de la porte.

— Sebastian… commença-t-elle sans le regarder. Je te suggère de me reformuler ta requête demain.

Et elle ouvrit la porte d'une main tremblante, avant de disparaître dans le couloir.

32

Elle s'appelait Bridget. Elle était originaire du comté de Mayo, en Irlande. Et c'était une catin – une bonne catin, experte dans son art.

Elle but une gorgée de bière et s'essuya les lèvres d'un revers de main.

— Elle est partie. Elle a quitté la maison ce matin.

— Elle est donc seule, en conclut l'Irlandais assis en face d'elle. A-t-elle emmené un bagage ?

Bridget finit sa chope.

— Parce que tu crois que je l'ai suivie dans la rue ? Tu me dois une livre, mon gars.

— Tu auras ton argent plus tard.

— Nous savons où elle compte se rendre, intervint l'autre homme attablé avec eux, avant de se lever. Allons-y.

— Vous pourriez au moins me payer ma bière, marmonna Bridget. Bande de porcs.

Pitney n'était pas chez lui. Sa gouvernante, très troublée, expliqua qu'il était rentré tard dans la nuit, et qu'il avait juste pris le temps de préparer un baluchon avant de repartir aussitôt.

Il n'était pas non plus à l'entrepôt. Jess vérifia le contenu du coffre et constata que l'argent liquide avait disparu. C'était donc qu'il était passé par là. Mais il n'avait pu avoir le temps d'embarquer avec la dernière marée de la nuit. Il se trouvait donc toujours à Londres.

La jeune femme prit un fiacre jusqu'à Commercial Road – l'ultime limite à laquelle consentirait de l'amener le cocher. Après l'avoir payé, elle continua à pied dans les ruelles du quartier.

C'était son monde. La partie de la ville qu'elle connaissait comme sa poche.

Elle avait depuis longtemps semé les agents des services secrets qui tentaient de la filer.

Assise dans l'horrible petit salon de Meeks Street, Claudia, les yeux rouges, serrait son réticule sur ses genoux.

— Sa penderie est vide. Il a emporté tous ses vêtements. Et la porte de ton bureau était ouverte, Sebastian.

Elle avala sa salive, avant de continuer :

— Il a forcé tes tiroirs. Les miniatures persanes du premier étage ont disparu. Ainsi que quelques tableaux. Et mon coffre à bijoux…

Elle gardait les yeux baissés en parlant.

— … il a été soustrait de ma chambre pendant mon sommeil. Je l'ai retrouvé dans ton bureau. La serrure avait été forcée. Et il était vide. Les bijoux d'Eunice…

— Il s'est enfui avec tout ce qu'il a pu, la coupa Sebastian. C'était Quentin, Quentin et Whitby. En fait, ils étaient deux.

— Oui pour Quentin, intervint Adrian. Mais Josiah est innocent.

Doyle, planté devant la fenêtre, croisa le regard de Sebastian.

— C'était Pitney, expliqua-t-il. Votre cousin connaissait Pitney, mais pas Josiah Whitby. Quentin volait les papiers, et Pitney se chargeait de leur faire traverser la Manche.

— Une conspiration de subalternes, résuma Adrian. Des petits poissons. Voilà pourquoi ils nous ont échappé si longtemps. Je suis désolé, Sebastian.

Regroupés à l'autre bout de la pièce, les agents d'Adrian gardaient le silence, attendant la suite.

— C'était un bon attelage, reprit Adrian. Ton cousin avait facilement accès aux documents secrets, et Pitney pouvait utiliser les navires de la Whitby à sa convenance. Josiah n'aurait jamais songé à le soupçonner.

Quentin avait trahi. Il avait vécu pendant des années sous le même toit que Sebastian, et s'était assis tous les soirs à la même table que lui pour dîner. Quand le *Neptune Dancer* avait coulé, il l'avait assuré, les yeux humides, de toute sa sympathie. Depuis des années, son cousin jouait double jeu.

— Quentin est le principal coupable, dit-il. Je suis sûr qu'il a agi par conviction. Ensuite, il lui fallait quelqu'un ayant accès à des navires. Il aura trouvé un moyen d'enrôler Pitney dans son aventure.

Adrian se releva.

— Jess a compris que c'était Pitney. Elle l'a compris hier soir.

Sebastian eut le sentiment d'être frappé par la foudre.

— Pitney attendait dans la rue lorsque nous avons quitté l'Amirauté.

Il se souvenait, à présent, de ce que la jeune femme lui avait dit. Il se souvenait aussi de leurs visages. Celui de Jess, effondré mais déterminé en même temps, et celui de Pitney, livide.

— Elle lui a fait comprendre qu'elle savait, ajouta-t-il. Et sous mon nez, encore !

— M. Pitney ? intervint Claudia, prostrée sur son siège. De la Whitby Trading ? Chaque fois qu'il venait, Quentin sortait marcher avec lui dans la rue pour parler. Comme s'il voulait s'assurer qu'ils ne seraient pas entendus. Une fois, j'ai vu Quentin lui remettre de l'argent.

Elle s'était attiré l'attention de toutes les personnes présentes dans la pièce.

— J'avais compris, depuis un moment, que Quentin se livrait à des choses peu convenables, reprit-elle. Mais j'espérais que cela n'avait pas d'importance. Mon père a souvent commis des irrégularités, dans sa vie. Il n'était pas traître pour autant.

— Claudia... commença Sebastian, défait.

Tout était sa faute. Il aurait dû s'apercevoir de ce qui se tramait dans sa propre maison. Mais il avait ignoré Quentin, parce qu'il ne l'aimait pas. Quant à Claudia, elle n'avait jamais recherché son amitié. Que pouvait-il lui offrir, à présent ?

— Où est-il parti ? demanda-t-il.

— En enfer, j'espère, rétorqua Claudia.

Et, se relevant, elle défroissa ses jupes avant d'ajouter :

— Il vaut mieux que le nom d'Ashton s'éteigne avec notre génération. Quentin a tout détruit. Surveille ta Jessamyn, Sebastian. J'ai souvent vu Quentin la regarder comme quelque chose qu'il souhaitait dérober. Il lorgnait tes miniatures persanes du même œil.

Jess était partie à la recherche de Pitney. Et donc, sans le savoir, elle fonçait tout droit vers Quentin...

Vues de l'extérieur, toutes les rues d'un quartier malfamé se ressemblent. Pourtant, certaines sont plus dangereuses que d'autres.

Ludmill Street était assez calme, par exemple. Dans son genre. Quand deux Irlandais s'approchèrent de Jess pour lui proposer de l'argent en échange de ses faveurs, elle les envoya paître au moyen de quelques répliques en italien. Ils n'insistèrent pas, pensant qu'elle appartenait au clan des Italiens. Le quartier était en effet peuplé d'un grand nombre d'Italiens, qui ne toléraient pas que leurs filles – même les catins – s'acoquinent avec des Irlandais. Quelques dizaines de mètres plus loin, Jess congédia cette fois un jeune homme italien avec un juron en gaélique. Car le quartier était également peuplé d'Irlandais qui avaient l'arme facile.

En revanche, plus elle se rapprochait de Limehouse, plus cela devenait dangereux.

Le local du révérend était grand ouvert, et il n'avait même pas songé à verrouiller la porte de son bureau. Connaissant le révérend, Jess savait qu'il considérait que les verrous étaient une invitation au vol.

Il arriva quelques minutes plus tard. Jess examinait son calice.

— Je pourrais vous trouver quelque chose de bien mieux, dit-elle. En véritable argent.

— Je préfère ne rien posséder qui puisse attirer la convoitise, répliqua-t-il.

C'était plus ou moins ce qu'il lui avait expliqué lors de leur première rencontre, lorsque Jess, tout juste âgée de huit ans, était venue le voir dans l'intention de lui subtiliser certains objets.

Elle reposa le calice sur son étagère.

— Révérend, vous ne croirez jamais ce qui m'arrive…

Quand Sebastian pénétra dans le bureau, Josiah Whitby contemplait la cheminée. Il ne prit même pas la peine de se tourner. Quelques informations avaient filtré jusqu'à lui, depuis cette nuit. Il savait donc que les documents volés avaient été convoyés par les navires de la Whitby Trading.

Sebastian se laissa choir dans le fauteuil à côté du sien.

— Je prendrais bien un peu de ce porto que vous m'avez refusé, la dernière fois.

Whitby pivota vers lui, et Sebastian lui décocha un regard transparent, dans lequel il put lire tout à la fois la confirmation de son innocence et un début d'excuses.

Whitby s'empara de la bouteille et remplit deux verres :

— Je crois que vous en avez besoin, en effet, dit-il, lui tendant son verre.

— Pourquoi n'avez-vous pas fait sortir Jess d'Angleterre, le jour même de votre arrestation ? N'importe quel père aurait d'abord songé à la protéger.

Whitby leva son propre verre, comme pour porter un toast, et but une gorgée.

— Vous finirez bien par vous apercevoir, Kennett, qu'il n'est pas facile de donner des ordres à Jess.

Le moment était mal choisi pour ce genre de discussion. Sebastian avait besoin de renseignements, et Whitby pourrait peut-être l'aider.

— Elle a disparu. Voilà environ une heure, les hommes chargés de la suivre – et de la protéger – ont perdu sa trace alors qu'elle s'enfonçait dans les rues de Whitechapel. Elle semblait pressée, comme si elle avait le diable à ses trousses.

— Cessons de jouer, Kennett, répliqua Whitby. Pourquoi cherchait-elle à vous fuir ?

— Elle se doutait que nous l'aurions empêchée de trouver Pitney.

Whitby haussa les sourcils.

— Pitney ?

— Cinq l'avait enrôlé dans sa trahison. Pitney se servait de vos bateaux pour faire sortir les documents d'Angleterre.

Il y eut un silence, puis Whitby hocha la tête.

— Quand ils m'ont dit que les documents transitaient par mes bateaux, j'ai pensé à lui. Mais j'aurais préféré que ce ne soit pas Jess qui le découvre. Elle doit considérer que c'est en partie sa faute.

— Pitney n'est pas le plus dangereux. L'homme qui est derrière tout cela est autrement plus redoutable. Si Jess remonte jusqu'à Pitney, celui-ci ne sera pas capable de la protéger. Il faut que je la trouve au plus vite. Où a-t-elle pu aller ?

— Quel sort attend Pitney ?

Sebastian ne répondit pas. Ils savaient l'un et l'autre que Pitney ne bénéficierait d'aucune clémence.

Whitby soupira. Puis il vida son verre et le reposa.

— Dire que je le connais depuis plus de trente ans ! Jess est partie vers les docks. À Limehouse. Il y a un entrepôt sur Asker Street, le Belkey. C'est de là que les gens en fuite quittent l'Angleterre.

Asker Street. On ne pouvait rêver quartier plus dangereux. Surtout pour une femme seule.

Sebastian se releva.

— Je pars tout de suite à sa recherche, décida-t-il.

Un petit museau gris surgit de derrière un rideau. L'animal renifla dans sa direction, et sortit de sa cachette pour s'approcher de lui. Le furet de Jess.

— Si tu mords mes bottes, tu es mort, le mit en garde Sebastian.

Mais le furet ne parut nullement impressionné. Il était comme Jess : intrépide et inconscient du danger. Il se dressa sur ses pattes de derrière pour renifler les cuisses de Sebastian. Puis sa main.

— Il sent l'odeur de Jess sur vous, expliqua Whitby.

— S'il me mord, je lui brise le cou.

— J'ai moi-même souvent pensé à le transformer en civet.

Sebastian partait déjà vers la porte.

— Elle ne peut pas se rendre à Limehouse toute seule. À qui va-t-elle demander de l'accompagner ?

Le furet l'avait suivi.

— Ma foi, je n'en sais trop rien, avoua Whitby. Voilà longtemps qu'elle ne vit plus là-bas. J'ignore si elle y a gardé des amis.

La porte du bureau n'était plus verrouillée. Un ordre d'Adrian, qui venait confirmer l'innocence de Whitby. Le furet semblait vouloir s'attacher aux pas de Sebastian, exactement comme un chien.

— Prenez-le avec vous, dit Whitby. Vous trouverez une cage, dans l'entrée. Il pourra vous mener jusqu'à Jess.

Sebastian acquiesça.

— Elle voudra sauver Pitney, j'en suis sûr, précisa Whitby. Quoi qu'il ait fait, elle l'aidera à quitter l'Angleterre. Ma Jess a toujours été loyale jusqu'à la mort. Ne perdez jamais cela de vue, Kennett.

Pitney laissa tomber son sac de marin à ses pieds. C'était le même sac qu'il portait déjà, trente ans plus tôt, lorsqu'il avait signé son engagement avec Josiah. Le sac ne contenait pas grand-chose, sinon un peu d'argent liquide et quelques vêtements de rechange. Pas de quoi tenir bien longtemps. Et puis, il était vieux à présent. Comment recommencer une vie, à son âge ?

— J'ai laissé une lettre derrière moi.

— Je m'en serais douté, répliqua la voix de serpent. Les sbires finissent souvent par se retourner contre leurs maîtres. Même Napoléon devrait se méfier.

— J'ai dénoncé Buchanan. J'ai expliqué comment il avait maquillé les comptes de Josiah pour faire croire à sa trahison. J'ai dénoncé nos contacts français. Et je vous ai dénoncé. J'ai accumulé assez de détails pour que nous soyons tous pendus. Josiah sera libéré d'ici ce soir, et il voudra se venger. Je serais étonné qu'il se lance à ma poursuite, eu égard à notre vieille amitié. En revanche, je ne voudrais pas être à votre place.

— J'ai assuré ma protection contre Whitby. Il n'osera pas me toucher.

— Si vous le dites.

De toute façon, cela n'avait plus beaucoup d'importance, à présent. Pitney avait trahi son meilleur ami, et il n'aurait même pas su dire pourquoi. Après toutes ces années, il considérait que la compagnie lui appartenait en partie. L'entrepôt aussi bien que les bateaux.

Pourquoi en était-il arrivé là ?

— La France n'oublie jamais ses héros, reprit la voix dans son dos. Une place m'attend déjà là-bas. Je me satisferai, pendant un temps, d'un exil honorable. Mais le jour où l'empereur descendra triomphalement Pall Mall, je serai à ses côtés. Il aura besoin d'Anglais pour conduire le nouveau gouvernement. Et je possède l'expérience requise.

Pitney reconnut le bruit caractéristique d'un pistolet qu'on armait. Il jeta un dernier regard à la Tamise, devant lui, puis au ciel au-dessus de sa tête, et se retourna.

Il ne voulait pas mourir d'une balle tirée dans le dos.

Limehouse rassemblait des marins originaires du monde entier. La plupart d'entre eux étaient ivres, même en plein jour. Jess n'aurait pas voulu traverser le quartier toute seule.

Il lui restait encore trois cents mètres à parcourir avant d'atteindre l'entrepôt Belkey, sur Asker Street. Mais le révérend Palmer marchait à son côté. L'habit de son magistère – costume noir et col blanc – leur ouvrait un passage dans la foule des marins et des catins. Les habitants du quartier savaient qu'il était protégé par Lazare.

Asker Street était quasiment déserte. L'entrepôt Belkey, qui la bordait sur plus de la moitié de sa longueur, était fermé depuis près d'un an. Une herbe grasse poussait déjà entre les pavés du quai de déchargement. Plusieurs fenêtres étaient brisées.

L'odeur entêtante de la Tamise parvenait jusqu'aux narines de Jess. Le fleuve coulait juste de l'autre côté du bâtiment. Mais celui-ci était si haut qu'il empêchait de voir les bateaux à quai.

Pitney ne devait pas se trouver loin. À l'intérieur de l'entrepôt, directement au niveau du fleuve, un bateau était prêt à partir à toute heure du jour ou de la nuit. Sage précaution du père de Jess : partout où il avait vécu, il s'était toujours ménagé une issue de secours.

Une petite porte, sur le côté du bâtiment, était entrouverte.

Jess pénétra à l'intérieur, suivie du révérend.

Au début, tout lui parut vide. Mais elle ne tarda pas à comprendre que quelqu'un vivait là : une odeur écœurante, où se mêlaient des effluves de charbon de bois, de bière et d'urine, empestait l'atmosphère. Sans parler des rats. Il y avait toujours des rats dans les docks.

— Vous feriez mieux de m'attendre dehors, révérend.

— Pas question que je te laisse seule, Jess.

À l'autre bout du plateau, elle aperçut un lit et un petit poêle à charbon.

Elle s'avança, passa une première arche de pierre – ces arches portaient le plafond et les étages supérieurs. La lumière était si faible, à l'intérieur du bâtiment, qu'elle ne vit pas la silhouette embusquée dans l'ombre de la seconde arche.

Au moment où elle la franchit, le monde plongea dans le noir, aussi soudainement que si l'on avait soufflé une bougie.

— C'est le révérend ! s'exclama Adrian.

Sebastian s'agenouilla près du corps et le fit rouler sur le dos. L'homme n'était pas mort : il gémit, battit des paupières. Son front était taché de sang, là où il avait heurté le sol.

Jess était venue ici : le furet s'agitait dans sa cage.

— Il a été frappé par-derrière, constata Sebastian en découvrant une bosse sur le crâne du révérend. Et il n'y a pas longtemps. C'est un ami de Jess ?

— Oui. Jess est allée réclamer son aide.

Le révérend ouvrit les yeux.

— Elle... Elle a été... kidnappée. Ils étaient deux.

— Ne bougez pas, lui intima Sebastian. Trevor, restez avec lui. Dès qu'il sera en état de marcher, conduisez-le auprès de ma tante.

Il se redressa, avant d'ajouter pour Adrian :

— Je vois mal Pitney frapper quelqu'un. C'est l'œuvre de Quentin. Ce qui veut dire qu'elle est désormais entre ses mains. J'ai besoin de voir Lazare. Il faut que ses hommes nous aident à la chercher.

— À quelle heure est la prochaine marée ? demanda Adrian.

— Dans trois heures.

Ce qui ne leur laissait plus beaucoup de temps.

— Lazare protège le révérend, intervint Doyle. Et il protège aussi Jess. Il sera furieux d'apprendre ce qui s'est passé.

Tant mieux, songea Sebastian.

— Dépêchons-nous !

Elle avait mal. C'est d'ailleurs ce qui lui fit comprendre qu'elle vivait encore.

Elle était enveloppée dans une couverture de marin, et quelqu'un la portait sur son épaule, comme un vulgaire sac de farine. Son ravisseur se permettait même de chantonner – en gaélique.

À en juger par l'odeur du fleuve, très présente, elle serait conduite à bord d'un bateau.

Elle s'obligea à se réveiller tout à fait. Une fois au large, il y avait de fortes chances qu'on la jette au fond de la mer.

Mais elle pouvait au moins tenter quelque chose.

Elle réussit, d'une main, à faire passer son médaillon par-dessus sa tête. Puis elle libéra suffisamment sa main pour la faire sortir de la couverture. Et elle laissa tomber discrètement le médaillon sur le quai.

Son stratagème pouvait réussir. Les gens laissaient rarement de l'or traîner par terre – surtout dans ce quartier.

Moins d'une minute plus tard, son ravisseur gravit une passerelle de navire. Quelques secondes de plus, et il déposait son fardeau sans ménagement sur le pont.

Dans le mouvement, la couverture avait bougé, libérant la vue de Jess. Elle était allongée sur le dos, un grand mât la dominant de toute sa hauteur. Tournant la tête, elle reconnut une silhouette. Blodgett. Le capitaine Blodgett. Elle se trouvait sur le *Northern Lark*.

Le *Lark* était un vieux bateau, qu'il fallait souvent réparer. Mais il rendait encore de fiers services à la compagnie. Jess y faisait embarquer des marchandises salissantes ou très odorantes – comme des peaux de cheval, par exemple –, qu'elle préférait ne pas voir souiller ses autres navires.

Elle ne fut pas surprise de voir Quentin. Il lui tournait le dos, et semblait avoir une conversation animée avec Blodgett. En fait, elle était déjà plus ou moins arrivée à la conclusion que Quentin était le véritable traître.

Quentin et Pitney. Mais Pitney n'avait joué qu'un rôle d'exécutant. Le cerveau de l'affaire, c'était Quentin.

Jess entendait l'équipage s'activer sur le pont. Le ciel était dégagé. C'était le temps idéal pour prendre la mer...

— Jess... murmura une voix, non loin.

Elle tourna la tête. Un homme était allongé au pied du bastingage, dans une posture qui ne semblait pas naturelle.

La jeune femme roula sur le ventre et rampa dans sa direction.

Elle reconnut Pitney. Il avait reçu une balle – dans les poumons, à en juger par le sang mousseux qui s'échappait de sa bouche. De toute évidence, il n'en avait plus pour longtemps.

— Pitney !

— Jessie, mon enfant, je n'avais...

Sa bouche était pleine de sang, et il ne put terminer sa phrase. Mais Jess devinait ce qu'il voulait lui dire.

— Vous n'aviez pas prémédité cela, acquiesça-t-elle. Vous ne m'auriez jamais fait de mal. Ni à papa. Je n'en doute pas un seul instant.

Elle parvint à s'asseoir, et l'attira sur ses genoux. Même ses vêtements étaient imbibés de sang. Elle ne put s'empêcher de verser quelques larmes.

— Ce n'étaient que des lettres, Jess, réussit-il à dire. Des lettres... pour la France. J'ignorais...

— Vous ignoriez qu'il s'agissait de trahison.

Il avait accepté quelques pièces pour convoyer de simples « lettres » jusqu'en France. Quentin avait dû inventer des destinataires d'apparence anodine. Et quand Pitney avait réalisé la vraie nature de cette correspondance, il était trop tard.

— Je n'aurais...

— Vous n'auriez jamais trahi l'Angleterre. Je le sais, Pitney.

— Josiah...

— Il ne vous en voudra pas.

— J'ai... J'ai tenté... d'arrêter.

Sa respiration ressemblait de plus en plus au râle des agonisants. Et ses yeux se voilaient.

— Je m'en doute, Pitney. Je sais qui vous êtes. Et je sais aussi tout ce que je vous dois. Sans vous, j'aurais...

Il rendit l'âme.

Lazare tenait sa cour dans la même maison que l'autre jour, assis dans le même fauteuil. Une dizaine de personnes, hommes et femmes, l'entouraient.

Sebastian marcha droit jusqu'à lui, Adrian à son côté.

— Que se passe-t-il, capitaine ? s'enquit Lazare.

— Nous savons qui est Cinq. Mais il détient Jess.

À l'autre bout du pont, Quentin discutait toujours avec Blodgett. Jess laissa la tête de Pitney retomber sur le bois et ferma les yeux.

— Vous tuez l'autre, et maintenant vous m'amenez la fille de Whitby ! entendait-elle protester Blodgett. Faites-la descendre en cale, pour l'amour du Ciel !

Quentin était un autre homme, ici. Imbu de sa personne, arrogant comme un coq.

— Je vous ai ordonné de lever l'ancre.

— C'est notre intention, monsieur Ashton. Mais nous sommes bien obligés d'attendre la marée, lui rétorqua Blodgett sans cacher son dédain. Billy ! Débarrasse-moi de ces caisses qui encombrent le pont.

— Descendez-les dans ma cabine, ajouta Quentin.

Il semblait excité comme un gamin.

Blodgett héla un autre marin :

— Henshaw, enroule le macchabée dans des chaînes. Nous le passerons par-dessus bord dès que nous aurons quitté la ville. Et descendez cette fille, bon sang !

— Oui, capitaine.

Jess, entre-temps, s'était redressée et tentait d'enjamber le bastingage. Mais elle n'en eut pas le loisir : deux marins se jetèrent sur elle et la plaquèrent violemment sur le pont.

Quentin les rejoignit.

— Vous perdez votre temps. Et vous me faites perdre le mien. Tenez-la bien, vous deux.

— Vous n'êtes qu'un traître et un lâche ! lui lança Jess.

Quentin se pencha vers elle, un sourire narquois aux lèvres.

— Vous allez apprendre à m'obéir, ma petite. Et sachez que je ne fais rien sans raison. Mais il s'agit de politique, et j'ai peur que vous ne puissiez pas comprendre. Si seulement…

— Bon sang ! s'impatienta Blodgett. Descendez-la à l'abri des regards ! Je vous rappelle que nous sommes amarrés au beau milieu de Londres !

Les deux marins ne suffirent pas pour la descendre. Jess se débattit tout du long comme un beau diable, si bien qu'il fallut en appeler deux autres à la rescousse.

Mais c'était sans espoir, bien sûr.

Parvenus à fond de cale, ils lui lièrent les mains dans le dos, et l'enfermèrent dans une sorte de cage qui montait jusqu'au plafond.

Après leur départ, elle se retrouva seule dans le noir.

— Il voudra la monnayer contre une rançon, ou la donner aux Français, expliquait Sebastian en faisant les cent pas sur le tapis. Elle n'a de valeur, pour lui, que si elle est vivante. Il va donc la garder en vie.

Du moins voulait-il s'en persuader.

Une foule bigarrée de gredins de toutes sortes entrait et sortait de la pièce, pour prendre les ordres de Lazare. La nouvelle se répandait très vite, et bientôt tous les malandrins de Londres seraient à la recherche de Jess.

Sebastian s'approcha du furet. Adrian l'avait sorti de sa cage.

— Quentin ne va pas prendre le risque de la garder longtemps en ville, reprit-il. Elle doit déjà se trouver sur un bateau... J'imagine plutôt un petit bateau. Dans les cinquante tonneaux, pas plus. Assez petit, en tout cas, pour que tout l'équipage soit de mèche. Des contrebandiers, par exemple.

Lazare fit signe à un jeune homme d'approcher, et il lui murmura quelques mots à l'oreille.

Quentin avait dîné tous les soirs avec Jess. Il l'avait entendue raconter son enquête, et il avait dû comprendre que l'étau se resserrait autour de lui. Il avait donc eu le temps de planifier son évasion.

Le jeune homme quitta la pièce en courant. Puis Lazare se tourna vers Adrian :

— Vous n'avez pas été assez prudent avec ma Jess, Hawkhurst. J'espérais mieux de votre part.

— J'ai commis une erreur, c'est vrai. Mais Sebastian nous la ramènera. Si elle vit toujours, il nous la ramènera.

— Puissiez-vous avoir raison, répliqua Lazare. Mais ne vous y trompez pas : sous ses dehors bravaches, Jess est aussi fragile qu'une coquille d'œuf. Elle ne s'est jamais complètement remise de sa dernière sortie, du temps où elle travaillait pour moi. Cette fameuse nuit où elle est tombée d'un toit. Si nous mettons trop de temps à la retrouver, je me demande dans quel état nous la ramènerons.

L'obscurité était si épaisse qu'elle en était presque palpable. Il flottait dans l'air une odeur de marchandises de contrebande : tabac, brandy, thé...

En voulant porter la main à son médaillon pour se rassurer, Jess se souvint qu'elle ne l'avait plus. Il ne lui restait rien.

Elle se blottit par terre, et se représenta Sebastian en pensée, avec autant de netteté que s'il s'était trouvé à côté d'elle. Elle le revoyait tel qu'elle l'avait vu pour la dernière fois, ce matin : allongé nu sur son lit, avec le soleil qui jetait des stries sur son corps.

Sebastian s'imaginerait peut-être qu'elle s'était enfuie avec Pitney. Peut-être même penserait-il qu'elle était la complice de Cinq.

Quoi qu'il en soit, il ne se lancerait pas à sa recherche.

Personne ne viendrait.

Et l'obscurité finirait par l'emporter définitivement.

Le furet était grimpé sur la table où était empilé le butin du jour. Et il s'agitait autour d'une sorte de ruban bleu.

— Veux-tu bien arrêter ! lui lança Sebastian. Ôte ton nez de là !

Il fit descendre le furet par terre.

Le ruban bleu était attaché à une pièce d'or. Non, pas une pièce d'or : un médaillon. Sebastian l'ouvrit avec l'ongle de son pouce. Une fleur était gravée à l'intérieur.

— C'est à Jess ! annonça-t-il.

Lazare s'approcha.

— Vous avez raison. Jess le portait tout le temps. Qui a trouvé cela ?

Jess restait prostrée dans sa cellule. Si elle ne bougeait pas, les rats décideraient peut-être de l'ignorer. L'ennui, c'est qu'ils vous sentaient. Vous aviez beau retenir votre respiration, ils vous sentaient toujours. Et ils accouraient.

Sa situation lui rappelait de très mauvais souvenirs. Elle se revoyait, petite fille, lorsqu'elle était tombée de ce toit. Personne ne savait où elle se trouvait. Et personne ne l'entendait crier.

C'est quand elle n'avait plus été capable de crier que les rats étaient arrivés.

— Vous ne m'aurez pas ! leur avait-elle lancé.

Elle avait eu la main en sang, à force de les repousser.

Cette fois-là, déjà, elle avait bien failli sombrer définitivement dans l'obscurité. Et puis, Lazare était arrivé.

— Tiens bon, Jessie, lui avait-il dit. Je vais te sortir de là.

Il l'avait enroulée dans une couverture et l'avait ramenée dans son repaire.

Et voilà qu'aujourd'hui, ses anciens cauchemars menaçaient à nouveau de la submerger.

Tu dois réagir, Jessamyn.

Elle s'obligea à se relever. Les parois en bois de son cachot suintaient d'humidité. Si elle voulait repousser ses cauchemars, elle devait se concentrer sur des souvenirs agréables. Et elle n'en manquait pas. Les îles grecques, par exemple : le ciel d'un bleu limpide, l'air pur, les fleurs partout... En Russie, elle avait pu voir une aurore boréale illuminer des champs de neige. Le spectacle était magique.

Elle pouvait aussi penser à Sebastian, assis à côté d'elle dans le jardin, lui parlant des tiges de marrube...

Sebastian parcourait le quai, observant tous les bateaux les uns après les autres. Certains – les plus légers – levaient déjà l'ancre pour profiter de la marée montante. Jess pouvait être retenue prisonnière sur n'importe lequel d'entre eux. Et ils étaient si nombreux ! Des dizaines et des dizaines de navires.

Ils ne la trouveraient jamais.

— Lâchons-le, dit-il.

Adrian posa la cage par terre et ouvrit la porte. Aussitôt, le furet surgit d'un mouvement fluide. Il tourna un moment en rond, flairant les odeurs dans toutes les directions. Puis il colla son museau par terre et partit droit devant lui.

Sebastian lui emboîta le pas. Une dizaine d'hommes les suivirent silencieusement.

Il était sans doute fou de s'en remettre à cette boule de poils. Mais c'était leur dernière chance.

C'était une puanteur ! Quentin pressa un mouchoir parfumé sous ses narines.

— Elle est là-bas, dit le marin qui l'accompagnait, levant sa lanterne pour éclairer le fond de la cale. Si vous voulez mon avis, mieux vaut ne pas ouvrir sa porte.

On racontait qu'une fois, la fille Whitby avait tué un bandit en Turquie. Quentin n'avait jamais cru à cette histoire. Du moins, jusqu'à aujourd'hui. En la voyant, tout à l'heure, se débattre comme un beau diable contre les marins qui voulaient la descendre dans la cale, il avait révisé son jugement.

Un jour ou deux à fond de cale, sans eau ni nourriture, la rendraient plus malléable. Quentin ne voulait pas lui faire de mal, mais il n'avait pas le choix.

Il s'approcha de la porte de son cachot. Elle ne réagit pas.

— Jess ?

Silence.

— Répondez-moi, Jess. Je suis disposé à vous laisser sortir. Mais vous devez d'abord me promettre de bien vous comporter.

Toujours aucune réaction. C'en était déroutant.

— Vous ne craignez rien, Jess. Personne ne vous fera de mal si vous vous montrez coopérative.

Il ne l'entendait même pas respirer. Serait-elle morte ? Peut-être devrait-il vérifier de plus près...

— Nous ne vous ferons aucun mal, répéta-t-il. Vous avez ma parole d'honneur. Je ne vous demande rien d'autre que de vous conduire raisonnablement.

Il n'était pas question de l'abîmer : elle était sa meilleure prise. Le cadeau de choix qu'il destinait à Napoléon. L'héritière Whitby. En Orient, elle pesait d'un très grand poids économique. Et c'est la France qui la récupérerait.

— Je suis un homme décent, ajouta-t-il encore. Vous n'avez rien à redouter de ce côté-là non plus.

Peut-être faudrait-il des mois avant qu'elle se montre parfaitement conciliante. Mais il n'était pas pressé : il la garderait dans la maison de la côte. Et il en profiterait pour réclamer une rançon à son père.

Elle ne réagissait toujours pas. C'était une ruse, bien sûr, destinée à lui faire ouvrir la porte. Mais il n'était pas idiot. Quand elle aurait croupi quelques heures de plus dans ce cachot pestilentiel, elle saurait manifester davantage d'humilité.

— Ne m'obligez pas… à la sévérité, Jess.

Pourquoi ne répondait-elle pas ?

Le marin le tira par la manche.

— Nous allons lever l'ancre, monsieur. Le capitaine aura besoin de moi sur le pont.

— Vous partirez quand je vous le dirai…

Mais le marin s'éloignait déjà, emportant la lampe avec lui.

— Attendez ! Je ne vous ai pas donné la permission de…

Cependant, il fut bien obligé de le suivre, ou plutôt de suivre sa lumière : il n'y en avait pas d'autre dans cette maudite cale.

Ce gredin méritait d'être châtié pour son insolence. Il en référerait au capitaine. On l'attacherait au pied d'un mât, et il serait fouetté jusqu'à ce que la peau se décolle de son dos. C'était ainsi qu'on rendait la justice en mer.

Il remonta sur le pont, à l'air libre, et… buta sur Blodgett. Le capitaine du *Lark* gisait en travers de l'écoutille, les yeux grands ouverts, un poignard planté dans la gorge.

Une douzaine d'hommes se faufilaient silencieusement sur le pont, et tuaient tous ceux qu'ils croisaient. L'un d'eux était Sebastian.

Tout se précipitait d'un coup ! Pourquoi diable personne n'était-il venu l'avertir ?

Sebastian arrivait déjà vers lui. Sans se presser.

Tout son plan menaçait de s'écrouler.

Il recula vers le bastingage et dégaina son pistolet.

— Ne fais pas un pas de plus, Sebastian.

— Où est Jess ?

— En lieu sûr. Écarte-toi, Sebastian. Je ne voudrais pas être obligé de te tuer. Laisse-moi partir, et personne ne sera blessé.

— Qu'as-tu fait à Jess ?

Jess était le point faible de Sebastian.

— Il ne lui est rien arrivé. Je te dirai où elle se trouve quand nous serons descendus de ce bateau.

Les marins du *Lark* qui n'avaient pas été tués étaient maintenant regroupés dans un coin du pont. Ils se rendaient. Mais pas lui. Il en réchapperait. Il se servirait de Sebastian pour gagner sa liberté. De toute façon, il était le seul à disposer d'un pistolet.

Un type se précipita soudain vers Sebastian. Hawkhurst.

— Elle est en bas !

Ils tournèrent aussitôt les talons.

— Arrêtez, ou je tire ! gronda Quentin.

Mais ils avaient déjà atteint l'écoutille.

Quelques marins avaient sauté dans l'eau glaciale de la Tamise, pour échapper à leurs agresseurs. Il décida de faire de même.

Il passa une jambe par-dessus le bastingage. Puis il défit sa ceinture et la laissa tomber dans le fleuve. Tout cet or, perdu à jamais ! Mais la ceinture l'aurait alourdi et tiré vers le fond.

C'est alors qu'une boule de poils se précipita sur lui. Le furet de la fille Whitby. Il pointa son arme dans sa direction. Il n'avait qu'une balle. S'il tuait cet animal, il ne pourrait plus…

Le furet lui sauta au visage, plantant ses griffes dans ses yeux. Il cria de douleur, et se sentit tomber.

L'eau noire de la Tamise se referma sur lui.

33

À peine eut-il ouvert la porte du cachot que Jess se jeta sur lui, toutes griffes dehors.

Sa Jess. Sa merveilleuse Jess, qui ne rendait jamais les armes…

Il la serra très fort dans ses bras pour l'empêcher de se débattre, et l'entraîna vers la lumière.

Elle écarquilla les yeux.

— Sebastian ?

Ses cheveux étaient défaits. Sa robe dans un piètre état. Mais elle était magnifique, comme toujours.

— Moi aussi, je suis content de te voir.

Elle soupira de soulagement, abandonna sa tête contre son torse, et se mit à pleurer.

— C'est fini, murmura-t-il.

Il aurait pu la garder ainsi dans ses bras pendant des siècles.

— J'espérais que tu viendrais.

— Je ne t'aurais jamais laissé tomber.

— Je voulais aider Pitney à s'enfuir. Mais c'est trop tard. Il est…

— Je sais.

Avait-elle vu Pitney mourir ? Probablement. Du sang maculait sa robe. Sebastian aurait donné cher pour qu'elle n'ait pas eu à supporter ce spectacle.

Il s'accroupit sur le plancher et la garda contre lui, la laissant pleurer tout son soûl.

Une petite boule de poils vint immiscer son museau entre eux.

— Kedger ? s'exclama-t-elle. Tu as amené Kedger *ici* ?

— Oui. Il nous a aidés.

— Mais il aurait pu être blessé ! Tu aurais pu le perdre !

Kedger – Sebastian l'aurait juré – affichait à dessein une mine de chien battu. Jess se précipita pour le prendre dans ses bras et le réconforter.

Si ce maudit furet s'imaginait qu'il pourrait dormir avec eux après leur mariage, il se trompait lourdement !

— Sortons d'ici, dit-elle, se redressant.

Et elle grimpa l'échelle.

Sur le pont, les hommes d'Adrian vérifiaient le contenu des caisses apportées par Quentin. D'autres gardaient les prisonniers, ou commençaient à descendre les morts à terre. Quelqu'un avait jeté une couverture sur le cadavre de Pitney.

Quentin avait disparu.

— Il est passé par-dessus bord, leur expliqua Adrian. J'ai envoyé quelques-uns de mes hommes inspecter les berges. Je voudrais retrouver son cadavre.

Si Quentin était mort dans la Tamise, Claudia se verrait épargner l'épreuve de voir son frère jugé et pendu.

— Je vais rentrer à Meeks Street, poursuivit Adrian. Pour faire libérer Josiah.

Avec la marée montante, le *Lark* était ballotté par le courant. Jess dansait d'un pied sur l'autre afin de garder l'équilibre.

— Mon Dieu, le révérend ! s'exclama-t-elle soudain, serrant le bras de Sebastian. Il était avec moi...

— Eunice s'occupe de lui. Quand je suis parti, il avait repris totalement conscience.

Elle soupira de soulagement.

— Je suis toute sale, constata-t-elle. Cette cale était dans un état déplorable.

S'appuyant au bastingage, elle parcourut le pont du regard, s'arrêtant quelques instants sur la couverture qui recouvrait Pitney, avant d'ajouter :

— Je ferai couler ce bateau au milieu de la Manche. Je ne me vois plus l'utiliser.

Puis, après un silence, elle reprit :

— J'ai quelque chose à te dire, Sebastian.

Il fronça les sourcils.

— Oui ?

— J'ai peur que mon père ne t'apprécie pas beaucoup, après ce qui s'est passé.

Sebastian préféra ne pas rire. Elle parlait sérieusement.

— C'est probable, en effet. Mais tu vas devenir ma femme, Jess. Et je me moque de ce que pense ton père. Tu devrais en faire autant.

— Ce n'est pas possible. Mais il désire tellement avoir des petits-enfants qu'il finira par t'accepter. Pour plus de sûreté, cependant, je veux t'épouser les mains libres. Avant notre mariage, je vais donc lui céder toutes mes parts de la Whitby Trading. Si tu veux toujours de moi, il faudra donc m'accepter sans un sou vaillant.

Pouvait-on rêver geste plus magnifique ?

— Je te laisserai diriger la Kennett Shipping. Tu pourras réorganiser ma comptabilité comme il te plaira. Tu auras tout le temps pour le faire. Enfin… quand nous ne serons pas au lit.

Jess lui sourit d'un air coquin.

— Tu ne peux pas savoir à quel point je suis impatiente d'y retourner avec toi.

9536

Composition
FACOMPO

Achevé d'imprimer en Italie
par GRAFICA VENETA
le 1er octobre 2023

Dépôt légal : novembre 2023
EAN 9782290391778
OTP L21EPSN002557-597235

ÉDITIONS J'AI LU
82, rue Saint-Lazare, 75009 Paris

Diffusion France et étranger : Flammarion